Cão come cão
Edward Bunker

Cão come cão

Edward Bunker

Tradução de Francisco R. S. Innocêncio

Copyright © 1996 by Edward Bunker
Título original: *Dog Eat Dog*

Todos os direitos desta edição reservados à Editora Barracuda.

Projeto gráfico e capa: Marcelo Girard
Preparação: Alfred Bilyk / Isabella Marcatti
Revisão: Ricardo Lísias / Veronica Bilyk

Dados Internacionais de Catalogação na Publicação (CIP)
(Câmara Brasileira do Livro, SP, Brasil)

Bunker, Edward, 1933 -
    Cão come cão / Edward Bunker ; tradução de
Francisco R. S. Inocêncio. - São Paulo :
Editora Barracuda, 2004.

    Título original: Dog eat dog.
    ISBN 85-98490-08-3

    1. Ficção norte-americana I. Título

04-7692   CDD-813.5

Índices para catálogo sistemático:
1. Ficção : Literatura norte-americana   813.5

1.ª edição, 2004

Editora Barracuda Ltda.
R. General Jardim, 633 - conj. 61
São Paulo SP
CEP 01223-011
Tel./fax 11 3237-3269
www.ebarracuda.com.br

Índice

7   Uma introdução, por William Styron

13   Prólogo: 1981

21   Capítulo Um

35   Capítulo Dois

45   Capítulo Três

57   Capítulo Quatro

69   Capítulo Cinco

85   Capítulo Seis

99   Capítulo Sete

133   Capítulo Oito

139   Capítulo Nove

155   Capítulo Dez

171   Capítulo Onze

185   Capítulo Doze

199   Capítulo Treze

213   Capítulo Quatorze

231   Capítulo Quinze

249   Capítulo Dezesseis

261   Capítulo Dezessete

Para Bill Styron, Blair Clark e Paul Allen,
amigos e conselheiros

U M A **INTRODUÇÃO**

por William Styron

Será verdade que nenhuma região da experiência humana deveria estar fora dos limites da imaginação de um autor? Como um romancista que se aventurou muito longe no interior de um território estranho, sempre tive a sensação de que é prerrogativa do escritor trabalhar com lugares e eventos sobre os quais ele não possua, necessariamente, conhecimento prévio. A imaginação é soberana e seu poder, quase sozinho, deve ser capaz, de acordo com minha teoria, de transformar qualquer tema em algo assombroso, desde que o escritor seja bom o suficiente para que seu mundo pareça mais real para o leitor do que o mundo criado por um autor que tenha total familiaridade com seu meio, mas que possua um talento menor. Certamente há exemplos dessas triunfantes incursões em terra incógnita. Stephen Crane jamais teve qualquer experiência de guerra, mas seu retrato dos horrores do combate em *The Red Badge of Courage* permanece como um dos grandes registros ficcionais da Guerra Civil Americana, ou mesmo de todas as guerras. Ainda que seu autor nunca tenha pisado na África, *Henderson the Rain King*, romance de Saul Bellow sobre o

Continente Negro, tem um brilho bruxuleante de autenticidade.

Haverá, então, alguma região da experiência que poderia desencorajar a intrusão de um autor pouco familiarizado com sua realidade? Novamente estava prestes a dizer não, mas de fato acredito que tal lugar exista, e que ele seja o moderno submundo americano, paisagem povoada por criminosos embrutecidos. Essa é uma província de nossa sociedade que está tão remota dos acontecimentos da vida do leitor de classe média, um lugar tão violento e corrompido, povoado por seres humanos tão grotesca e imprevisivelmente diferentes de você e de mim, que seus contornos aterradores e o comportamento dos seus habitantes só poderiam ser retratados por um escritor que já esteve lá. Edward Bunker esteve. Pouco mais de vinte anos atrás*, Bunker, que então se aproximava dos quarenta, foi libertado da prisão após cumprir confinamento quase contínuo em instituições federais e estaduais, desde a idade de onze anos. Durante os anos que se seguiram à sua soltura, em seu papel de testemunha do submundo de Los Angeles, Bunker vem produzindo uma série de narrativas duras, áridas, meticulosamente construídas, que revelaram, melhor do que a obra de qualquer outro romancista contemporâneo, a anatomia da mente criminosa.

Como tantos criminosos, Bunker foi o produto de uma família alcoolizada, desestruturada. Crescendo em Los Angeles, como um adolescente dos anos que se seguiram à II Guerra Mundial, caiu em uma série de pequenos crimes que fizeram com que ele fosse enviado para um reformatório. Depois de sua soltura, com a idade de dezesseis, ele reassumiu uma carreira criminosa consideravelmente mais arriscada, incluindo roubo de lojas e tráfico de drogas. Uma detenção sob a acusação de envolvimento com narcóticos lhe valeu um ano na prisão municipal de Los Angeles, da qual ele prontamente escapou. Foi capturado e recebeu duas sentenças cumulativas de seis meses e de dez anos em San Quentin. Ele era, claro, apenas um adolescente. Foi enquanto estava nessa prisão, onde cumpriu pena durante quatro anos e meio, que o comportamento de

---

* Esta introdução foi escrita para a edição norte-americana de 1996. (N. do E.)

Bunker passou a distinguir-se daquele da maioria dos jovens detentos, e ele adquiriu uma paixão que, mais tarde, salvou sua vida — ainda que sua salvação viesse apenas depois de muitos anos mais atrás das grades. Ele descobriu os livros. Tornou-se um leitor devotado, saqueando a biblioteca da prisão em sua recém-descoberta fome pela palavra escrita; seu entusiasmo converteu-o em um aspirante a escritor que garatujava infatigavelmente em sua cela, sentindo um imenso prazer nisso, ainda que não obtivesse nenhum sucesso em suas tentativas de publicação.

Quando Bunker foi solto de San Quentin sob condicional, com a idade de vinte e três, entrou em uma fase de sua vida cuja natureza impiedosamente frustrante proporcionaria a chave para seu trabalho posterior. Em *No Beast So Fierce*, seu poderoso primeiro romance, publicado muitos anos mais tarde, o tema abordado é o de um jovem ex-detento — atraente, promissor, ávido por abrir seu caminho na sociedade — cujo prontuário penal é suficiente, por sua mera existência, para fazer com que as portas se fechem irremitentemente em sua face. Como seu protagonista ficcional, Bunker tentou desesperadamente adaptar-se ao novo mundo conservador, fazendo incontáveis esforços para conseguir empregos legítimos, mas a sombra de San Quentin era ameaçadora e persistente demais: a sociedade o havia excluído. Ele voltou para o crime uma vez mais (arquitetando assaltos, extorquindo proxenetas e cafetinas com um esquema de proteção, falsificando cheques), foi apanhado, condenado e mandado novamente para San Quentin com uma condenação que lhe faria arcar com um encarceramento máximo de quatorze anos. Essa foi a mais longa sentença contínua que Bunker recebeu e ele a cumpriu até a metade. Foram sete anos agonizantes. Descreveu esse período como um tempo que o fez chegar aos limites da loucura (um temperamento profundamente rebelde o levou a sofrer, mais de uma vez, os terrores do Buraco — o confinamento solitário), mas seu enfurecido caso de amor com a palavra escrita, que fazia com que se mantivesse lendo e escrevendo, proporcionou-lhe uma espécie de refúgio espiritual e também, em termos concretos, quatro romances não publicados e dúzias de contos curtos. Ele emergiu novamente de trás das barras da prisão com a fome de ser um escritor ficcional bem-sucedido.

Mas não deveria ser surpreendente, considerando o destino de tantos ex-presidiários na América, que a nova liberdade de Bunker tivesse vida curta. Depois de preencher mais de duas centenas de propostas para empregos legítimos sem receber sequer uma única resposta, depois de andar pelas ruas até que seus pés criassem bolhas, depois de atender a anúncios, semana após semana, apenas para que lhe voltassem as costas, Bunker ingressou novamente na rota do crime. Ele arrombou o cofre de um bar e foi capturado depois de uma perseguição automobilística em alta velocidade. Conseguiu fiança enquanto aguardava o julgamento, mas foi tomado pelo que parecia ser um surto eufórico de auto-confiança: decidiu assaltar o que descreveu como "um próspero banquinho de Beverly Hills". Alheio ao fato de que seu automóvel fora grampeado com um bip eletrônico por agentes da delegacia de narcóticos que achavam que ele estava envolvido com tráfico de drogas, um Bunker armado até os dentes foi rastreado até o banco, onde foi preso sob a mira das armas e severamente espancado. Foi julgado por acusações de crimes federais, sentenciado a seis anos e transportado para a penitenciária de McNeil Island, em Puget Sound, Washington.

Em McNeil Island, o espírito insurgente de Bunker mais uma vez lhe arranjou problemas. Enfurecido por ser alojado em uma cela para dez homens, ele começou a protestar e, por sua atitude desafiadora, foi mandado para a mais ameaçadora carceragem do país, a prisão de segurança máxima de Marion, Illinois. Lá, a despeito dos monstruosos obstáculos e restrições, ele demonstrou seu desprezo invencível pelo sistema continuando a escrever ficção. E foi a escrita, claro — a escritura dedicada e passional — que acabou por salvar Edward Bunker.

No Beast So Fierce foi aceito para publicação enquanto Bunker aguardava o julgamento pelo assalto ao banco de Beverly Hills e foi publicado em 1973, durante seu encarceramento em Marion. O livro recebeu críticas geralmente favoráveis e conquistou ampla atenção para seu autor, acrescentando-se à fama que ele já havia gradualmente adquirido como um prisioneiro dotado de um discurso literário brilhante, que havia escrito ensaios eloqüentes sobre a vida e as condições na prisão, em jornais como *Harper's* e *The Nation*. Na época em que seu segundo romance, *Animal Factory*, foi completado em sua cela de Marion, a reputação de Bunker no vasto universo dos presídios nacionais americanos brilhava tão intensamente que indubitavelmente contribuiu para sua última condicional.

Sua última soltura aconteceu em 1975. Desde então, tem vivido como um cidadão pacífico, estabelecido em sua Los Angeles natal, onde se casou, teve um filho, e continuou a escrever ficção (seu terceiro romance, *Little Boy Blue*, apareceu em 1982), enquanto ingressava em uma bem-sucedida carreira de roteirista de cinema. Em 1978, uma notavelmente poderosa (embora misteriosamente negligenciada) versão cinematográfica de *No Beast So Fierce*, com roteiro de Bunker, foi produzida sob o título de *Straight Time* [*Liberdade Condicional*, no Brasil], estrelada por Dustin Hoffman em uma performance tensa e soberbamente concentrada, como um prototípico Eddie Bunker. O personagem é um desesperado ex-detento, cujas decentes aspirações são frustradas por uma sociedade propensa a negar a tais homens o direito de se reabilitarem e se redimirem.

Nos romances de Bunker, o fracasso em alcançar a redenção é acrescido de outro tema: o lastimável abandono de nossas crianças. Esse assunto, obviamente derivado da própria experiência amarga e brutalizadora de Bunker, é recorrente ao longo de toda sua ficção, e em *Cão Come Cão*, seu quarto romance, o protagonista anatematizado é Troy Cameron. Como Bunker, ele se graduou no reformatório, e à medida que seguimos seu progresso através desta narrativa nua e implacável, às vezes terrivelmente brutal, rastreando seu festim sem lei em companhia de dois outros alunos de reformatório, Diesel Carson e Mad Dog McCain, percebemos que o texto subliminar da obra, como em todos os escritos de Bunker, é aquele da perpetuação da violência e da crueldade. Para ele, o crime é amamentado no berço das instituições e aqueles que sofrem abusos e mutilações espirituais no início de suas juventudes, quer no interior da família, quer em orfanatos e reformatórios, crescem para se tornarem saqueadores sanguinários. *Cão Come Cão* é um romance de excruciante autenticidade, com grande ressonância moral e social, e só poderia ter sido escrito por Edward Bunker, pois ele esteve lá.

PRÓLOGO: **1981**

— Hup, dois, três, quatro! Hup, dois, três, quatro. Coluna à direita... marche!

O monitor ordenava a cadência e berrava o comando. Os trinta garotos do abrigo Roosevelt marchavam a passo ordinário através do entardecer de verão. Cada um afetava um ar de dureza extrema. Mesmo aqueles que na verdade sentiam medo, conseguiam ostentar a mais expressiva máscara de truculência que podiam. Rostos eram pedras, olhos eram gelo, bocas que raramente sorriam arreganhavam facilmente os dentes. De acordo com a última moda entre a ralé, usavam suas calças absurdamente erguidas, quase à altura do peito, e cingiam cintos bem apertados. Embora mantivessem o passo, cada um adotava um jeito amaneirado de andar. Marchavam como em uma academia militar, mas eram internos de uma escola correcional da Califórnia. Com idades entre quatorze e dezesseis, estavam entre os mais durões de sua faixa etária. Ninguém vai para um reformatório por gazear aulas ou escrever nas paredes. Eram necessárias algumas detenções por roubo de carro ou arrombamento. Se fosse pela primeira transgressão, o motivo era assalto à mão armada ou envolvimento em tiroteio.

Situada cinqüenta quilômetros a leste da área central de Los Angeles, aquela instituição tinha se estabelecido em um dos mais antigos terrenos da região, quando L.A. tinha uma população de 60.000 e as terras eram baratas. No passado, o reformatório lembrava um pequeno colégio. Vastos gramados e construções cercadas por plátanos, que pareciam mansões, com paredes de tijolos e telhados de ardósia. Alguns poucos entre os velhos edifícios ainda permaneciam, relíquias abandonadas de um tempo em que a sociedade acreditava que os jovens podiam ser regenerados, muito antes de os garotos começarem a portar metralhadoras, quando Bogart e Cagney eram modelos para os rapazes durões. Eles só matavam "ratos sujos", invariavelmente com um cano curto, à queima roupa, nada de metralhadoras giratórias.

A marcha dos garotos estacou enquanto O Homem destrancava o portão do pátio de recreio. À medida que marchavam para dentro, ele os contava. O pátio era formado por um alambrado coberto com rolos de arame farpado. O Homem acenou com cabeça para o monitor. — Dispensar — gritou este.

As fileiras se desintegraram e formaram-se grupos por raças. Os chicanos compunham a metade do total, quinze, seguidos por nove negros, cinco brancos e um par de meios-irmãos, um dos quais era vietnamita, enquanto seu meio-irmão era um quarto índio, um quarto negro e metade vietnamita. Os irmãos encaravam o mundo inteiro com um sinistro ar de desafio.

Os chicanos e dois de seus parceiros brancos de East L.A. adiantaram-se para a quadra de queimada, um muro isolado que permitia uma partida de cada lado. Os negros demarcaram uma meia quadra de basquetebol.

Os três brancos remanescentes reuniram-se e começaram a caminhar em volta do pátio, próximo à cerca encimada por arame farpado. Um deles calçava Oxfords pretos novos, idênticos aos adotados pela Marinha dos Estados Unidos. Os sapatos foram entregues uma semana antes da condicional. Era sábado e Troy Cameron seria solto na manhã de segunda-feira.

— Quanto tempo ainda falta? — perguntou Big Charley

Carson. Aos quinze anos, ele media um metro e noventa e pesava menos de setenta quilos. Ganharia trinta e cinco antes de chegar aos vinte e um. Então ele seria forte o suficiente para receber o apelido de "Diesel".

— Um dia e meio — disse Troy. — Quarenta horas. Curto como o pau de um mosquito.

O terceiro membro do trio deu uma risada, levantando a mão à altura da boca para esconder seus dentes manchados. Era Gerald McCain, já apelidado "Mad Dog", por suas atitudes insanas, a mais notória delas tendo sido descarregar um bastão de alumínio sobre um sujeito que o havia humilhado, enquanto ele dormia. No mundo hobbesiano do reformatório, um lunático tem espaço de sobra. Ser duro e truculento é uma coisa; mas ser louco é algo estranho, incomum e assustador.

O trio continuava caminhando, à medida que as sombras se alongavam. A fala deles tinha como fundo o ruído de pesos sendo lançados sobre a plataforma, de bolas de basquete repicando sobre o asfalto e chocando-se contra a tabela e a cesta, acompanhadas de exclamações de êxito ou imprecações de frustração. Mais alguns passos e era o som peculiar da bolinha escura de *handball*[1] batendo contra a parede. Os tentos eram sempre comemorados *en la lengua de Aztlan,* um dialeto das ruas, basicamente espanhol mesclado livremente com inglês. *Handball* era o jogo do bairro latino, porque não precisava mais do que uma bola e um muro para ser jogado. — Ponto! Cinco a *tres. Dos juegos a nada.*

Acabado o jogo, os dois perdedores deixam o campo, cada um acusando o outro de ter sido o causador da derrota. O chicano que marcou o tento garantiu o próximo jogo. Olhou em torno procurando um parceiro e viu Troy. — Ei, Troy... companheiro! *Venga.* Vamos detonar esses caipiras.

Troy olhou os adversários, Chepe Reyes e Al Salas. Chepe gesticulava em um desafio.

— Eu estou calçando estes sapatos — mostrou os calçados pretos, que iriam ficar terrivelmente esfolados pelo concreto da quadra de *handball.*

---

1 Jogo de bairro; uma espécie de *squash* sem raquetes no qual a bola é rebatida com a mão. (N. do E.)

— Vai fundo — disse Big Charley — use os meus. — Tirou seus tênis de cano baixo.

Troy trocou de calçados, tirou a camisa e enrolou uma bandana em volta da palma de sua mão. Uma luva para queimada seria melhor, mas na falta dela a bandana iria servir. Estava pronto. Quicou a bola contra a parede algumas vezes, como aquecimento. Aos quinze anos, não era necessário uma preparação muito demorada. — Vamos lá! Comece o serviço. — Lançou a bola para o parceiro.

O jogo começou, Troy na linha de frente. Jogavam pesado, mergulhando contra o concreto para apanhar as bolas baixas. Em dado momento, na metade do jogo, o parceiro de Troy correu para a frente, para apanhar a bola. Troy antecipou a jogada do oponente — uma bola alta para a linha de fundo — e correu para apanhar a pelota primeiro.

Olhando para trás para ver a bola, não percebeu três jovens negros que estavam de costas para a quadra, a não ser na última fração de segundo. Conseguiu proteger-se com as mãos, antes de desequilibrar dois deles e derrubar o outro com o choque.

— Pô, cara!... me desculpe — disse Troy, estendendo a mão. Reconheceu o rapaz negro: Robert Lee Lincoln, conhecido como R. Lee. Aos quinze anos, tinha o corpo de um fisiculturista de vinte e dois, um QI de oitenta e cinco e o controle emocional de uma criança de dois anos, além de odiar os brancos ricos. Troy conhecia outros como ele; tinha evitado R. Lee durante dois meses, desde que o negro chegara.

Não ficou surpreso que a resposta de R. Lee ao seu pedido de desculpas fosse pôr as duas mãos sobre seu peito e empurrá-lo.

— Filadaputa... se liga. Eu não gosto de filasdaputa como você, não mesmo. — As palavras destilavam desprezo e afronta. O queixo de R. Lee estava projetado para a frente, e ele fixava um olhar rutilante de ódio racial. Interiormente, Troy pensava: Crioulo de merda! Essa era uma palavra que Troy só usava em situações específicas. Ela só se aplicava a negros que se portavam como crioulos: barulhentos, grossos e estúpidos; assim como casca-grossa se aplicava a certos brancos ignorantes. Porém, misturados ao primeiro pensamento, havia dois outros. Em uma briga, ele levaria uma sova. Estava tentado a arremessar um soco naquele momento, sem aviso, enquanto R. Lee ainda estava fazendo pose. Se o golpe acertasse em cheio, ele poderia se atracar com o outro e vencer antes que R. Lee conseguisse reagir. Mas se Troy fizesse isso, iria perder sua condicional. Ele podia ver O Homem vindo em direção a eles.

— Parem com isso — disse O Homem.

R. Lee lhe deu as costas com as palavras: — Nós vamos terminar essa merda mais tarde.

Troy voltou-se para os seus amigos, que esperavam o desfecho. Uma sensação de vazio irradiava-se em ondas de seu estômago para o resto de seu corpo. O medo estava drenando sua vontade. Ele jamais conseguiria bater R. Lee em uma briga; o crioulo era muito grande, muito forte, muito rápido e realmente sabia lutar. Mas este era o menor dos seus temores; Troy já havia planejado de antemão como agir em situações como aquela. Ia desrosquear o esguicho de uma mangueira contra incêndio e usá-lo para golpear sem aviso prévio. Jamais haveria uma luta. Seria uma vitória de Pirro, pois sua condicional escoaria pelo ralo assim que ele atacasse o inimigo.

— Que porra! — murmurou.

— Aquele crioulo é louco — disse Big Charley. — Ele é um dos que odeiam branquelos filhos-da-puta.

— É. — Conseguiu forçar um meio-sorriso. — Neste momento, odeio crioulos.

Que porra ele podia fazer? Talvez não lhe tirassem a condicional se fosse apenas uma troca de socos, mas isso significaria levar uma surra. Quando muito, ele conseguiria acertar alguns diretos. — Eu quase desejaria não ter recebido essa condicional — disse.

— Ah, é mesmo — disse Mad Dog. — Eu tinha esquecido da sua condicional. Que merda!

Troy podia ir até O Homem e pedir proteção para os próximos dois dias. Ele podia deixá-lo trancado por esse tempo. Não perderia nada, exceto o bom nome em seu próprio mundo. Ele maldizia a si mesmo por sequer permitir que tal pensamento passasse por sua mente. Qualquer coisa como aquilo estava totalmente fora de questão. Se fizesse algo assim, estaria marcado no submundo, onde pretendia viver para o resto de sua vida. Seria um estigma que ele não conseguiria apagar jamais. Seria um convite perpétuo para as agressões.

— Deixa eu cuidar disso — ofereceu-se Mad Dog. — Eu vou dar um jeito nele.

Troy sacudiu a cabeça. — Não. Eu cuido da minha própria merda.

O som estridente do apito da polícia, o sinal para formar fila em frente à porta do edifício, cortou o entardecer.

À medida que os rapazes entravam, O Homem, parado na porta, contava-os. Do lado de dentro, alguns se apressavam pelo *hall*, em direção à sala de TV; queriam pegar os melhores lugares. Os que estiveram jogando *handball* ou basquetebol ou levantando pesos viravam à esquerda, para o lavatório. Havia três pias coletivas, cada uma com três torneiras.

Troy observou R. Lee à frente dele. Lee dobrou à esquerda. Bom. Isso daria a Troy a oportunidade de virar à direita, para o dormitório. A mangueira contra incêndios ficava logo depois da porta. O esguicho de bronze poderia arrebentar uma cabeça como se fosse casca de ovo, se batesse com força. Decidiu que era tudo o que podia fazer. Odiava R. Lee mais por sua ignorância, por forçá-lo àquilo, por tirar-lhe a liberdade iminente.

R. Lee não era tolo. Ele sabia que Troy estava atrás dele. Enquanto entrava no lavatório, vigiava o corredor às suas costas através do espelho. Tirou sua camiseta e parou em frente à pia. Como estava olhando a porta, não viu Mad Dog na latrina, à sua direita.

Mad Dog deu a descarga com o pé e girou o corpo. Escondido ao lado de sua perna estava o cabo de uma escova dental. Este fora derretido e, enquanto ainda estava mole, dois pedaços de lâmina de barbear haviam sido presos a ele. Quando endureceu, as lâminas sobressaiam menos de um centímetro, pequenas, mas muito afiadas. Ele chegou por trás dos rapazes que estavam se lavando. Levou apenas dois segundos para alcançar R. Lee.

Mad Dog pôs a lâmina sobre a pele marrom de suas costas e

18 EDWARD BUNKER

fez um longo corte, cobrindo todo o trajeto do ombro até a cintura. Por um momento, a carne abriu-se como se fossem lábios; então o sangue fluiu e jorrou para fora.

R. Lee gritou e se contorceu, simultaneamente alcançando a ferida em suas costas e procurando o agressor. Mad Dog estava alerta, uma hiena em busca de uma abertura para atacar novamente e fazer mais um talho.

Um outro negro viu o incidente do outro lado do lavatório. Ele gritou: — Cuidado! — e correu, abrindo caminho.

Mad Dog lançou seu braço para trás, um escorpião armando a cauda. O segundo negro parou fora do seu alcance. — Você tá fodido, branquelo!

— Foda-se você, crioulo!

O Homem viu aquele caos e soou o alarme de pânico que trazia consigo.

Da porta do dormitório, Troy ouviu os gritos e viu os garotos correndo em direção ao lavatório. No momento em que passou para o corredor, R. Lee irrompeu através do aglomeramento que se formara na porta do outro lado e correu para a saída. Suas costas estavam totalmente cobertas com o sangue que fluía profusamente por sobre suas calças e escorria para o chão. — Deixa eu sair! Deixa eu sair! Deixa eu ir pro hospital.

Troy viu que dois negros estavam olhando para ele. Trazia o esguicho da mangueira de incêndio enrolada em jornal. Se eles avançassem, ele iria esmagar uma cabeça.

O Homem abriu caminho até a porta de saída. Ele a destrancou e R. Lee correu para fora.

Em sentido contrário, vieram os guardas, carregando cassetetes, suas chaves tilintando nas cinturas.

O abrigo foi posto em isolamento, com vigilância reforçada.

R. Lee precisou de duzentos e onze pontos.

Mad Dog foi para a solitária.

Na manhã de segunda-feira, Troy foi posto em liberdade condicional. Ele devia sua soltura a Mad Dog. Era uma dívida que levaria para o futuro.

CAPÍTULO UM

Duas noites sozinho em um quarto com um par de frascos de trinta gramas de cocaína para uso farmacêutico fizeram Mad Dog merecer seu apelido. A cocaína era melhor do que a vendida nas ruas. Veio de uma maleta médica que ele havia roubado de um automóvel no estacionamento de uma clínica. A princípio, tinha planejado vendê-la após usar um pouco, mas quando procurou as poucas pessoas que ele conhecia em Portland, elas lhe pediam crédito ou então desprezavam a droga, referindo-se a ela como paranóia em pó ou "vinte minutos para a loucura". Todos eles preferiam heroína, uma droga que os deixava calmos, e não insanos.

Alguns poucos gramas o fizeram sentir-se ótimo e ele provou um pouco mais, então as presas da serpente já estavam cravadas nele. Primeiro desfez os grumos com a lâmina de uma navalha, alinhou as carreiras e aspirou-as pelo nariz, e isso foi bom. Mas sabia como conseguir que ela batesse mais forte. A maleta do médico tinha um pacote de seringas descartáveis já com agulhas. Tudo que a cocaína pura requeria para se dissolver eram umas poucas gotas de água. Depois era jogar sobre a mistura um chumacinho de algodão e sorvê-la através dele, e então espetar a agulha na grossa tubulação de veias da face interna do cotovelo. Era difícil errar. Agora seu braço estava manchado de preto e azul e tinha feridas de injeções anteriores. Sua camiseta estava imunda e podia-se ver que ele a usara para enxugar o sangue de seu braço. Isso não tinha importância. Nada importava, a não ser o brilho. Quando a agulha penetrou a veia, o sangue vermelho saltou para o interior da seringa. Ele comprimiu um pouco o êmbolo; depois deixou o sangue voltar para dentro do aparelho.

Quando a calidez começou a fluir através dele, comprimiu o êmbolo um pouco mais. Que brilho! Se ele... pudesse... apenas... prolongar... o brilho... Oh, Deus! Ohhh... Tão bom... um tesão quando aquilo percorria seu corpo e sua mente.

Parar. Deixar o sangue entrar na seringa novamente. Injetar mais.

Repetir, até que a seringa estivesse vazia.

Ele fechou os olhos, gemendo suavemente enquanto saboreava o êxtase. Agora ele era o rei de todas as coisas.

Do cinzeiro, catou a bituca de um cigarro da noite anterior. Enquanto a endireitava para acendê-la, viu a carta que Troy mandara de San Quentin no topo de uma pilha de correspondências não abertas. Boas notícias. Troy conseguira uma soltura sob condicional para dali a três meses. Assim que Troy saísse, eles ficariam ricos juntos. Troy era o criminoso mais esperto que Mad Dog conhecia, e ele conhecia milhares deles. Troy sabia planejar as coisas. Que grande idéia, assaltar traficantes e pequenos gângsteres, babacas que não poderiam chamar os tiras. Seria o máximo ter muito dinheiro. Ele poderia comprar para Sheila as roupas que ela vivia olhando nas vitrines de lojas femininas e nos catálogos de moda. Poderia mesmo comprar um Mustang conversível para ela. A boa vida a esperava. Era uma garota legal. Seria quase bonita, também, se perdesse uns oito ou nove quilos. Por outro lado, ele também não era nenhum Tom Cruise. O pensamento o fez dar aquele risinho sem-graça que a cocaína permite. Tinha falhas em sua estrutura dentária, uma janela onde um dia esteve uma ponte parcial fornecida na prisão, até que uma garrafa de Budweiser, em um bar de caipiras, em Sacramento, a arrancou. Claro que a noite não acabou assim. Depois que o Tulsa Club fechou, ele ficou esperando no estacionamento, com uma faca de mergulhador escondida em sua manga. No momento em que o arremessador de garrafas abriu o carro, Mad Dog saiu das sombras com as mãos limpas, como se fosse apenas brigar. Quando chegou bem perto, sua cabeça quase encostando no peito do cara, Mad Dog deixou a faca deslizar para sua mão. Afundou-a nas tripas do sujeito duas ou três vezes antes que ele percebesse o que estava acontecendo e corresse, tentando manter suas entranhas no interior do corpo.

Ao lembrar, Mad Dog arreganhou os dentes. Aquilo deve ter ensinado ao filho-da-puta com quem ele pode se meter — se ele tiver sobrevivido. Foi por essa razão que Mad Dog se mudou para Portland, onde conheceu Sheila.

Ele deu uma olhada em torno do quarto. Ficava no segundo andar e podia-se ver o lance de escadas que dava para a rua. As coisas estavam numa bagunça dos diabos. Jornais, meias, roupas e lençóis se espalhavam por todo o aposento. Tinha jogado os lençóis para longe quando o cigarro caiu de sua mão e o colchão começou a fumegar. Estava vendo o Trailblazers arrebentar o Lakers quando sentiu o cheiro da fumaça. A água dos peixinhos dourados não conseguiu apagar o fogo. Teve de cortar o colchão e arrancar o algodão fumegante. O buraco agora estava coberto com uma toalha, mas o cheiro ainda impregnava o quarto. O que diria Sheila quando chegasse em casa?

Quem daria a mínima?, pensou. Foda-se ela... vaca obesa. Onde ela estava? Ela deveria voltar para casa naquela noite, com sua filhinha rechonchuda.

Mad Dog apalpou seu sovaco. Úmido, seboso e cheirando mal. A droga saindo através de seus poros tinha um fedor azedo. Precisava de um chuveiro. Merda, ele precisava de um monte de coisas. Mas naquele momento precisava era de outra dose de coca.

Trinta minutos e dois picos mais tarde, ele tinha apagado as luzes e estava espiando a noite chuvosa através da persiana. Quando começou seu festim de cocaína, um pico podia erguê-lo para as alturas durante meia hora ou mais, para então deixá-lo descer tranqüila e vagarosamente. Agora o ciclo se tornara mais veloz. O prazer a muito custo permanecia até a agulha sair. Depois de alguns minutos, a fissura recomeçava e com ela vinham as sementes do pânico, da paranóia e do desprezo por si próprio. O único remédio era mais uma dose.

Ele olhou para a rua da janela do velho casarão construído sobre uma ladeira, próximo de uma ponte ferroviária. Por causa do declive e do muro de contenção, não conseguia ver a calçada do seu lado da rua, exceto no local onde acabavam os degraus.

Passou um carro; depois, nada além da chuva sombria, as gotas brilhando momentaneamente na luz dos postes de iluminação pública. A fissura por cocaína tornou-se um grito que partia do fundo de seus olhos. Ele a estava retardando o máximo possível, tentando fazer com que a droga durasse mais tempo. Estava quase no fim. Sessenta gramas de cocaína farmacêutica em quarenta horas. Aquele era um consumo de proporções legendárias. Se fosse heroína ele teria caído em um estupor narcótico há muito tempo. Heroína tinha um limite, mas com a cocaína era diferente. Você *sempre* quer mais.

Ele encontrou uma veia e olhou o sangue subindo. Ao invés da prática usual de injetar um pouco e parar, para em seguida injetar um pouco mais, ele se distraiu e injetou tudo de uma vez.

Aquilo correu através dele como eletricidade. Instantaneamente, tudo o que havia em seu estômago voou de sua boca. Oh, Deus! Seu coração! Seu coração! Ele tinha se matado? Levantou-se bruscamente e cambaleou, arrastando uma cadeira, chocando-se contra uma parede e depois contra uma penteadeira. Puta merda! Oh, Deus! Deus! Deus!

O brilho se dissipou e com ele o terror. Fechou os olhos e saboreou a sensação. Nunca mais daquela maneira, jurou.

O farol de um veículo iluminou a persiana. Mad Dog foi até a janela. Um carro fez uma curva em "U" e parou no meio-fio. O muro de contenção bloqueava sua visão do automóvel, exceto pelo pára-choques e pelos faróis. Que diabo poderia ser a essa hora da noite?

Ele apagou as luzes e observou.

Lá embaixo, o carro partiu. Um táxi. Sheila e Melissa, a filha de sete anos de idade, que recebeu esse nome devido a uma canção, apareceram no final da escada. Ele pôde ver o rosto branco de Sheila quando ela olhou para cima. Mad Dog ficou imóvel, certamente ela não podia ver nada além de uma janela escura. Pensaria que ele estava fora, porque seu carro não estava no meio-fio. Estava na oficina do posto Chevron da vizinhança, esperando o pagamento por um alternador, mas ela não sabia disso. Ótimo. Isso lhe daria tempo para injetar o resto da cocaína antes de ouvir sua ladainha estúpida. O surto de afeição que ele sentira mais cedo estava totalmente esquecido. Ao invés disso, pensava em como ela lhe enchia o saco por causa da cocaína, e por tudo o mais, também.

Mad Dog escutou-as entrar pela porta da frente e se mover pelo andar de baixo. Pôde ouvir o andar ligeiro da criança e depois a porta dos fundos abrir e fechar. Ela estava dando comida para o gato, sem dúvida. Era uma pestinha insignificante na maior parte do tempo. Não gostava dele e se recusava a fazer o que ele mandava até que ele prometesse bater em sua bunda se ela não tomasse jeito. Quando ela obedecia, era positivamente de má-vontade, suspirando e arrastando os pés. A única coisa boa nela era seu amor pelo gato. Era sempre dedicada e generosa; uma vez ela gastou seu último dólar para comprar uma lata de comida para gatos. Mad Dog sentia uma afeição invejosa por tal lealdade.

Quando ouviu a gargalhada metálica da TV no andar de baixo, acendeu o abajur, que lançou uma luz amarelada sobre a parafernália ritualística em torno da agulha. Injetou uma pequena seringa de água diretamente no frasco; então, colocou a tampa e agitou. Desse modo, não perderia nada. Aspirou tudo através da agulha para o interior da seringa. Então ergueu-a e comprimiu gentilmente o êmbolo, até que uma gota aparecesse na ponta do bisel. Isso significava que o ar tinha saído da seringa. Levou um bom tempo fazendo isso, saboreando o ato tão longamente quanto possível. Se apenas pudesse prolongar aquela sensação para sempre; isso seria mesmo o paraíso.

Depois de alguns minutos, aquela felicidade foi varrida para fora por uma angústia incipiente, pela auto-piedade. Por que eu, Deus? Por que a vida tem sido sempre esta merda, desde o início? Suas primeiras lembranças eram de quando ele tinha quatro anos, e sua mãe tentou afogá-lo na banheira. Sua irmã de seis anos, que mais tarde se tornou uma prostituta sapatão e drogada, salvou sua vida gritando e gritando até que os vizinhos apareceram. Eles seguraram sua mãe e chamaram a polícia, que levou a criança para um orfanato. O juiz mandou a mãe para o Napa State Hospital, para observação. Em outra ocasião, a enfermeira da escola havia encontrado as marcas em seu corpo, nos locais em que a mãe beliscava, afundando o polegar e o indicador e torcendo sua carne. A dor era terrível, e depois ficava um hematoma. Lembrar disso agora, três décadas mais tarde, fazia-o ficar arrepiado.

Ela foi para o Napa duas vezes depois daquilo, uma delas durante oito meses, antes de morrer, quando ele tinha onze anos. Estava longe dela então — no reformatório. O capelão o chamou para dar a notícia; depois olhou o relógio e disse ao menino que ele poderia ficar sozinho no gabinete durante vinte minutos, para extravasar sua dor. No momento em que a porta se fechou, depois que o capelão saiu, Mad Dog se pôs nas pontas dos pés para alcançar as gavetas. Estava procurando cigarros, a mercadoria mais valorizada na economia do reformatório.

Nada nas gavetas. Foi até o *closet*. Bingo! No bolso de uma jaqueta ele encontrou uma carteira recém-aberta de Lucky Strikes. L.S.M.F.T.[2] Não era nenhuma porcaria! Ele os apanhou e sentiu-se ótimo. Enfiou o maço em sua meia e sentou-se novamente. Era o que estava fazendo quando o capelão retornou. Queria ter uma conversa. Olhou sua caderneta e enrugou a testa; disse algo sobre "*...seu pai...*"

Mad Dog levantou-se e chacoalhou a cabeça. Não queria falar sobre aquilo. Na verdade, não tinha nada a dizer. Ele não sabia nada sobre seu pai, nem mesmo o nome. Não estava em sua certidão de nascimento. Agora, sua irmã, que tinha um nome na certidão de nascimento, chamava-o "bebê fajuto". Quando ele se olhava no espelho, via que era feio e que não se

---

2 A inscrição L.S.M.F.T. — forma abreviada de *Lucky Strikes Means Fine Tobacco* (Lucky Strikes é sinônimo de fino tabaco) — passou a ser impressa nas embalagens do cigarro em 1917. (N. do T.)

parecia com ninguém da família. Embora eles fossem de uma linhagem obscura, tendiam a ser altos e pálidos, com cabelos encaracolados, enquanto ele era baixo e moreno, com cabelos tão crespos que eram quase uma carapinha. Uma vez um menino bocudo, mais velho que ele, perguntou se sua mãe tinha um negro embaixo da cama. Há! Há! Há! O pivete era muito grande e muito truculento para que ele o desafiasse, mas quando as luzes do dormitório se apagaram e o moleque estava roncando, Mad Dog rastejou pelo assoalho e bateu em cheio na sua cabeça com um bastão Louisville Slugger. Ele sobreviveu, mas nunca mais foi o mesmo; sua fala ficou comprometida para sempre, assim como seu cérebro. Foi então que Gerry McCain recebeu o apelido de "Mad Dog". Foi uma alcunha que ele fez por merecer nos anos que se sucederam.

O efeito do último pico estava se dissipando; a dor de cabeça latejava no fundo de seus olhos. Aspirina. Não. Esta a aspirina não curaria. Além disso, a aspirina estava no andar de baixo e ele queria evitar a lengalenga de Sheila tanto quanto fosse possível. Sua voz aguda agiria em seu cérebro como unhas arranhando um quadro-negro. Se tivesse grana, juntaria suas coisas e partiria para esperar Troy na Califórnia, talvez mesmo em Sacramento. As coisas tinham esfriado naqueles dias. Ele tinha alguns golpes em mente, mas detestava fazer qualquer coisa sozinho e o único parceiro de crimes disponível nas redondezas era Diesel Carson. Mad Dog conhecia Diesel desde o reformatório. Eles haviam até mesmo dado um golpe juntos. Esse era o motivo pelo qual não queria fazer nada com Diesel até a ressurreição de Troy.

Sua dor de cabeça estava horrível, e de repente ele conseguiu sentir o fedor do próprio corpo. Álcool e cocaína cheiravam terrivelmente quando eram eliminados pelo suor. Cocaína era a pior das drogas. Uma bosta. Ele a odiava. Embora também desejasse outro pico para adiar as horas infernais que rapidamente se aproximavam. O que ele realmente precisava era de um pico de heroína. Aquele era o remédio perfeito para o grito cinzento da angústia em seu cérebro. A depressão estava começando. Se pudesse ao menos dormir até que aquilo tudo tivesse passado...

Então lembrou dos Valiums. Os grandes. Azuis. O frasco ainda devia ter oito comprimidos. Essa quantidade seria uma porrada suficiente para fazê-lo dormir. Não se preocuparia com os suores noturnos e com os sonhos aterrorizantes. Foi até a penteadeira e abriu a gaveta. Entre canetas esferográficas e isqueiros vazios, comprimidos de Pepto-Bismol e outros detritos, encontrou o frasquinho marrom. Forçou a tampa para fora e despejou o conteúdo na palma de sua mão. Seis! *Seis!* A vaca tinha visitado o frasco.

A raiva piorou sua dor de cabeça. Engoliu os seis comprimidos azuis com a ajuda de uma xícara de café frio. Jogou o frasco vazio na cesta de lixo e começou a se deitar.

Foi então que a porta se abriu e a luz do lustre o atingiu com cem watts de claridade. Sheila estava ali, seus olhos se arregalaram ao vê-lo. Ela deixou escapar um gritinho de surpresa e levou o punho à boca.

— O que você está fazendo aqui? — perguntou.

— Que porra parece que eu estou fazendo? Saia daqui e me deixe sozinho. — Ele olhou para ela e odiou sua cara de lua com a pele marcada. Como ele pôde algum dia tê-la achado bonita? Deve ter sido porque acabara de sair da prisão e até uma fêmea de crocodilo lhe pareceria bela. — Eu disse para você nunca entrar aqui sem bater.

— Eu não sabia que você estava em casa — disse ela. — Seu carro não estava lá fora e você não desceu para me dizer alô. Onde está seu carro?

— Está na oficina, consertando.

— Não fale comigo nesse tom de voz. Eu não gosto disso.

— Ela não gosta disso — ele a arremedava com desprezo. — Não é uma vaca? — Inclinou-se ameaçadoramente para a frente, crescendo sobre ela. — Eu não dou um peido para o que você gosta ou deixa de gostar, vaca! — O sangue pulsando em sua cabeça deixava-o atordoado. Poderia tê-la esbofeteado, não fosse pela voz de criança chamando: Mamãe! Mamãe! O som dos passos da menina precederam seu aparecimento no corredor. Ela correu para sua mãe. Quando elas o encararam, pareceram-lhe muito semelhantes.

— Vamos descer, querida — disse Sheila, com o braço em

torno do ombro da garotinha, fazendo-a voltar-se e caminhar para fora.

— Posso assistir *Jornada nas Estrelas*? Começou agora.

— Claro. Se você for para a cama logo depois. Pode ir. — Mandou a criança para baixo e voltou-se para Mad Dog McCain. Ela mantinha o auto-controle. — Você tem que ir embora. Eu não quero mais você aqui.

— Ótimo. Assim que eu tirar o carro da oficina eu me mando.

— Nem pense em pagar com o meu cartão. Aliás, me devolva. — Ela estendeu a mão, estalando os dedos.

— Ei! Se você quer que eu vá... primeiro tenho que pegar meu carro.

— Não. Me dá o cartão.

Viu que ela não tinha medo. Por quê? Porque sabia demais sobre o roubo do pagamento do navio mercante. Ela trabalhava no escritório de uma companhia de navegação e lhe contou que os marinheiros ainda eram pagos em dinheiro, ao final da viagem. Ela lhe indicou qual navio, quando e onde. Ele e Diesel Carson arrancaram oitenta e quatro mil. Sheila sabia de tudo, e mesmo sendo cúmplice as autoridades certamente esqueceriam sua pena se ela testemunhasse contra Diesel Carson e Mad Dog McCain, uma dupla de criminosos de longa data. Sim, a vaca achava que o tinha preso pelos colhões. Por que cargas d'água ele tinha confiado nela?

Ele tirou o cartão Chevron de sua carteira e jogou contra ela. Caiu no chão. — Filho-da-puta — ela disse, apanhando o cartão e saindo do quarto, batendo a porta atrás de si.

Piscou os olhos com o barulho da porta, enquanto afundava mais e mais no inferno da crise de cocaína. Dentro dele havia um grito silencioso de desespero e uma fúria crescente e brutal. Sem o cartão de crédito ele não poderia recuperar seu carro e sem seu carro, jamais conseguiria algum dinheiro. Não tinha saída. Podia se tornar um mendigo. Tinha uma Python .357 e um AK-47 com pente de trinta projéteis, poder de fogo suficiente para assaltar quase qualquer coisa — mas não podia fugir a pé. Precisava de rodas, mas não de um carro roubado. Isso era para jovens crioulos que não sabiam roubar nada que valesse a pena. Ainda assim, precisava de rodas mais do que qualquer pessoa em sã consciência poderia imaginar. Aquilo chegava à obsessão, talvez até à paranóia.

Através da porta fechada, ele ouviu Sheila e a criança entrarem no outro quarto. Hora de Melissa ir para a cama. A parede fina deixava passar som suficiente para que ele pudesse visualizar o que estava acontecendo. A pestinha estava fazendo suas orações. Jesusdeporracristo; ele odiava religião. Odiava Deus. Adorava o mal mais do que o bem e dizer mentiras mais do que falar a verdade. Decidiu pegar o cartão de crédito imediatamente.

Quando abriu o quarto e examinou a sala, a porta do dormitório à sua direita estava entreaberta. Elas estavam lá. A escada ficava à esquerda. Tomou cuidado para não fazer barulho enquanto descia. Geralmente ela deixava sua bolsa no *hall* de entrada, perto da porta da frente, mas não nesta noite.

A cozinha. Dirigiu-se para lá e realmente a bolsa estava sobre a pia. Abriu-a e tirou a carteira. Oito dólares. Nada do cartão Chevron. Repôs a carteira na bolsa e olhou em volta. Onde ela pôs o cartão depois que desceu a escada?

Ele viu o casaco de Sheila pendurado em uma cadeira. Ela estava vestindo o suéter quando veio para este cômodo. Pegou o suéter e apalpou os bolsos. Acertou, o cartão estava ali.

Estava revistando um dos bolsos quando Sheila abriu a porta. Ele tirou o cartão. — Não brinque comigo, Sheila. Eu vou pegar o meu carro.

— Não brincar com você? Não brinque *comigo*! Devolva isso!

Novamente ela estendeu a mão e estalou os dedos. Aquela simples atitude era como um tapa em seu rosto e ele reagiu furiosamente. Investiu em direção a ela. Sheila abriu a boca para emitir um grito um momento antes que sua mão esquerda se chocasse contra a cabeça dela, desnorteando-a.

Sua mão direita disparou para a frente, seus dedos se fechando em torno da garganta da mulher.

Ela lhe deu um chute e conseguiu se soltar. Bateu novamente nela com a mão espalmada, forte o suficiente para jogá-la contra a mesa, que foi arrastada sobre o piso. Um vaso de flores caiu no chão e espatifou.

Ela partiu para cima dele, esmurrando-o com ambas as mãos, de olhos fechados. Um punho ossudo chocou-se contra sua boca fazendo com que um dente ferisse o seu lábio. Ele podia sentir o gosto de seu sangue salgado. Curvou-se e cuspiu aquilo para longe do seu corpo, para não sujar as roupas.

Sheila aproveitou a trégua para se virar e correr para a sala da frente, onde estava o telefone. Estava sufocando. Os dedos dele tinham machucado sua garganta. A indignação havia desaparecido e ela estava aterrorizada.

Na cozinha, ele forçou uma gaveta e agarrou uma faca de trinchar. Ela ouviu o estrépito dos talheres enquanto ele escarafunchava a gaveta; e então o ruído desta sendo fechada com um golpe. O telefone era de disco. Consumiram-se preciosos batimentos cardíacos até que o nove girasse de volta ao seu lugar, para que ela pudesse finalmente discar o um. Sheila jamais chegaria ao último número.

— Ei, sua vaca dedo-duro — disse ele, parado no corredor, segurando o fio cortado do telefone. A enorme faca estava escondida atrás de sua perna.

Ela deixou cair o fone e virou-se para fugir. Dois passos e seu pé escorregou no tapete estendido sobre o assoalho. Desequilibrou-se e caiu sobre uma das mãos.

Ele saltou sobre suas costas como um felino predador. Seus dedos eram garras enroscadas nos cabelos dela, puxando sua cabeça para que a garganta ficasse exposta. Ele ergueu a faca de açougueiro e enfiou-a até o fim, no ponto onde o pescoço se encontra com o ombro.

Foi como se tivesse esfaqueado um odre de vinho. Quando retirou a lâmina, uma farta golfada de sangue seguiu-se a ela como um gêiser, jorrando sobre o pulso e o antebraço da mão que segurava os cabelos de Sheila. Ele tentou afastar seu corpo para evitar o sangue. Era como se tivesse acionado uma mangueira, que agora esguichava em suas calças.

A mulher ainda combatia selvagemente, golpeando o ombro contra sua coxa, lutando pela vida ainda que esta escoasse para fora dela.

Ele atacou de novo. Desta vez, ela bateu na lâmina com seu antebraço, que foi talhado até o osso, à altura do punho. Conseguiu desviar a faca do coração, mas o corte atravessou seu seio direito e penetrou a carne acima das costelas. Quando a lâmina bateu no osso, o cabo escorregou, pois a empunhadura estava viscosa. A mão de Mad Dog deslizou por sobre a lâmina e seus dedos sofreram um corte profundo. Largou a faca e deu um passo para trás.

As forças da mulher se esgotaram e ela tornou-se flácida e se entregou. Começou a ter espasmos e, dentro de mais um minuto, expirou. Jazia em um verdadeiro lago formado por seu próprio sangue arterial.

Quando Mad Dog olhou para baixo, seus pés descalços estavam imersos na mesma poça de sangue. Levantou um dos pés. O sangue fazia sucção. Como uma mosca, pensou. Deu um passo e depois outro, então sentou na cadeira perto da mesinha do telefone, observando suas pegadas impressas em sangue. Teria que limpá-las. Deviam ser como impressões digitais, identificáveis.

Quando sentou, olhando para aquele horror, uma grande onda de letargia apoderou-se dele. O terror ressurgiu. Algo estava errado. Será que ela o tinha envenenado de algum modo?

— Mamãe! Mamãe! — Os degraus barulhentos rangeram. A menina estava descendo. — Mamãe... você está bem?

— Fique aí — ele berrou, saltando da cadeira.

Muito tarde. Ele viu as pernas dela; depois a cabeça, quando ela se inclinou para olhar. Ele correu para a escada. Contava com que Melissa continuasse dormindo enquanto ele escondia o corpo e limpava aquela desordem. Então, no dia seguinte, poria Sheila numa cova, em algum lugar da vasta floresta a noroeste. Se perguntas fossem feitas, ele agiria como se não soubesse de nada.

Agora era diferente. A menina tinha visto a verdade. Saltou os degraus e seguiu-a até o quarto. Ela estava do outro lado da cama. — Você matou minha mãe — gritou.

Quando ele avançou, ela tentou escapar. Ele foi muito rápido, prendendo o pulso da menina com uma das mãos e procurando um travesseiro com a outra.

Ela gritou, mas ele a arrastou para mais perto. Os gritos

foram abafados quando ele cobriu o rosto da garota com o travesseiro. Suas perninhas se debatiam enquanto ele forçava sua cabeça para baixo. Então ele pôs as duas mãos sobre o travesseiro e ergueu o corpo sobre elas, como se estivesse fazendo flexões, espremendo o travesseiro sobre o rosto da menina. Ela batia os pés contra suas pernas. Era como se fossem as patas de uma borboleta. — Morre! Por favor, morre! — ele implorou.

Parecia que aquilo ia durar para sempre, mas finalmente a batalha cessou. Naquele momento, ele também sentia vertigens, lutando contra a inconsciência, achando que também ia morrer. Então entendeu que era efeito do Valium que ele tinha tomado, e não de algum veneno. Ele estava chapado, não morrendo. A revelação fez com que ele parasse de reagir. O Valium o tinha derrubado. Fechou seus olhos e adormeceu sobre a cama, ao lado do corpo da criança.

Pela manhã, quando ele acordou com uma dor de cabeça esmagadora, pensou por um momento que aquilo tudo tinha sido um pesadelo. Então viu o corpinho, com uma branca textura de cera, porque o sangue havia sido totalmente drenado para a parte de baixo do cadáver. A verdade provou ser pior que o pesadelo.

Sentou-se e viu suas pegadas sanguinolentas espalhadas pelo assoalho. Teria muita limpeza a fazer. Ia ter que escondê-las em algum lugar até que pudesse dirigir para as montanhas e enterrá-las onde elas jamais seriam encontradas.

Dinheiro. Precisava de dinheiro também. Os cartões de crédito. Claro. Ele sabia os números do MasterCard e portanto poderia sacar mil e quinhentos em espécie. Além disso, podia aceitar encomendas, vendendo pela metade do preço coisas que compraria com o cartão. Graças a Deus ele tinha um pouco de dinheiro. Isso evitaria que tomasse uma atitude desesperada, como um assalto. Assim ele poderia se mudar para Sacramento e esperar Troy.

Levantou-se. Quando se movia, a dor de cabeça ficava pior. Foi pegar uma aspirina; depois desceu a escada para ver Sheila. A piscina de sangue tinha coagulado. Era difícil acreditar que um corpo pudesse conter tanto sangue.

Ela já estava começando a cheirar mal? Farejou o ar. Não tinha certeza — mas sabia que isso logo ia acontecer. Corpos apodrecem realmente muito rápido à temperatura ambiente.

CAPÍTULO **DOIS**

Entre os Teamsters[3] locais, acreditava-se que Charles "Diesel" Carson havia conseguido o apelido por pesar cento e quinze quilos e ser tão implacável quanto uma locomotiva. Na verdade, seu nome fora conquistado na escola correcional, na vez em que jogou futebol americano sem capacete e os garotos começaram a chamá-lo de Movido-a-Diesel. O nome caiu bem, e por isso pegou. Mais tarde foi abreviado para "Diesel". Sua esposa o chamava de Charles.

Dezenove anos depois do reformatório, três depois de sair de San Quentin, Diesel Carson estava livre da condicional. Tinha uma esposa, Glória, um menino chamado Charles Jr. e uma casa de três dormitórios em um subúrbio de São Francisco. Pertencia aos Teamsters e era um dos preferidos pelos dire-

---

3 A *International Brotherhood of Teamsters* (Irmandade Internacional dos Caminhoneiros) ou simplesmente Teamsters é um dos maiores sindicatos dos Estados Unidos. Criado em 1903 para representar os trabalhadores que transportavam mercadorias em carroças, o sindicato foi responsável por algumas das greves mais acirradas dos Estados Unidos e sua história se confunde com a história do movimento sindical norte-americano. Nos anos 60 e 70, uma série de escândalos envolvendo James Hoffa, seu mais famoso presidente, além de evidências de envolvimento com o crime organizado, levaram o sindicato a um longo período de declínio. (N. do T.)

CÃO COME CÃO   35

tores locais. Prestava-lhes favores, como espancar qualquer um que não concordasse com a maneira como as coisas eram feitas. Era leal. Quem mais daria emprego a um ex-condenado, mesmo que fosse um empreguinho de merda, quanto mais um bom emprego.

Diesel também trabalhava sob encomenda (mas não assassinatos sob encomenda) para Jimmy the Face e outros. Incendiava coisas, quebrava braços, mas se recusava a matar por dinheiro (bater cartão era o jargão usado), porque isso seria pena de morte automática e ele nunca poderia ter certeza se a pessoa que o contratou manteria a boca fechada caso a polícia ficasse a sós com ela em alguma salinha dos fundos, dizendo que ela poderia ir para casa se apenas confirmasse o que eles já sabiam. Isso sem falar no que alguém podia dizer por conta própria. Assassinato mexia com a cabeça de alguns caras. Eles acabavam tendo vontade de confessar. Bobby Butler confessou um assassinato cometido na prisão dois anos depois do fato. Prenderam-no e lhe deram uma sentença de morte. Ele mereceu, maldito imbecil. Os fundadores da Irmandade Ariana também enlouqueceram. Três anos depois que Jack Mahone, um de seus membros, deixou Folsom, entrou em uma delegacia e disse aos tiras: "eu quero falar sobre esse assassinato que eu e Tank Noah cometemos oito anos atrás". O pobre Tank foi para o corredor da morte depois disso. Diesel não temia a prisão, mas a câmara de gás o deixava nervoso. Isso era quase uma bobagem, considerando quão poucos iam realmente para a câmara de gás, embora houvesse muitos esperando as apelações correrem. Diesel podia matar alguém, mas jamais confiaria a outro ser humano a possibilidade de sabê-lo — ninguém a não ser Troy, queria dizer. Confiava inteiramente em Troy.

Diesel saiu do chuveiro e vestiu uma cueca limpa e calças claras de linho. A vida agora era ótima. Estava superando os valores impostos pelo orfanato católico, pelo abrigo para menores, pelo reformatório e pela prisão. Qualquer um que ficasse três anos fora da prisão já estaria fazendo muito, mesmo que fosse um pé-rapado, mas ter um carro novo e uma casa própria fazia dele um sucesso monumental. Tinha ternos Hickey-Freeman e sapatos Johnston and Murphy em seus pés

— e lugares na primeira fila para assistir às lutas. Na próxima semana, o secretário geral estaria lhe arranjando um pagamento por sinecura. Enquanto carrocerias equipadas com carretas novas cruzassem o país sobre vagões de carga, ele recebia pagamento de Teamster, com hora extra. Só os caras realmente favorecidos pelo sindicato conseguiam coisas como aquela.

Foi Jimmy the Face que o apresentou. Em troca, fazia-lhe favores. Naquela noite ele ia dirigir até Sacramento para queimar uns caminhões. Algum idiota estava competindo contra o The Face por um contrato de prestação de serviços de transporte. Depois que Diesel tivesse acabado, o imbecil estaria falido.

Da prateleira do armário, Diesel pegou sua pasta e a destravou. Dentro dela estavam suas pistolas. A .45 era para tiroteio sério, mas muito pesada para carregar. Ela fazia suas roupas penderem. A segunda pistola era uma Colt Woodsman .22 com o cano rosqueado para adaptar um engaste para o silenciador. Com munição quente e um silenciador, era a arma perfeita para um assassinato. Quase não produzia som e a bala permanecia no interior do crânio, ao invés de espalhar osso e sangue por toda a parede. A última arma era um revólver Smith & Wesson .38 de cano curto de cinco tiros. Leve e pequeno o bastante para carregar, mas com poder de fogo suficiente para dar conta do serviço. Era uma arma perfeita para proteção pessoal. Verificou-a para ter certeza de que estava carregada, e então prendeu o coldre ao seu cinto. Era pouco provável que fosse necessitar, mas era melhor estar com ela e não a usar do que precisar dela e não a ter à mão. Nenhum mané ia surpreendê-lo cometendo um crime e prendê-lo à unha — a não ser que quisesse ter um pedaço de chumbo pesando em seu estômago.

Colocou a pasta de volta no armário e pegou uma jaqueta de couro cáqui e mocassins Bally. Ia levá-los com ele, pois talvez parasse na cidade, mais tarde. Era uma pena que fosse perder as lutas da noite, mas depois o pessoal estaria no Charlie's em Mission.

Ele calçou um par de Reeboks de cano baixo e vestiu uma jaqueta. Pelo espelho não via nenhum volume. O conjunto estava confortável e ele certificou-se de que nada cairia quando saltasse sobre a cerca. Uma vez isso aconteceu e foi muito embaraçoso. Demorou-se mais um momento em frente ao espelho. Tinha um aspecto muito bom, tinha até uma certa beleza com seu tipo grande e forte, a imagem de um policial irlandês encorpado. Isso o fez sorrir. Levantou as mãos em uma pose de boxeador, balançando o corpo ritmadamente, e lançou um par de *jabs*. Tinha um boxear macio para o seu tamanho. No ginásio diziam que ele se movia como um peso médio, mas o ginásio não era a arena. Quando a multidão começou a gritar e o sino tocou, esqueceu tudo o que sabia sobre boxe. Investiu como um selvagem e levou porrada. Aquilo acabou com seu sonho de se tornar a grande esperança branca e ganhar milhões no ringue. Voltou a aplicar golpes e a roubar para viver.

Agora estava na hora de sair para cometer um crime.

Olhou pelo quarto. Não estava esquecendo nada. A chave de fenda afiada, o martelo de carpinteiro e o frasco de Clorox com querosene estavam no porta-malas do carro. Suas luvas estavam no porta-luvas.

Quando abriu a porta do quarto, foi assaltado pela batida monótona de um rap. — Desliga essa merda de crioulo — gritou em direção à cozinha. Como não houve resposta, ele ficou furioso e se precipitou pelo corredor, resmungando que aquela porra estava tão alta que ele não podia ouvir nem o próprio pensamento.

A cozinha estava vazia. Através da janela dos fundos, viu Glória estendendo camisas no varal. Júnior estava sentado em um andador.

Diesel foi para a porta dos fundos. — Qual o problema com a porra da secadora? — perguntou.

— 'Porra' da secadora? Sinceramente, Charles. Seu filho...

— Foda-se. Ele ainda não conhece as palavras.

— Ele aprende rápido.

— Tá bom. Vou sair agora. Me diga uma coisa. Como é que você consegue ouvir essa merda de rap? Eu não acredito como essa merda pode ser tão ruim. Isso tem tanto a ver com música quanto um peido.

Ela acenou de um jeito que era meio despedida e meio

expulsão e voltou para o que estava fazendo. Quando ela ficou nas pontas dos pés, suas pernas se acentuaram e quandó se esticou para alcançar o varal, seus seios se comprimiram contra a blusa. Quaisquer que fossem suas outras imperfeições, ela tinha um corpo incrível. Havia tempo para uma rapidinha? Não. — Por que você não usa a secadora?

— Eu engomei suas camisas do jeito que você gosta. A secadora tira a goma.

— Parece razoável. Estou saindo, querida.

— Quando você volta?

— À noite.

— Tome cuidado.

— Eu sempre sou cuidadoso, gata.

— Me ligue se for chegar depois da meia-noite.

— Farei isso — disse, completando consigo mesmo: se eu lembrar.

Caminhando pela calçada até seu novo Mustang GT conversível, Diesel sentiu-se ótimo. Desde a fuga do Lar Católico das Irmãs de Caridade para Meninos, aos dez anos de idade — e a ida para um abrigo de menores pela primeira vez, quando o pegaram arrombando uma loja de conveniências — nunca tinha passado seis meses sem uma detenção. Nem todas foram por crimes e nem todas resultaram em condenações, mas todas foram mesmo malditas detenções em que ele foi para a cadeia. Mas isso já era. Tinha superado a prisão? Hoje conhecia homens que viveram inteiramente do crime; ganharam muito dinheiro e nunca foram para a prisão. Talvez também pudesse fazer isso, especialmente com Troy no comando, fazendo o planejamento. Diesel sorriu, pensando em como Troy ficaria grato pelo modo como as coisas estariam preparadas para ele. Na garagem, estavam as suas ferramentas para o crime, osciladores que eles usariam em alarmes contra roubo, um *scanner* para interceptar as chamadas policiais e até uma tocha portátil de acetileno de uso exclusivo da Marinha.

Diesel entrou no carro, ligou o motor e abaixou o teto conversível. Estava engatando a ré quando a porta da frente se abriu. Glória pôs a cabeça para fora. Ele freou. — Telefone — gritou ela.

CÃO COME CÃO 39

— Quem é?

— McCain.

— Mad Dog?

Ela balançou a cabeça.

— O que ele quer?

— Ele não disse.

— Diga-lhe que você não conseguiu me alcançar.

Glória fechou a porta e Diesel prosseguiu. Enquanto dirigia, perguntou-se em voz alta: — Por que aquele filho-da-puta imundo me ligou? — A última vez que havia falado com Mad Dog fora um ano atrás, quando eles assaltaram o pagamento do navio mercante. Como sua namorada trabalhava para a companhia de navegação e havia apontado o esquema, quando estavam dividindo o dinheiro, Mad Dog quis separar uma parte para ela. Ele não havia mencionado isso antes. — Claro — falou Diesel — e eu vou separar uma fatia para Glória.

— Como?!

— Se Sheila vai pegar uma parte, por que não Glória?

— Isso é palhaçada, cara.

Eles se encararam por sobre a mesa da cozinha. Foi um momento tenso. Diesel se ergueu um pouco da cadeira e inclinou-se para a frente. Ele superava o peso de Mad Dog em mais de quarenta e cinco quilos. A pistola de Mad Dog estava no coldre. Nunca conseguiria alcançá-la antes de Diesel quebrar sua mandíbula. Mad Dog recuou diante do confronto, mas Diesel sabia que uma semente de ódio havia sido plantada em uma mente já fertilizada pela loucura. Manteve-se longe de McCain desde então. Troy disse que saberia gerenciar o pequeno maníaco. O tempo diria se ele estava certo. Troy sairia em liberdade condicional em cerca de dois meses, e ele tinha planos para uma quadrilha de três homens, especializada em roubar cafetões, traficantes e gângsteres, todos pessoas que não poderiam ir à polícia. Diesel tinha apenas um pensamento favorável a respeito de Mad Dog: — Pelo menos ele não é dedo-duro. Mas por que ele está telefonando para mim?

Três horas depois, Diesel estava em pé sob a sombra de um carvalho, em um campo coberto de capim seco. Trinta metros à frente erguia-se a entrada para a Southern Pacific. Depois dela havia um barranco íngreme que acabava na cerca da Star Cartage. Quando a lua se movia para trás ou para fora das nuvens, ele via as grandes silhuetas dos caminhões e os escritórios de metal corrugado. As janelas estavam às escuras. Jimmy the Face ia dar um jeito para que o vigia ligasse avisando que estava doente. Parecia que Jimmy tinha conseguido novamente.

Atrás da transportadora estava a U.S. 99. O trânsito estava leve, principalmente caminhões com produtos agrícolas rodando noite adentro. Algumas centenas de metros rodovia abaixo havia um bar com uma placa luminosa. Parecia fácil.

Diesel enrolou a sacola de lona com as ferramentas e o querosene. Seria mais prático alojá-la sob o braço como uma bola do que carregá-la pendurada na mão. Agachando-se para dissimular sua silhueta, cruzou o campo a trote e passou sobre os trilhos da estrada de ferro. O cascalho se espalhava à medida que ele deslizava pelo barranco em direção à cerca.

Trazia alicates na sacola, mas quando examinou à sua volta, pareceu-lhe óbvio que pular a cerca seria mais fácil que cortá-la. Seria igualmente seguro também, pois os barracões ocultavam o cercado da estrada. Jogou a sacola por cima da cerca e saltou, enganchando seus dedos sobre ela.

A cerca rangeu em toda sua extensão. Sem problemas. Não havia ninguém por perto para ouvir. Deixou-se cair e permaneceu imóvel, atento a qualquer sinal de movimento ou de alarme.

Nada. Silêncio, exceto pela troca de marcha de um caminhão que se afastava. Beleza, isso seria fácil. Ele tinha tomado três cápsulas de Dexamyl e estava tinindo por dentro. Tomou cuidado para que os barracões ficassem entre ele e a estrada, enquanto se aproximava dos caminhões.

Nova pausa; novamente nenhum alarme. Agarrou a grande e afiada chave-de-fenda. Ela penetrou facilmente no tanque de combustível. O martelo não seria necessário. O óleo diesel começou a correr, formando círculos escuros sobre o solo. Quando já escorria de todos os cinco caminhões, ele derramou querosene entre eles, de forma que todos os líquidos inflamáveis estavam conectados. Sua respiração estava um pouco pesada. Malditos Marlboros, pensou.

Apanhou os palitos de fósforo. Será que aquilo ia explodir?

CÃO COME CÃO 41

Se explodisse, que explodisse. Foda-se. Acendeu um fósforo com a unha do polegar e o lançou sobre o querosene.

Enquanto a chama azulada rastejava pelo solo, Diesel corria em direção contrária.

Não houve explosão, mas o fogo se espalhou velozmente. Viu aquilo se acender enquanto saltava sobre a cerca, e as chamas já ardiam altas no momento em que alcançou o carvalho.

Estava na estrada, a meio quilômetro de distância, quando os caminhões dos bombeiros, com suas sirenes gritando e suas luzes piscando, vieram em sentido contrário. Civilmente, encostou o carro e observou eles passarem. — Boa sorte, amigos — falou com um sorriso.

Já na interestadual, ele estava rindo pelo que tinha feito. A pressão havia passado. Jimmy the Face ia apreciar o que ele fez. Diesel gostava de trabalhos de incendiário. Eles eram fáceis. O problema era encontrar clientes que confiassem nele. Não podia anunciar nos classificados: PIRÔMANO DE ALUGUEL. Péssimo. Essas coisas eram presentes recebidos. Como diria Troy? — Um ninho de pássaros no chão.

Eram 3:30 da madrugada. Diesel já havia chegado em casa e estava na cozinha, comendo sucrilhos com leite. O telefone tocou. Olhou para o relógio. — Quem diabos...? — Ergueu o fone.

— Alô.

— Sou eu, Mad Dog.

— Que foi, cara?

Glória apareceu na porta da cozinha. — Ele ligou três vezes.

— Preciso de ajuda, mano — disse Mad Dog. — Estou com grandes problemas, cara. Estou preso aqui. Foi uma queixa por uma bobagenzinha envolvendo cartões de crédito, mas se eu não conseguir a fiança até segunda-feira, o oficial da condicional vai expedir um mandato por violação da condicional contra mim. Você sabe como são essas coisas.

Diesel entendeu. — Quanto é a fiança?

— Só mil e quinhentas pratas.

— E quanto a Sheila?

— Ela está no Colorado, visitando seus pais. Eu não tenho o telefone de lá. Eu tenho uma grana no meu barraco.

— Mande um agente de fianças. Ele vai ganhar uma grana com isso. Põe um extra na mão dele.

— Não, cara. Não confio em agentes de fiança. E se ele roubar a grana e disser que ela não estava lá?

Diesel não falou nada. Ressentiu-se pela imposição, mesmo sabendo que iria ceder quando o pedido viesse. Ele veio em seguida:

— Olha, cara, eu juro que tenho a grana no meu barraco. Eu não ia enrolar você com uma coisa dessas. Eu vou devolver tudo o que gastar... e te dou o que você pedir.

— Você já tem o dinheiro, certo?

— Claro, companheiro, juro por Deus.

— *Isso* é o que me faz acreditar mesmo em você. Há, há, há...

— Ei, cara, não me deixe na mão. Por favor, não me deixe aqui em cana.

Diesel deixaria Mad Dog McCain apodrecer na prisão — mas Troy ia querer isso? Ele diria para cobrir a fiança. — Preciso de quinhentos para minhas despesas.

— Fechado. Assim que eu levantar a grana.

— Vê se não fode comigo, Dog. Se você estiver aprontando, nós vamos ter uma encrenca fodida, entende o que eu estou dizendo?

— Sim, D. Nós nos conhecemos. Eu não iria foder com você.

— Ok. A cavalaria está a caminho. Vou partir agora mesmo. Devo livrar você amanhã.

— Estou contando com você.

— Ei, se eu disser que uma formiguinha vai puxar o arado, pode atrelar os arreios nela.

CAPÍTULO **TRÊS**

O velocímetro oscilava entre cento e trinta e cento e quarenta enquanto o Mustang cortava a Interestadual 5 em direção ao norte. Os vinhedos fartos e a paisagem reverberante de Napa Valley davam lugar a um terreno mais pedregoso, à medida que a estrada escalava as Sierras. Os pneus do carro guinchavam nas curvas e ele voava entre os caminhões enormes que avançavam lentamente escarpa acima. Passando pelo lago Shasta, Diesel olhou para as fileiras de casas flutuantes que aguardavam nas docas. Aquilo devia ser divertido. Talvez depois que Troy arranjasse uma namorada eles pudessem alugar uma por poucos dias, explorar os vários quilômetros de canais. Glória certamente gostaria. É claro que isso podia não ser o mais indicado para Troy, que preferia luzes brilhantes e atividade intensa.

Realmente amava seu amigo. — Meu homem número um — murmurou, pensando que seguiria seu companheiro até mesmo através dos portais do inferno, se Troy dissesse que havia um bom serviço lá embaixo. Troy era o líder desde que se encontraram pela primeira vez, no abrigo para menores;

fugiram juntos por sobre a cerca alguns dias depois. De todos os criminosos que Diesel conhecia, Troy era o único cuja ambição era ser um fora-da-lei. — Nunca herdei nada — disse ele certa vez — e não vou ser apenas uma cifra em meio à horda. — O que é uma cifra? — Diesel perguntou, e Troy gargalhou ruidosamente e abraçou seu amigo. Ao recordar aquilo, Diesel sentiu uma onda de afeição. Seria capaz de quase qualquer coisa por Troy, e a razão para aquela viagem era, em grande parte, o fato de saber que Troy gostaria que ele a fizesse.

A chuva diária começou a cair sobre o nordeste verdejante no momento em que se aproximava de Grants Pass, Oregon. A pista molhada o atrasou, por isso já era noite quando ele se avizinhou de Portland. As cápsulas de Dexamyl haviam se dissipado e ele começou a cochilar ao volante. Parou e abaixou a capota conversível. O ar frio iria mantê-lo acordado. Enquanto o carro continuasse em movimento, o pára-brisa evitaria que a chuva o molhasse.

Em Portland, os semáforos e as placas de trânsito obrigaram-no a erguer novamente a capota. Qual seria seu próximo passo? Os agentes de fiança atendiam vinte e quatro horas por dia, mas ele estava cansado demais para cuidar de negócios. À sua frente surgiu o néon verde de um motel Travelodge. Fez uma curva e entrou.

No quarto, sentou na cama e tirou os sapatos; depois caiu de costas e fechou os olhos. Pretendia dar uma rápida cochilada antes de consultar as páginas amarelas em busca de agências de fiança. O sono o derrubou completamente vestido. Em menos de um minuto, seu ronco podia ser ouvido através da porta.

Quando Diesel abriu os olhos, ficando instantaneamente alerta como um predador na floresta, viu o céu escuro através da janela e pensou que fosse noite. Droga. Teria dormido o dia inteiro?

Seu relógio de pulso marcava 6:50. Estava funcionando. Foi até a janela. O céu estava carregado com nuvens sólidas e a cidade parecia molhada, embora a chuva não caísse naquele momento.

Arrancou da lista a página com a relação dos agentes de

fiança e foi até o telefone. O primeiro, A.A.A. Fiança, 24 horas por dia, revelou-se um serviço de recados. Eles pediam um número para retornar a ligação.

O próximo era Byron Fiança, estaduais, federais e municipais, 24 horas por dia, 365 dias por ano, Byron liberta você.

Diesel discou. Tocou apenas uma vez.

— Byron Fianças, Byron falando. O que posso fazer por você?

— Certo, cara — falou Diesel. — Quero pagar a fiança de um camarada meu. Ele está trancafiado aqui em Portland.

— Qual é a acusação?

— Não tenho certeza, algo a ver com cartões de crédito.

— Pode ser contravenção ou delito.

— Eu acho que é delito.

— Você tem dinheiro?

— Tenho um cartão Citibank Visa ouro.

— Isso é o mesmo que dinheiro. Qual é o nome do seu camarada?

— Ahnn, McCain.

— Primeiro nome?

— Eu... er... não sei.

— Ele é seu colega e você não sabe qual é o primeiro nome dele?

— Só sei o apelido — Diesel falou, acrescentando para si mesmo — mas não vou te dizer que é "Mad Dog".

— McCain basta, acho. Não é tão comum. Você sabe em que prisão ele está?

— Negativo.

— Isso eu posso descobrir. Quando ele foi preso?

— Estou quase certo de que foi na sexta-feira.

— Você vem para cá com o dinheiro?

— Claro. Só que eu não sei como chegar até aí. Não conheço merda nenhuma em Portland.

— Onde você está?

— Estou em um Travelodge que pode ser visto da Interestadual 5.

— Certo. Volte para a Interestadual e cruze a ponte em direção ao norte. Saia na primeira rampa... — Byron continuou com as instruções; era fácil. Primeira curva depois da rampa de saída.

Pagou a conta do motel e começou a dirigir. Era domingo e o tráfego estava tranqüilo apesar do clima horrível. Quando virou para a rua de sobrados de alvenaria, a chuva começou a cair. Seus faróis iluminaram um Jaguar XJS estacionado à sua frente. Através do pára-brisa embaçado pela chuva, sobre a vitrine de uma loja, ele viu a plaquinha de néon: Byron Fiança.

Enquanto apressava-se em direção à porta, notou que a placa do Jaguar era BAIL BND[4]. O carro dispendioso brilhava com a chuva, sob a luz do poste. O negócio de agenciar fianças era uma fábrica de dinheiro, sem brincadeira — se você pudesse prender pessoas por conta própria e levá-las para a cadeia. Quanto a Diesel, podia matar qualquer imbecil, mas levá-lo para a cadeia, isso era alcagüetagem. Não seria sacanagem se um policial o fizesse, ou mesmo um careta. Era parte do jogo. Mas um agente de fiança estava numa espécie de meio-termo, meio careta, meio capanga.

Do lado de dentro, atrás de uma escrivaninha, a um metro e meio de um balcão desnudo, Byron falava ao telefone enquanto fazia anotações em um bloco amarelo. A escrivaninha tinha pilhas de papéis e documentos.

Diesel inclinou-se sobre o balcão. Sentia cheiro de charuto e, de fato, havia algumas pontas em um cinzeiro sobre a escrivaninha.

Byron despediu-se mas manteve o fone erguido. — Você é...

— Liguei a respeito de McCain.

— Certo... certo. Eu não anotei seu nome.

— Charles Carson — Diesel abriu sua maleta e tirou o pedaço de plástico dourado. Era grana na mão. O dinheiro diria tudo o que fosse necessário.

— Ok, Sr. Carson. Andei pesquisando. Seu amigo está na Prisão Municipal de Multnomah, sob suspeita de violação do Estatuto de Negócios e Serviços do Estado do Oregon, seção um-oito-cinco-três, subseção A — o que quer que isso signifi-

---

4 BAIL BND. A placa do carro revela a atividade de seu dono: *bail bond*, fiança, quantia que deve ser coberta pelo fiador caso o acusado não compareça à corte na data estipulada. (N. do T.)

que. Algo a ver com cartões de crédito. Não há uma fiança estipulada no momento, mas a fiança recomendada é de mil e quinhentos. Eu consigo ter o mandado assinado em meia hora. Já localizei o juiz responsável. Ele está em casa e eu falei com seu assistente.

— Muito bom. Você está mesmo fazendo seu serviço. Quanto é a conta para tudo isso?

— Trezentos e cinqüenta para agilizar o mandado, dez por cento da fiança como gratificação, e a caução, que você vai reaver quando ele se apresentar à corte.

— Aqui está, campeão — Diesel empurrou o cartão para a frente, mas interrompeu o movimento. — Só uma coisa, quando ele for exonerado, o dinheiro voltará para mim. Não para ele. Entendeu?

— Sem problema — pegou o cartão de crédito e foi até o telefone para certificar-se de que ele era bom. — Sente-se — disse.

Diesel sentou-se e pegou uma *Sports Illustrated* com um artigo sobre o processo de Mike Tyson por estupro. Crioulo idiota, pensou, sentindo mais compaixão que desprezo. Estava certo de que a "vítima" havia apanhado o macho pelo pau como um peixe no anzol. Ela sabia exatamente qual seria a atitude dele, e como ela agiria depois. Isso fez Diesel sentir-se inteligente. Era ignorante sobre muitas coisas, mas estava atento aos jogos que as pessoas fazem.

Byron pôs o fone no gancho e levantou-se. Era um sujeito baixinho. Fez o sinal de Ok com o indicador e o polegar e piscou novamente. — Vale como ouro — disse, alcançando uma capa de chuva pendurada sobre as costas de uma cadeira. — Conseguirei a assinatura do mandado imediatamente. Você está de carro, certo?

— Sim.

— Vai pegá-lo quando sair?

Diesel confirmou com a cabeça. Iria, certamente. Tinha dinheiro para reaver de Mad Dog. O baixinho pirado não teria uma arma quando saísse da cadeia, e Diesel estava certo de que ele não conseguiria obter uma antes de o dinheiro ser pago. Se ele não o tivesse... Interrompeu aí seu pensamento, não queria comprometer-se com nada, mesmo em sua mente.

Byron conferiu seu relógio. — Eu posso conseguir a assinatura do mandado e fazer uma visitinha à prisão em cerca de uma hora. Mas eles não vão deixá-lo sair até terminarem de escriturar a pesca do dia. Sacou? Os peixinhos apanhados na rede...

Diesel grunhiu e deu um meio esgar. Era todo o riso que a piada merecia. — Então...

— Então, por que você não chega à prisão em torno de dez ou dez e quinze. É quando vão começar as liberações sob fiança.

— Parece bom. Onde fica?

Byron piscou novamente, fazendo Diesel se perguntar se o homem tinha um tique nervoso. Ele trouxe um mapa mimeografado com uma série de setas indicando como ir do "escritório de Byron" até a "Prisão Municipal".

Byron, então, ligou sua secretária eletrônica e acompanhou Diesel até a porta.

Diesel comeu em um Denny's e jurou nunca mais fazer isso outra vez. Poucos minutos após as dez horas, dirigiu até a Prisão Municipal de Multnomah. Era uma fortaleza de blocos de granito do século dezenove que o fazia lembrar Folsom. Tinha grades e janelas de vidro fosco, atrás das quais podia ver sombras se movendo.

Dirigiu ao redor sob a chuva por mais quinze minutos e retornou. Passou lentamente pela prisão. Não havia lugar para estacionar no meio-fio.

Cerca de quarenta e cinco metros depois da entrada, achou uma vaga em frente a um hidrante. Servia. Não ia deixar o carro. Sairia se aparecesse um caminhão de bombeiros. Dali podia observar a porta da prisão.

Ligou o rádio e percorreu o *dial*, procurando uma estação que tocasse velhas e boas canções, mas parou quando ouviu uma transmissão esportiva. Basquetebol... Parecia que eram os Trailblazers. Girou novamente o *dial*. Natalie Cole. Preferia esta. Sintonizou melhor a estação e recostou-se no assento para olhar a chuva.

A prisão parecia uma caixa de biscoitos. Talvez por dentro fosse um presídio de segurança ultra-máxima, mas vista de fora ela parecia frágil. Sem dúvida teria celas reforçadas em algum lugar de suas entranhas. Até instituições de segurança mínima tinham celas de segurança máxima em algum lugar, mas, mesmo para um detento comum, a segurança ali pareceria precária. Qualquer cadeia em que fosse possível alcançar uma janela pelo lado de fora estava pedindo que alguém fizesse isso. E se qualquer coisa podia entrar, qualquer coisa podia sair. Era só cortar uma barra e um corpo passaria.

Luzes caíram sobre a traseira do Mustang. A claridade invadiu o carro e um ônibus passou e fez uma volta, a viatura do presídio, com telas sobre os vidros e as pálidas nódoas brancas das faces olhando para fora. — Pobres otários — Diesel murmurou, acrescentando: — antes vocês do que eu.

Logo um Jaguar freou e estacionou em fila dupla do lado de fora da entrada iluminada. Rapidamente, o motorista saiu e atravessou a chuva em direção à entrada. Diesel saiu do Mustang e apressou-se ao longo da calçada. — Byron! Ei, Byron!

O portão de entrada emitiu um zumbido e Byron o atravessou. Diesel continuou em frente e parou perto da porta. Deveria esperar ali? A marquise detinha a maior parte da chuva. Então ele viu a câmara de circuito fechado. Assim que olhou para ela, uma voz saiu do alto-falante, obviamente alguém vigiando pelo monitor. — Declare suas intenções, senhor.

— Estou esperando um agente de fiança. Ele acabou de entrar.

— Lamento, senhor. Vai ter que esperar na calçada. Ninguém está autorizado a permanecer onde o senhor está.

— Ok, você manda. — Diesel arreganhou seu mais largo sorriso irlandês e tocou a fronte em uma saudação pouco convincente. Voltou para o carro e abaixou a janela para ver melhor a porta da prisão.

Um minuto depois, um par de agentes saiu e entrou em um carro estacionado perto da entrada. Diesel avançou para a vaga deixada por eles. Quando Byron saiu, Diesel piscou os faróis, depois desembarcou e dirigiu-se a ele. — Aí está você — disse Byron. — Seu camarada sairá em alguns instantes. Eu falei com ele e disse que você estaria esperando.

— Você foi ótimo — falou Diesel. — Obrigado.

— Falei para ele, mas também vou avisar você. A audiência será quinta-feira. Divisão dois. Não o deixe esquecer... se você quer seu dinheiro de volta.

— Vou lembrá-lo — disse.

— Vamos sair dessa chuva — disse Byron. — Boa sorte.

— Pra você também.

Apertaram as mãos e Byron correu para o seu carro. O motor do Jaguar emitiu um ronco poderoso, sibilante, enquanto se afastava, os faróis traseiros flamejando quando ele parou no semáforo da esquina. Depois dobrou a esquina e desapareceu.

Meia hora mais tarde, homens começaram a sair da prisão a cada dois minutos. Para Diesel era óbvio, desde que o primeiro par caminhou para fora, que eles estavam sendo libertados — um deles vestia uma camiseta estilo regata em plena chuva.

Mais meia dúzia saiu antes que Diesel reconhecesse Mad Dog McCain. Estava muito escuro e muito longe para que pudesse ver o rosto, mas Diesel conhecia a linguagem corporal de seu andar. Piscou os faróis e abriu a porta. — Ei, vadio! — gritou. — Aqui está seu homem aguardando você. — Desejava que a brincadeira de porta de cadeia dissipasse qualquer resíduo de hostilidade por seu último encontro. Enquanto a figurinha ossuda se aproximava, Diesel tentava ler a expressão de seu rosto. Esperava um riso franco. Ao invés disso, recebeu um sorriso contraído. — Vamos cair fora logo antes que eles mudem de idéia — disse Mad Dog. — Como é que tá?

— Batendo para não apanhar.

Quando o carro já estava em movimento, Mad Dog disse: — Obrigado por salvar meu rabo, cara.

— Para onde? — Diesel perguntou.

— Tenho que pegar meu carro apreendido. Tem alguma grana com você?

— Não, cara. Eu dei todo meu dinheiro para o agente da fiança — mentiu Diesel. — Vou ter que pegar dinheiro com você. Senão vou ficar sem gasolina para ir para casa.

— Tá bom. Você sabe chegar em casa?

— Ã-ã. Não daqui, pelo menos.

— Vire à direita no segundo sinal.

Durante o percurso, Mad Dog contou que tinha sido preso no posto de gasolina, quando foi pegar seu carro e tentou pagar com o cartão Chevron de Sheila. — Ela comunicou a maldita perda.

— Ela pode consertar isso, não?

— Sim... claro... quando ela voltar.

Diesel não estava interessado no que Mad Dog tinha a dizer. Não gostava dele e, embora manifestasse desprezo se alguém o acusasse de sentir medo, a verdade era que Mad Dog causava-lhe mal-estar. O cara era muito paranóico e imprevisível. Em San Quentin, ele e outro maluco esfaquearam um cara cerca de doze vezes porque ele achou que o sujeito o estava encarando. Os cirurgiões do presídio conseguiram salvar a vida dele, mas o seu encanamento jamais seria o mesmo. Diesel conhecia muitos assassinos que estariam cagando e andando se as nuvens se fechassem e chovesse mijo de cachorro, mas eram previsíveis. Maníacos como Mad Dog eram propensos a perder o controle por qualquer razão — ou sem razão alguma. Se não fosse por Troy, que dizia poder contê-lo, Diesel jamais lidaria com ele. O argumento definitivo de Troy, e que tinha grande peso, foi o seguinte: — Pelo menos você não precisa ter medo que ele traia você.

— Vire aqui — disse Mad Dog.

Diesel virou. Agora reconhecia a rua. As velhas casas com estrutura de madeira erguiam-se sobre uma ladeira, muito acima da rua, com as garagens escavadas por baixo delas. Estacionou ao pé da casa.

— Quer esperar aqui ou subir comigo?

Diesel imaginou Mad Dog saindo pela porta dos fundos e pulando uma cerca enquanto um grande idiota esperava sentado no carro. — Tá Ok. Eu vou subir com você.

— Fique à vontade.

Mad Dog saiu do carro e Diesel o seguiu escada acima. Mad Dog pegou o caminho que contornava o lado da casa até a varanda dos fundos, onde tirou uma chave de baixo da escada e deixou que eles entrassem. Passaram por um refrigerador e um *freezer* na velha varanda e entraram pela cozinha. Mad Dog acendeu as luzes. A cozinha estava imaculada e Diesel

CÃO COME CÃO   53

lembrou que Mad Dog era "maluco da limpeza", um termo usado pelos detentos para a compulsão por asseio. Era um traço comum aos que eram atormentados pela culpa.

Atravessaram a cozinha e o corredor até a sala de estar. — Espere aqui — disse Mad Dog.

Diesel quase ia dizendo que subiria com ele, mas isso seria tanto um desrespeito quanto um sinal de fraqueza. Pareceria estar com medo de ser enganado. — Vá em frente — disse, e sentou-se sobre o sofá decrépito. Ouviu a escada da frente ranger à medida que Mad Dog subia para o segundo andar.

Enquanto esperava, Diesel sentiu vontade de urinar. Lembrou que havia um toalete perto da cozinha. Quando entrou no banheiro, ouviu Mad Dog descendo a escadinha dos fundos, que dava para a cozinha. O filho-da-puta está saindo de fininho, pensou, ouvindo atentamente. Se ouvisse a porta dos fundos se abrir, correria para fora e moeria o rato com pancadas até ele se borrar. Avançou lentamente em direção à porta da cozinha. Podia ver Mad Dog na varanda, erguendo a tampa do *freezer*. Pegando o dinheiro, pensou Diesel, e recuou para sair de vista.

Voltou para a sala de estar. Um minuto depois, Mad Dog apareceu segurando um maço de dinheiro. — Dois mil — ele disse. — Quer contar?

— Eu confio em você.

— Você vai me levar ao depósito de veículos para que eu possa pegar o meu carro?

— Claro. Vamos lá.

Saíram pela porta da frente e desceram a escada até o carro. Mad Dog deu as instruções para chegar ao depósito de veículos. Quando chegaram, ele teve de preencher um requerimento e aguardar na fila.

— Estou indo embora, Dog — falou Diesel. — Você não precisa mais de mim.

— Não. Agora está tudo sob controle. Obrigado, mano. — Estendeu a mão e sorriu. Quando apertava sua mão, Diesel olhou dentro dos olhos de Mad Dog. Eram rasos e, de algum modo, vazios. Se era possível ver a alma de alguém através dos olhos, Mad Dog não a tinha.

— Te vejo quando Troy sair — disse Mad Dog.

— Certo — e então nós vamos ficar ricos.

Enquanto se afastava, Diesel viu Mad Dog fumando um cigarro do lado de fora do escritório do depósito. Será que devo?, pensou. O que poderia acontecer? Perder sua amizade? Não seria perda alguma. Talvez tivesse que matá-lo? Improvável.

Adiante estava o cruzamento onde ele teria que se decidir. À esquerda, tomaria a Interestadual 5 em direção ao sul; ou então seguiria em frente, para a velha casa e o dinheiro escondido no *freezer*.

O sinal estava verde e ele seguiu em frente.

Ele passou pela casa, dobrou a esquina e estacionou. Melhor andar uma quadra a mais que correr o risco de Mad Dog voltar e ver o carro. Abriu o porta-luvas e pegou o .38 e uma lanterna. Saiu e fez o caminho de volta.

Diesel subiu as escadas com velocidade e agilidade surpreendentes para alguém do seu tamanho. Se houvesse muito dinheiro, poderia esperar e eliminar Mad Dog quando ele voltasse.

Contornando os fundos da casa, nenhum sinal de hesitação. A chave. Degraus acima até a varanda. Estava escuro, mas ele não queria acender a luz. Uma janela vizinha lançava luz suficiente para delinear os contornos. Foi diretamente para onde Mad Dog havia olhado, o *freezer*. Ergueu a tampa com uma das mãos e empunhou a lanterna com a outra, direcionando o facho para dentro.

A luz da lanterna iluminou o rosto de Sheila com seus olhos abertos, duro e coberto com uma camada de geada.

O cabelo em sua nuca arrepiou-se, algo que ele nunca tinha sentido antes. Gritou e saltou para trás, deixando a tampa cair ruidosamente. Seu coração disparou e ele começou a tremer. Bom Deus. Não admira que o filho-da-puta quisesse tanto sair da cadeia — antes que mais alguém olhasse no *freezer*.

E quanto à garotinha?

Diesel viu um pano de prato pendurado sobre o puxador da geladeira. Apanhou-o e usou-o para erguer novamente a tampa do *freezer*. Desta vez sabia o que esperar. Realmente, a criança estava sob a mulher, seu braço parcialmente esticado.

— Canalha imundo, filho-da-puta — murmurou. Podia aceitar que um adulto merecesse morrer por algum motivo, mas uma criancinha... Sentiu o estômago embrulhar-se em desgosto e consternação. Por um momento, pensou em fazer algo que jamais havia considerado em toda a sua existência: pôr uma moeda em um telefone público e fazer uma denúncia. Apagou a idéia imediatamente.

Tinha que sair dali. E quanto ao dinheiro? Foda-se o dinheiro. Não tinha idéia de onde poderia estar. Mad Dog estava verificando os cadáveres, não um baú de dinheiro.

Diesel esfregou a tampa do *freezer* com o pano de prato. Tinha deixado impressões digitais por toda a casa, mas não havia jeito de se livrar delas. O que realmente importava era o *freezer*, e isso estava Ok.

Saiu, trancando a porta, e dirigiu-se para o seu carro. Durante o longo caminho de volta à Bay Area, revia repetidamente o rosto de Sheila coberto de gelo. Queria não o ter visto. Queria esquecê-lo.

Quando chegou em casa, a lembrança daquele horror pesava tanto que Glória perguntou se havia algo errado. Ele quase entregou tudo, mas por fim chacoalhou sua cabeça. — Está tudo legal.

Poucas semanas mais tarde, Mad Dog McCain ligou para Diesel dizendo que havia voltado para Sacramento. Deixou seu número telefônico e disse que já havia escrito a Troy para lhe dar o endereço. — Ele vai sair muito em breve, certo?

— Quatro ou cinco semanas.

— Cara, eu estou ansioso como um garotinho. Vamos espalhar uma onda de crimes por conta própria.

Quando desligou o telefone, Diesel estava tremendo. O que Troy diria sobre os assassinatos? Talvez ele conseguisse explicar como alguém podia matar uma criancinha. Aquilo estava além da compreensão de Diesel. — Júnior, venha cá — chamou, erguendo seu filho e balançando-o em seus braços.

CAPÍTULO **QUATRO**

Diferente da maioria dos internos de San Quentin, Troy Augustus Cameron nasceu em um sólido berço de classe média alta. Seu pai era um próspero urologista de Beverly Hills e sua mãe, a rainha da primavera da U.S.C. Nos primeiros doze anos de sua vida, Troy morou em uma casa de dois andares em Benedict Canyon e freqüentou uma escola particular, onde suas notas eram perfeitas e seus testes indicavam um QI de 136. Ao contrário do que ostentavam as aparências, sua vida estava longe de ser idílica. Seu pai era um beberrão contumaz que batia na esposa. Uma ou duas vezes ao ano, bêbados como ele acabam tendo um surto psicótico. Bebia até se tornar um animal, cego e brutal, e invariavelmente espancava sua mulher, acusando-a de infidelidade.

Aos doze anos, com pêlos púbicos e testosterona, um garoto sempre acha que é um homem e deve proteger sua mãe, mesmo que seja contra seu pai. Troy postou-se entre eles e atravessou a sala às custas de um bofetão de revés. Pegou uma .22 que estava em um armário no primeiro andar, carregou-a, e enfiou três balas nas costas do pai.

CÃO COME CÃO   57

Ele sobreviveu, o que provavelmente foi pior para Troy, porque sua mãe negou tudo o que ele contou. Isso fez com que sua sanidade fosse posta em questão; embora os psiquiatras tenham dito que ele era legalmente sadio, extremamente inteligente e bastante racional — mas também completamente sociopata. Seus valores, suas crenças, sua noção de certo e errado, eram atípicos. Também usavam o jargão psicológico para falar sobre complexo de Édipo mal resolvido. Apesar disso tudo, ele podia ter escapado de ser oferecido em sacrifício à Besta, se não houvesse ferido seriamente um rapaz negro que roubara seus calçados. O garoto negro era dois anos mais velho e treze quilos mais pesado. Quando foram para o refeitório, Troy retirou o espremedor de esfregões de um balde e usou-o para golpear a nuca do extorsionário. O garoto ficou estendido, pés apontando para cima dentro dos tênis caros. Troy ria; lembrava da Bruxa Malvada do Leste... Os guardas consideraram seu esgar particularmente maligno. Aquilo fez com que fosse mandado para a Escola Fred C. Nelles para Meninos.

Para ele o reformatório foi mais difícil do que para a maioria, pelo menos no início. Filho único de uma família de classe média alta, sobressaía entre os outros jovens, quase todos párias de todas as raças. Falava com correção na terra do vulgar e do inarticulado. Recebera educação; a maioria dos outros era de iletrados. Em poucos meses, no entanto, adotou as cores do mundo que o circundava, a gíria, o jeito de andar, e os códigos que determinavam o que era virtude e o que não era. Seus sonhos, porém, nasciam no mundo dos livros, para onde ele fugia sempre que possível, para Zane Grey, Jack London, Rudyard Kipling. Troy tinha sofreguidão por influências civilizatórias e era um forasteiro no lugar que a Fortuna lhe designara no mundo. Era incapaz de obedecer ao 11º Mandamento: Ajustar-vos-eis.

Ainda assim, poderia ter-se misturado novamente ao seu antigo mundo, mas se descobriu condenado ao ostracismo. As garotas que ele conhecerà quando criança, agora estavam proibidas de olhar para ele. Recebera a marca de Caim pelo que fizera aos doze anos. O mito cristão da redenção e da graça personificadas no Filho Pródigo era uma besteira. Mas de certo modo ele estava contente que fosse besteira; a hipocrisia provia uma justificativa para si mesmo — e uma justificativa é tudo que se precisa para fazer qualquer coisa.

Se a burguesia o condenou ao desterro, o submundo lhe foi acolhedor. No tempo em que tinha dezesseis, já havia roubado diversos supermercados, investido o dinheiro em bagulho de primeira em Humboldt County e se tornado o Rei da Erva em West Hollywood. A próxima vez que ele dançou foi quando um travesti com todas as suas plumas se revelou um policial do Departamento Estadual de Narcóticos. No distrito, Troy olhou para o agente de sombra nos olhos, batom e saltos altos, com um metro e noventa de altura e que não deixava a menor margem a dúvidas e balançou a cabeça. Quem poderia imaginar? Uma *drag queen* farejadora de drogas? Aquilo o mandou de novo aos cuidados do Juizado de Menores até ele completar vinte e um anos. Então ele já era um criminoso enrijecido, tão devoto ao crime quanto um noviço ao Vaticano.

Levou cinco anos para que o pegassem novamente. Durante esses anos, terminou seu aprendizado e tornou-se um ladrão experiente. Arrombava cofres com maçarico de acetileno e planejava assaltos à mão armada para Diesel Carson e Bobby Dillinger. Os crimes incluíam seqüestro de caminhões de cigarros e de *whiskey*, caixas de supermercados (antes de eles adotarem cofres boca-de-lobo e chaves duplas) e bilheterias. Quando encontrou Carson e Dillinger pela primeira vez eles estavam assaltando lojas de conveniências. Aquilo era arriscado e insignificante. Ele os confrontou com seus custos e começou a pesquisar lugares para roubar, empregou algum tempo estudando como fazê-lo, onde o dinheiro era guardado, quando estaria lá e quem tinha controle sobre ele. Tomou-os pela mão e os conduziu passo a passo, treinou-os e eles ficaram felizes por isso. Passaram a receber setenta e cinco por cento de um total muito maior que os poucos dólares que eles conseguiam antes. E era um bocado seguro, também, porque os golpes eram planejados, e não a porra-louquice em que se podia dar de cara com todo tipo de surpresas. De fato, Diesel foi mandado para San Quentin depois de tentar assaltar uma casa de pôquer em Sacramento. Quando saiu, o estacionamento ficou tão iluminado quanto o estádio dos Yankees em noite de jogo. — Parado! — Ele parou. — De cinco anos a perpétua — disse o juiz. Juntou-se a Mad Dog e a outros em San Quentin.

Dois anos depois que Diesel foi para a prisão, um oficial da divisão de narcóticos de Hollywood plantou vinte e oito gramas de cocaína em Troy. Era apenas uma onça, uma pequena quantidade, mas estava distribuída em papelotes, "embalada para venda", em jargão legal, o que tornava aquilo um crime sujeito a mandado de prisão.

Troy saiu sob fiança, com a escritura da casa de sua mãe como garantia. Poucas semanas antes do julgamento, ela passou por uma mastectomia; morreria enquanto ele estivesse cumprindo sua pena. No dia em que devia se apresentar, ele foi à corte com uma Browning 9mm em sua bota. Esperou que todas as palavras fossem ditas, a sentença fosse proferida e o juiz declarasse que ele estava "desobrigado da fiança". No momento em que a casa de sua mãe deixou de estar em risco, puxou a pistola e correu para fora do tribunal. No corredor, passou correndo por um policial à paisana que estava de folga. O policial o seguiu até a escadaria, debruçou-se e atirou para baixo. Uma bala espatifou o tornozelo de Troy. Ele caiu para o próximo lance e estatelou-se indefeso.

Acusaram-no de tentativa violenta de fuga, mas entraram em um acordo e reduziram a acusação para simples tentativa de fuga, seis meses a cinco anos em vez de cinco a vinte. Tinham-lhe dado dez anos por tráfico, outros cinco perfaziam quinze. Parecia a eternidade.

A Comissão de Condicional estabeleceu o termo real dentro dos estatutos. Para Troy, podiam estabelecer o termo em qualquer momento entre um e quinze anos. Ele esperava ter de cumprir cinco ou seis, porque a pena média para infrações como a sua era de cerca de trinta meses — e ele sabia que o que tinha feito era duas vezes mais sério que uma simples fuga. Usou os primeiros anos para se educar e reabilitar. Esperava pela condicional. Seus planos e sonhos começaram a juntar poeira e a atrofiar à medida que seus aniversários começaram a ganhar velocidade após o número trinta. A Comissão de

Condicional aparentemente considerou sua fuga muitas vezes mais séria que uma tentativa comum; continuaram negando sua condicional, ano após ano. Depois de cinco anos de um prontuário impecável, sua mãe perdeu a luta contra o câncer; ele não foi autorizado a comparecer ao funeral. Com ela foram enterrados seus últimos laços com a sociedade obediente às leis. Nunca mais considerou a possibilidade de ser qualquer outra coisa que não um ladrão.

Após dez anos de pena, estabeleceram seu termo em doze anos entre os muros e mais três em condicional. Ele sorriu e disse "obrigado", mas interiormente seu coração era uma pedra. Estava irrevogavelmente decidido a ser um marginal. Não reconhecia nenhum poder na sociedade. Ela o havia excluído e esperava que se conformasse em ser um serviçal como preço por ficar fora da prisão. A verdadeira liberdade pressupõe escolhas; sem dinheiro ela não existe. Depois de onze anos e meio em San Quentin, ele não era mais um noviço. Ordenado havia muito tempo, ele era pelo menos um monsenhor do submundo americano. Amava o crime. Não havia momento em que se sentia mais vivo do que quando abria um buraco no teto de alguma empresa para arrombar seu cofre. Era o leopardo predador e eles eram gatinhos domésticos — e quase todos sem garras.

Seis meses para ficar em forma. Sempre havia se exercitado moderadamente, agora intensificara seu ritmo. Dava voltas em torno do campo de basebol no Pátio Inferior, circundando o jardim externo em uma corrida leve que se convertia em arrancada do jardim esquerdo até a base principal. Os dias se extinguiam.

Na hora do almoço, quando a maioria dos detentos aguardava em filas no Pátio Principal, ele permanecia no ginásio, levantando pesos para enrijecer músculos naturalmente firmes. Enquanto fazia flexões, lembrava que um ladrão inglês lhe explicou que era assim que eles se preparavam para um roubo. Em Londres ninguém carregava armas, nem os ladrões profissionais, nem os policiais das ruas — portanto, se você pudesse correr mais que eles ou brigar melhor que qualquer um que conseguisse pegá-lo, havia grande chance de se safar. Manter-se em boa forma era um requisito indispensável para um ladrão londrino. Na América isso também ajudava, embora Smith & Wesson fossem no mínimo igualmente úteis. Todas as coisas equiparadas, ele preferia correr para escapar a abrir seu caminho a bala.

Troy Augustus Cameron sentia-se plenamente justificado por ser um ladrão. No fundo dessa justificativa estava a crença de que não necessitava de crença alguma. Dostoiévski, pela voz de Ivan Karamazov, expressara isso de maneira sucinta: se não há Deus, então tudo é permitido. Os pais de Troy nunca freqüentaram igrejas, tampouco ele. Quando criança, acreditava em Deus e em Jesus porque todo mundo parecia acreditar e ninguém dizia nada em contrário. Mais tarde, desejara ardentemente que houvesse um Deus, mas não conseguia encontrar evidência alguma que o provasse. Parecia-lhe absurdo que Deus houvesse criado o universo alguns bilhões de anos atrás, e esperado 99,9 por cento de sua existência para colocar criaturas "à sua imagem e semelhança" em um minúsculo planeta, na rabeira de uma galáxia menor. Era como se alguém fosse à praia, apanhasse um único grão de areia e dissesse: — *Voilà*, vou pôr minha imagem nisto. A existência de Deus era defensável quando a humanidade acreditava que a terra tinha dez mil anos de idade e era o centro do universo. Francis Bacon começara a revolução contra Deus, e Darwin cravara a adaga fatal no coração Divino. Só os ignorantes e os amedrontados (que se agarravam à fé em detrimento dos fatos) ainda acreditavam em Deus.

Troy perdera várias noites desejando crer — mas era mais comprometido com a verdade que com a paz interior. Sua posição era a única que se encaixava com os fatos. Para ele não havia mais divindade num crucifixo que em um totem ou numa Estrela de Davi. O Homem era livre para criar Deus — e ele criou.

Marcou os últimos seis meses no calendário, dia a dia. Faltavam vinte e dois dias quando o Auto-Falante do ginásio chamou seu número de identificação e disse que ele tinha uma visita.

Uma visita! Não recebia visitas desde que sua mãe ficou doente demais para vê-lo. Havia uma piada de que se o matassem e enterrassem no Pátio Principal, ninguém no mundo iria sequer perguntar que destino o tinha levado. Emprestou uma camisa limpa, penteou o cabelo, mas decidiu não fazer a barba. Apressou o passo sobre o concreto desgastado dos degraus que levavam ao Pátio Principal e seguiu o caminho que levava ao Escritório do Capitão. Detentos iam e vinham. Trocou acenos ou outros gestos de saudação com os poucos que conhecia — os detentos eram muito sensíveis acerca dos menores sinais de desrespeito. O guarda na Administração do Pátio acenou para que ele passasse. Contornou o Jardim Bonito. Era início de verão, e o jardim incongruentemente simétrico, perpassado por uma trama de calçadas que os detentos não estavam autorizados a usar, exibia uma abundante, opulenta floração.

Na Triagem, o sargento entregou-lhe uma papeleta de visitante. Trazia seu nome e número. A palavra "visita" estava datilografada sobre ela e ao seu lado uma barra e a abreviatura "adv." Um advogado. Que advogado? Alguém o estava processando? Nem um pouco provável. Isso certamente seria o mesmo que chutar um cachorro morto.

Seguiu em direção à guarita do Portão Intermediário. Quando se aproximava do portão, o guarda dentro dela olhou para ele e o deixou passar. Depois de ser submetido a uma rápida revista, outra porta se abriu e ele entrou na sala de visitas. Era dia de semana, por isso havia poucos visitantes. Os detentos sentavam em um lado da longa mesa com divisórias e os visitantes sentavam do outro lado. Seu olhar varreu a sala, mas não reconheceu ninguém. Então, um homem com cabelos grisalhos levantou-se e acenou. Troy foi em direção a ele, enrugando a testa. O visitante sorria. Quando Troy postou-se em frente a ele, o reconhecimento veio. Era Alexander Aris, apelidado "O Grego" ou *"El Greco"*. Da última vez que o vira, os cabelos do Grego eram negros. Agora estavam prematuramente brancos. Que diferença uma década pode fazer.

Greco sorriu. — Ei, velho... tá surpreso?

— Cachorro não mija em poste? Que porra você está fazendo aqui? Como conseguiu entrar?

— Tudo que qualquer otário precisa é do documento certo. Eu tenho um que diz que deve ser permitido que eu pratique advocacia em todos os tribunais da Califórnia.

— Eu vou precisar de documentos.

— Isso é fácil. Conheço um mexicano em Tijuana. Pacote completo, carteira de motorista, cartões de crédito, tudo... quinhentinhos.

— Porra, quando eu vim para cá era só cento e cinqüenta.

— Inflação, rapaz, inflação. Você parece ótimo.

— Você também, a não ser pelos cabelos.

— Ei, babaca, isso é o que dá o visual distinto. Vou lhe dizer uma coisa, os canas não mexem com senhores grisalhos.

— Eu soube que você estava dando as cartas lá fora. Depois você desapareceu.

— Voltei para a erva. Arranjei uns mexicanos doidos que a distribuem.

— Tráfico?

Greco balançou a cabeça. — Você sabe...

— Coisa grande?

Greco ergueu os ombros. — Sei lá. Não chega a toneladas...

— Soube do Big Joe?

— Não.

— Transferiram ele para Pelican Bay. Ele está com câncer e eles não quiseram soltá-lo para tratamento médico.

— Que merda! Eu visitei ele na prisão ano passado, quando ele estava sendo convocado a depor. Parecia ótimo. Sabe, talvez ele seja o cara mais durão que eu já conheci. De espírito, quero dizer.

— Porra, cara, isso é o que conta.

Greco aproximou-se e abaixou a voz. — O que você vai fazer quando sair?

— Vou tentar arranjar algum dinheiro, em que você está pensando?

— Já tem algo em vista?

Troy sacudiu a cabeça e sorriu. — Depois de uma década, o que eu posso ter em vista? Tudo o que eu quero é fazer alguma grana e sair deste país antes que ele se torne totalmente fascista, sem que ninguém perceba.

— Ei, mano, você não está querendo dar uma de revolucionário de presídio para o meu lado, está?

— Caramba, claro que não. Sou capitalista até o miolo. Mas

em dez anos a população carcerária aumentou de trinta mil para quase cem mil. E vai piorar. Medo, cara, medo.

— São os crioulos que deixam eles apavorados.

— É, mas eles não podem criar leis só para os crioulos, podem? Além disso, não passo de um crioulo branco para eles. Qualquer um com antecedentes policiais se torna automaticamente um crioulo.

— Ei, rapaz, você tá falando de um jeito... estranho.

Troy riu e balançou a cabeça. — Que porra você podia esperar depois de doze anos na lata de lixo? Mas eu não estou *completamente* louco. Basta conhecer um pouco de história e olhar os fatos de frente... Mas deixa pra lá... Eu sei que você não viajou seiscentos e quarenta quilômetros e burlou a segurança de San Quentin para saber meu ponto de vista sobre a situação do país. O que há?

— Vou pôr você em um esquema em que você poderá fazer rios de dinheiro.

— Eu não sou traficante. Esse tipo de coisa se parece muito com... negócios.

— Não é nada disso. Conheço um advogado que se especializou em representar casos de traficantes importantes. Ele vai dar um jeito para que eles sejam roubados.

— Cacete! Me conte mais, homem.

— Você vai precisar de um parceiro.

— Neste momento, tenho dois esperando por mim.

— Conheço eles?

— Acho que não. Diesel Carson e Mad Dog McCain.

Greco chacoalhou a cabeça.

— Eles são do norte, São Francisco e Sacramento. São bons. Um deles é louco, mas o que há de errado nisso?

— Nada. O acordo com o advogado é o seguinte. Ele quer vinte e cinco por cento.

— Vinte e cinco por cento! Uma ova! Se eu der vinte e cinco, vou ter que roubar ele depois ou vou me sentir um otário de merda. Ele deve estar na cama com a velha dele enquanto eu estou arriscando meu rabo.

Greco gesticulou para que Troy se acalmasse quando ele começou a se exaltar. Quando ele terminou, disse: — Nós fare-

CÃO COME CÃO 65

mos a primeira contagem... e ele não terá idéia de *quanto* nós pegamos. Vamos lhe dar vinte e cinco por cento do que nós dissermos. Poderemos ficar com... cinco vezes aquele valor.

— Você não tinha dito isso.

— Você não deixou, seu filho-da-puta.

— Você sabe que eu realmente não gosto de jogo trapaceado. Prefiro dar as cartas sem nada por baixo dos panos.

— Eu sei. Foi por isso que eu procurei você. Conheço outras pessoas que já estariam aqui, brigando para entrar na jogada... e eu nem teria que esperar eles saírem de San Quentin. O problema é...

— Você tem receio de depositar sua confiança neles. São do tipo que poderia matar um cara para não ter de pagá-lo.

— Dinheiro demais sobre a mesa — Greco sorriu, seus olhos piscando. — Mas em você eu confio cem por cento.

— Você conhece meu histórico.

— Então, quantos dias ainda lhe restam?

— Vinte e um e um despertar.

Greco registrou mentalmente a informação e balançou a cabeça. — Sua condicional é para L.A.?

— Não. Para 'Frisco.

— Você é de L.A. Nascido e criado entre os ricos e famosos. Eu lembro de como você assinava nas paredes do abrigo para menores — Troy de Beverly Hills.

A lembrança os fez rir tão alto que o guarda do outro lado da sala franziu as sobrancelhas para eles.

— A gente é obrigado a voltar para a comarca onde foi preso. Eu dancei em 'Frisco — disse Troy. — Aquele tira ainda está nos encarando.

— É melhor eu ir antes que eles me encham o saco por estar me divertindo demais em San Quentin. Vou te dar o número de onde você poderá deixar mensagens.

— Eu vou conseguir lembrar dele por enquanto, mas vou ter que anotar assim que sair da sala de visitas.

— É melhor eu mandar ele pelo correio — Greco levantou-se. — Vou deixar de fora o código de área.

— Eles não vão prestar atenção nisso. Escreva que é o número de sua Tia Maude, ou algo assim — Troy parou em frente a Greco. Olhou para o outro guarda, que acenou autorizando-os a apertar as mãos. — Estou feliz que você tenha vindo, mano — disse.

— Também estou feliz por ter vindo. Acho que vou fazer alguma grana para a viagem.

Greco dirigiu-se para a saída, olhou para trás e acenou enquanto o guarda girava a chave e abria a porta para ele. Troy fez uma pequena saudação e imaginou Greco imerso no néon de North Beach, quando a noite caísse sobre São Francisco. — Merda — disse, e voltou para o Pátio Principal.

CAPÍTULO **CINCO**

Quando Troy Augustus Cameron saiu da cama na manhã em que seria solto, sua cela estava nua. As poucas coisas que levaria consigo já haviam sido registradas no Setor de Entrada e Saída. Ele as receberia embrulhadas em papel marrom, com um lacre de cera — para garantir que nada seria adicionado depois que elas fossem conferidas e embaladas. Das coisas que deixaria para trás, já se havia desfeito: o Dicionário Webster's Collegiate, o tesauro e uma Enciclopédia Columbia, que cidadãos haviam doado à prisão — e o atendente da biblioteca, vendido por baixo dos panos.

Já havia se barbeado na noite anterior. Agora, enquanto escovava os dentes, podia ouvir o despertar das outras celas. Barulho de privadas, alguém gritando para o passadiço, pedindo que algum companheiro trouxesse o *Chronicle* até a porta de sua cela, e o idiota ao lado, que por acaso era um negro, já ligara a TV. Troy tinha dado a sua uma semana antes, como era procedimento padrão. Os detentos podiam comprar Sonys de treze polegadas, mas eram instados a doá-las quando saíam da prisão. O comprador podia oferecê-la a um companheiro

CÃO COME CÃO   69

específico, mas quando este partia, tinha de doá-la ao presídio, e então ela seria posta à disposição de alguém com menos recursos. Ao longo da década em que as TVs foram liberadas, haviam entrado em quantidade suficiente para que todos tivessem uma; pelo menos, todos que quisessem.

O zelador da ala apareceu, carregando o pesado latão de água com seu longo bico, que servia para verter água quente através das grades. As torneiras da cela forneciam apenas água fria. As latrinas usavam água da baía e às vezes alguém encontrava um peixinho morto no vaso.

— Acabou, hein? — disse o zelador. Era um homem branco e descarnado vestindo uma camiseta, seus braços lívidos cobertos com as tatuagens azuis dos presidiários. Tinha quarenta e poucos anos, o que fazia dele um ancião para os padrões da prisão, cumprindo sua terceira pena por delitos menores.

— É. Estarei na Baghdad by the Bay[5] esta tarde.

— Boa sorte — Aproximou-se das grades para um aperto de mãos e continuou ao longo do corredor, servindo a água.

A abertura matinal das celas começou, de cima para baixo, seguida de um ruído estrondoso, à medida que oitenta celas se fechavam ao mesmo tempo. Uma chuva de lixo caía enquanto os detentos arrastavam seus pés em direção às escadas, chutando tudo o que haviam varrido para fora de suas celas.

Troy apanhou a caixa de sapatos com a escova de dentes, creme dental e algumas cartas e esperou que a barra de segurança se erguesse.

Em vez de tomar seu café da manhã, permaneceu parado fora da fila, no Pátio Principal, e aguardou que o refeitório ficasse vazio. Logo seus poucos amigos mais próximos chegaram para dar-lhe um último abraço, apertar-lhe as mãos e desejar-lhe boa sorte.

Às 8:00, a sirene que chamava ao trabalho soou, gaivotas empoleiradas no telhado levantaram vôo e o portão do pátio se abriu. Os detentos se espalharam, dirigindo-se aos seus empregos. Troy seguiu pela calçada em direção ao Portão Intermediário. O Setor de Entrada e Saída ficava depois da sala de visitas.

---

5 *Baghdad by the Bay*, Bagdá da Baía, é o apelido como também é conhecida a cidade de São Francisco. (N. do T.)

Um velho sargento magricela, com ombros caídos e olhos remelentos, apelidado Andy Gump pelos presos, pegou o cartão de identificação de Troy, achou seus papéis em meio a uma pequena pilha e entregou-os a um dos detentos auxiliares. Este trouxe uma sacola com as roupas que Troy vestiria na saída. Dois homens que também seriam soltos já estavam se trocando. Todos recebiam as mesmas coisas, calças cáqui, sapatos de marinheiro pretos e uma camisa branca de manga curta. A única diferença estava na cor de suas jaquetas.

Os outros dois homens eram negros. Enquanto se aprontavam, um deles trocou um olhar com Troy e fez um ligeiro aceno com a cabeça, que Troy devolveu com um sorriso. Depois disso, não houve comunicação entre ele e seus companheiros, embora os outros dois falassem entre si e um deles houvesse murmurado que as roupas os faziam parecer palhaços. Esse homem estava nervoso, mexendo com a fivela do cinto e com os botões da manga; sua atenção estava focada nas roupas, mas sua verdadeira preocupação era a passagem de um mundo a outro. O medo da liberdade, depois de anos na prisão, é similar ao medo de entrar nela pela primeira vez. Troy reconheceu os sintomas e isso o fez sorrir.

No prédio da administração eles receberam dinheiro, papéis de soltura e passagens de ônibus. Dali, um guarda os conduziu para a van da prisão e levou-os até a garagem dos ônibus Greyhound, em San Raphael. O guarda observou-os entrar antes de ir embora. Aquele era o instante exato a partir do qual eles estavam livres. Os dois negros viram um bar ao lado e foram tomar umas doses.

Troy ficou olhando através da janela. Era esquisito. Doze anos era um tempo tão longo. Encarar isso fazia parecer uma vida, mas agora, no momento em que tinha acabado, aquilo tudo tornava-se passado e sua importância diminuía. Não, isso era apenas parcialmente verdadeiro. Doze anos de vida monástica na prisão de San Quentin era mais que isso. Foi lá que aprendeu palavras como monasticismo, ao longo dos anos em cujas noites vagava pelo universo da palavra escrita e em cujos dias estudava a natureza humana despida de máscaras, em um mundo de ladrões e assassinos, loucos e covardes. Ainda assim, aquilo tudo ficara para trás e ele não olharia o passado, a não ser para orientar-se em seu caminho em direção ao futuro.

Deveria ficar na calçada e esperar por Diesel ali? Que tal o bar do outro lado da rua? Não, lá ele poderia perder-se do grandalhão. Onde está aquele palhaço, pensou retoricamente.

Um vistoso conversível azul com a capota abaixada estacionou no meio-fio. Diesel estava ao volante. Antes que ele desembarcasse, Troy saiu pela porta do terminal. — Ei, garoto!

Diesel sorriu e inclinou-se para abrir a porta do passageiro. Troy aproximou-se, olhou o carro azul-pálido com estofamento de couro branco e deu um passo atrás para uma avaliação mais cuidadosa. — O que é isso, parceiro?

— Um puta Mustang GT, novinho em folha. Motor cinco litros. Ele atira antes e pergunta depois. Entre.

Troy deslizou para dentro do banco do passageiro, e notou que a camisa pólo de mangas curtas de Diesel expunha uma miríade de tatuagens azuis em seus braços e nas costas de suas mãos. Essa auto-desfiguração era virtualmente um rito de passagem no reformatório. Troy tinha evitado usar seu corpo para grafitagem. Agora podia lembrar o porquê. Mais tarde pediria a Diesel que usasse camisas de mangas longas. Todo policial da Califórnia sabia que tatuagens em nanquim azul vinham da prisão. Eram um sinal anunciando: Sou encrenca.

— Jogue essas coisas no banco de trás — falou Diesel, apontando para o pacote de papel marrom e a caixa de sapatos amarrada com barbante. Troy fez isso. Voltou-se e apertou o cinto de segurança.

— Lá vamos nós — Diesel falou. — Veja que arrancada. — Pisou no acelerador e soltou bruscamente a embreagem. Os cinco litros de potência V8 jogaram-nos para trás de encontro ao estofamento, e o carro queimou pneus enquanto era catapultado para o meio do trânsito. — Ai-oh, Silver! — gritou Diesel. — Os cavaleiros mascarados estão de volta. — Ele apontou para o porta-luvas. — Abra. Aí está o seu presente de regresso ao lar.

Troy abriu. Dentro havia uma pistola automática azul-metálico em um coldre com presilha para o cinto. Puxou a pistola e examinou-a. Browning .380. Nove tiros rápidos — dez, se você deixar um projétil na câmara e adicionar outra ao carregador. Era uma arma cara.

— Ela está limpa — falou Diesel. — Não vai deixar rastros para ninguém seguir. A munição também está no porta-luvas.

Troy pegou duas caixas achatadas, duras e transparentes. Munição com carga quente e blindagem em uma liga que poderia perfurar coletes à prova de balas.

— Obrigado — disse Troy, ajeitando a arma na cintura, com a presilha encaixada em seu cinto. Aquilo lhe deu uma sensação de poder.

— Onde você está me levando? — perguntou.

— Pensei em irmos até a cidade comprar algumas roupas para você.

— Qual é o problema? Tá com vergonha de mim?

— Não... mas eu lembro como você sempre se vestiu muito bem. Você não mudou, mudou?

— Nem um pouco.

— Então é o que nós vamos fazer. Depois vamos comer um bife, e tomar uns drinques, e fazer planos. Eu tenho um monte de coisas para contar a você.

— Parece ótimo. Mas em algum momento, ainda hoje, tenho que telefonar para o Grego, em L.A.

— Podemos fazer isso já — Do compartimento entre os assentos de couro branco, Diesel sacou um aparelho telefônico. — Celular — disse ele, apertando o botão. — É só discar. Habilitei ele ontem.

— Eu vou esperar — disse Troy. — Vamos fazer umas compras. Como está sua agenda? Tem algum compromisso?

— Ã-ã. Estou à sua disposição.

— Como estão a esposa e o menino?

— Ele é incrível... ela é uma típica vaca implicante. 'Onde você está indo? O que você vai fazer? Fique longe daquele sujeito. Ele vai meter você em problemas'.

Troy riu da imitação que Diesel fez da voz aguda de sua mulher. Diesel olhou para ele e sorriu. — Cara, estou tão feliz porque você saiu.

— Eu também.

— O Grego veio ver você.

— Sim. Ele tem documentos de advogado. Entrou direto.

— Eu perguntei a Tony Citrino...

— O que ele anda fazendo?

— Ele tem um bar no distrito de Mission, na cidade. Nós iremos lá, se você quiser.

— Eu gostaria de ver Tony. Ele é um bom sujeito.

— Ele pendurou as chuteiras. Disse que não podia mais fazer a vida com aquilo. O que eu comecei a dizer a você foi que parece que o Grego ficou rico vendendo aquela merda que bate rápido. Acho que ele tem um laboratório que fabrica aquilo.

— Anfetamina dá muito dinheiro, especialmente se você mesmo fabrica. Porra, aquilo cheira mal enquanto você está fabricando. A gente pode sentir o fedor a um quilômetro.

— Nunca conheci o Grego muito bem. Todos dizem que ele é duro na queda.

— Sim, ele é. Sólido como uma rocha. E ele colocou uns traficantes na fila para serem depenados por nós. Que tal essa jogada?

— Gostei... filhos-da-puta que não podem chamar os tiras. Tudo que vão querer fazer é apagar um otário — mas isso, certamente, não é novidade. Durante toda minha vida teve alguém tentando me matar. Espero que sejam crioulos.

— Não, não, mano. Igualdade de direitos.

— Sim. Igualdade de direitos. Gostei disso.

Mais à frente, por um intervalo na ondulação das colinas, os enormes pilares alaranjados da Golden Gate brilharam momentaneamente sob o sol do meio-dia. Dentro de alguns minutos, eles estavam na inclinação que conduz à ponte.

Na cidade, Diesel estacionou em uma garagem próxima da Union Square e eles caminharam até a London Men's Shop, uma das melhores lojas de São Francisco, expondo ternos Brioni, Cornelini, Raffalo e Hickey-Freeman. Os sapatos eram Bally, Cole-Haan e Ferragamo. A moda masculina havia mudado durante a década perdida de Troy. De ternos com abotoamento simples e calças justas e sem pregas, o estilo retornara às calças plissadas e soltas e aos jaquetões com lapelas largas e costas inteiriças. Parecia estar em 1950.

— Quando é que você começou a se vestir com elegância?

— perguntou Troy. — Antes você só usava jeans e camiseta.

— Ei, não era tão mau assim.

— Ah, não? Eu tenho fotos — Troy riu do rubor de Diesel e apertou afetuosamente seu braço. — Como foi que você achou este lugar?

— Os caras do sindicato. Eles adoram andar bem vestidos. Cada um deles tenta se vestir melhor que os outros.

Troy vasculhou o cabideiro em busca de paletós tamanho 43. Os preços haviam aumentado consideravelmente durante sua ausência. Vestir-se como queria sairia muito mais caro do que tinha imaginado. Depois de experimentar diversos paletós, escolheu um azul-escuro com corte italiano (sem abertura posterior), um blazer de casimira com abotoamento simples e calças de flanela cinza-pérola. Pediria que fossem ajustadas. Para calçar, escolheu um par de mocassins Cole-Haan de couro cordobês, com borlas. Acrescentou uma blusa de lã cor-de-vinho com gola alta, mais uma camisa Oxford bege com golas amplas e uma gravata recomendada pelo vendedor. O traje completo custou mil e seiscentos dólares. No espelho, ele via uma bela personificação das litografias de Princeton. Olhando para ele, ninguém jamais pensaria que era um malfeitor. Ensaiou seu sorriso de garoto. Freqüentemente se perguntava por que aqueles que viviam fora da lei costumavam adotar um estilo que os assinalava. Mesmo agora, jovens marginais vestiam calças muito largas e camisetas folgadas, bonés voltados para trás e deixavam os cordões dos tênis desamarrados. Os filhos da burguesia imitavam esse estilo, mas suas origens vinham da escola correcional, onde as roupas sempre eram fornecidas acima do número, e para a polícia elas levantavam a mesma suspeita hostil que roupas espalhafatosas e penteados rabo-de-pato despertavam duas gerações antes. Troy preferia parecer pertencente a Newport, Palm Beach ou ao Upper East Side de Manhattan. Qualquer um que quisesse deixar saber que ele era um criminoso deveria conhecê-lo pessoalmente; todos os outros, ele preferia que pensassem que era um Republicano Cristão convicto. Ou pelo menos rico. Era isso que ele via no espelho.

Depois que foram marcadas as medidas para os ajustes necessários (a barra da calça ele mesmo podia fazer), Diesel puxou um gordo rolo de notas de cem dólares e pagou em dinheiro. O gerente pegou as cédulas, mas também prestou atenção nas tatuagens; Troy não teve dúvida de que ele estava pensando que fossem traficantes. Ninguém mais pagaria uma soma como aquela em dinheiro. Cheque ou cartões de crédito era o que as pessoas direitas usavam. Teria que conseguir um belo e verde cartão American Express e também um Visa ou um MasterCard. É preciso ter um desses para manter a fachada.

Quando voltaram para a rua ensolarada, ele carregava as roupas penduradas em um cabide, dentro de uma sacola. Teria uma aparência suficientemente elegante para qualquer lugar que fosse — vestido para o sucesso, pensou, com um sorriso. Se não tivesse nenhum outro lugar para usar roupas tão caras, certamente usaria o enxoval durante os assaltos. Um talismã? Não exatamente. Quando estava na escola correcional e ainda não comprometido de todo com crime, viu fotografias de seu ídolo, Legs Diamond, quando o gângster foi morto. O rosto e a cabeça tinham sido estourados, mas a elegância do terno Glen Plaid era evidente — e calçava botas de pele de canguru. Muito confortáveis, muito caras. Foi então que Troy decidiu vestir-se tão elegantemente quanto possível antes de partir para um assalto. Se fosse apanhado, não chegaria na cadeia parecendo um maltrapilho. Principalmente, não voltaria para lá calçando os sapatos de pipoqueiro que eles forneciam na saída. Homens que voltavam ainda com os uniformes eram ridicularizados e tornavam-se motivo de chacotas.

Na Macy's ele comprou roupas de uso diário, calças de sarja e camisas de cambraia, suéteres e sapatos Rockport. Quando partiam rumo ao Distrito de Mission, encostaram o carro e ofereceram o pacote com os trajes da prisão para um mendigo morador de rua.

— Está com fome, cara? — perguntou Diesel.

— Sim.

— Lembra de Paul Gallagher?

— O que atuava no ramo dos abortos ilegais?

— Esse mesmo. Ele tem uma churrascaria, não muito longe daqui.

— Isso soa bem.

— E ainda por cima ele não vai nos deixar pagar.

— Soa melhor ainda.

O filé se deixava destrinchar com uma leve pressão da faca, fazendo com que ele se lembrasse das costeletas anuais servidas na prisão. Difíceis de encarar, elas eram cozidas até uma textura próxima do couro, mas ainda assim eram objeto de disputas. Guardas extras eram colocados no refeitório para evitar que os detentos voltassem para a fila a fim de pegar mais uma porção — e quando o bufê acabava antes que todo mundo tivesse comido, havia um momento de tensão. Se não gostassem do presunto servido como substituto, pratos de aço inoxidável cruzariam o refeitório como uma revoada de *frisbees*. Enquanto saboreava outro bocado, Troy recordou que tinha um fraco por costeletas de porco, quando jovem — antes de saber melhor das coisas.

— Ótimo bife, hein? — falou Diesel.

— Excelente.

— Deixe-me contar como é sair da prisão. Antes eu pensava que tudo o que precisava saber era como preparar um bife bem feito. Só conheci coisas melhores depois de estar solto há mais ou menos um ano.

— Quem foi que te estendeu a mão?

— Jimmy the Face.

— Como é que você e o velho mafioso se dão?

— Nós somos unha e carne. Eu espremo quem ele manda e ele me paga algum dinheiro por isso — Diesel olhou em volta para certificar-se de que ninguém mais poderia ouvi-lo, então inclinou o rosto para mais perto. — Cerca de um ano atrás, ele me contratou para matar um sujeito. Acho que um daqueles caras do leste — Brooklyn ou Jersey — encomendou o serviço a ele. O homem estava solto sob fiança com base em uma daquelas leis RICO[6] e alguém ficou com medo que os federais o convertessem em um novo Valachi[7]. De certo modo foi fácil,

---

6 RICO (*Racketeer Influenced and Corrupted Organization) laws* — ou leis contra Organizações Corruptas e Controladas por Chantagistas — foram adotadas como parte do Ato para o Controle do Crime Organizado, de 1970, destinadas a punir organizações que pratiquem atividades que possam ser consideradas extorsivas. (N. do T.)

7 Joseph Valachi era membro da "família" de Lucky Luciano, mas tornou-se informante da polícia. Seu depoimento perante o comitê do Senado americano que investigava o crime organizado, em 1963, tornou pública a existência da Máfia. (N. do T.)

porque eu desliguei minha mente e não pensei mais merda nenhuma a respeito. Mais tarde, aquilo me deixou fodido por umas duas semanas. Até a patroa notou o quanto eu estava tenso — Diesel fez uma pausa. Troy olhou para aquele rosto largo e robusto e intuiu que Diesel jamais havia mencionado uma palavra sobre suas preocupações a mais ninguém. Em quem mais ele poderia confiar? — Eu ferrei uma porção de caras — continuou ele. — Arrebentei mesmo aquele garoto, aquele crioulo que tentou me esfaquear na cadeia. Até hoje ele anda feito bêbado. Mas esse outro de quem eu estou falando, esse foi o primeiro que eu apaguei.

— Eles armaram para o cara. Marcaram um encontro com ele. Eu estava esperando no estacionamento, com uma vinte e dois e um silenciador. O sujeito chegou e bateu na porta. Não tinha ninguém lá. Quando ele voltou para o carro, eu cheguei por trás dele e meti uma bala bem na sua cabeça. Ele caiu. Bum — Diesel estalou os dedos para ilustrar como tinha sido rápido. — Então eu lhe pus uma sacola plástica em volta da cabeça, para que ele não vazasse no meu porta-malas. Ele está lá nas montanhas, debaixo do entulho, misturado com um saco de cal. Não deve sobrar muita coisa agora, exceto talvez os dentes.

— Depois eu comecei a ter pensamentos sobre ir para o inferno... toda aquela merda pirada que as freiras e os padres filhos-da-puta enfiaram na minha cabeça. Eu sei que é tudo bobagem... mas é difícil se livrar daquilo.

Sobre os ombros de Diesel, Troy viu Paul Gallagher aproximar-se e ficou grato pela interrupção. Era uma atitude pouco protocolar no submundo falar sobre crimes não solucionados, e isso valia especialmente para assassinatos, que eram imprescritíveis. Se você não souber de nada, ninguém vai achar que você pode alcagüetar. Troy preferia não saber de nada que não o envolvesse diretamente, e o contrato de Diesel com Jimmy Fasenella não obedecia a esse critério. Indicou com o olhar que havia alguém por perto. Diesel parou de falar quando Paul Gallagher chegou sorrindo. — Você não come bifes como esse na penitenciária. Como você está, grande T?

— Agora estou ótimo, meu chapa. Você tem um excelente negócio aqui.

— Sim... mas as pessoas não comem mais carne vermelha como antes.

— Você parece estar indo muito bem. Todas as mesas estão cheias.

— É a primeira vez em semanas. Nós só servimos vinte jantares ontem à noite.

— Como eu já lhe disse — falou Diesel — se as coisas ficarem muito ruins, nós podemos pintar o estabelecimento.

— O que a pintura tem a ver com os negócios? — perguntou Troy, fazendo os outros dois rirem. — Ok, podem curtir com a minha cara — disse ele.

— Conte para ele — disse Gallagher.

— Você compra a tinta e o *thinner* e começa a pintura — mas acontece um acidente que inicia um pequeno incêndio. Você abre as portas para deixar sair a fumaça. Uma lona plástica cai em cima de um forno quente, uma lata de *thinner* é acidentalmente derrubada sobre o fogo. De repente, o incêndio fica grande demais para controlar. Não tem como afirmar que tenha sido arranjado. Legal, não?

Concordando, Troy perguntou — Você bolou isso?

— Claro que não! No leste todo mundo faz essa cagada o tempo todo... então, por que não aqui?

— Para mim, parece sucesso garantido — disse Troy — e era. Sem uma confissão não havia jeito de provar que não tinha sido acidente. Era muito melhor que atear fogo no meio da noite, pois isto a polícia conseguia provar em cinco minutos.

Gallagher insistiu para que eles pedissem café e sobremesa. Troy achou que era o melhor café que ele já havia provado.

— Rapaz — falou Diesel — eu lembro que você engolia litros de café instantâneo. Você tomava o quê? Nestlé ou Maxwell House?

— Maxwell House. Mas depois de tomar este, não sei se vou poder beber aquilo novamente.

— Caramba — disse Gallagher — hoje eles vendem cafés que antigamente nem eles tinham acesso.

— Eu sei. Este tem um sabor incrível.

— Avelã do Havaí.

Diesel deu uma olhada no relógio e deixou escapar um chiado.

— O que há, mano? — Troy perguntou.

— Merda! Minha mulher esperava que eu ligasse duas horas atrás.

— Vá telefonar para ela. Diga que a culpa foi minha.

— Não preciso fazer isso. Ela culpa você por conta própria. Tem certeza que não quer ir para minha casa? Espere só até você ver meu garoto. Ele está grande pra caralho, homem. Durão também, e bravo...

Diesel falava com orgulho; ser duro e bravo eram virtudes, de acordo com sua visão de mundo. Foi isso que lhe ensinaram durante toda sua vida.

— Vou vê-lo — disse Troy —, mas não esta noite. Estou a fim de me soltar. Dar um giro pela cidade. Você conhece Gigolo Perry?

— Ã-ã. Conheço sua fama, mas ele saiu da cadeia muito tempo antes de eu entrar lá. Ele tem um clube do outro lado da Market, não?

— Sim. Nunca estive lá, mas tenho o endereço.

— Quer que eu deixe você lá?

— Não. Estava pensando em ficar no Holiday Inn, em Chinatown. Depois eu posso caminhar até North Beach.

— Ei, mano, North Beach não é mais o que costumava ser.

— Nada é como costumava ser. A que horas você pode me pegar amanhã?

— É você quem manda.

— Temos que ir até Sacramento para encontrar Mad Dog.

— Nós *temos* que fazer isso, certo?

A inflexão de sua voz não passou despercebida para Troy. Ele viu a expressão dura no rosto de Diesel e ia começar a fazer perguntas, mas Gallagher voltou. A refeição seria por conta da casa, mas eles deviam dar uma gorjeta para o garçom. Ele os acompanhou até a porta e deu um abraço afetuoso em Troy, como despedida.

O longo entardecer de verão ainda descia sobre a cidade. Um relógio na vitrine de uma joalheria dizia que eram sete e meia. Em San Quentin, a refeição da tarde havia acabado. A liberação dos chuveiros estava em curso e, nas celas, os detentos estavam assistindo ao jogo entre os Giants e os Dodgers, nas pequenas TVs que os administradores da prisão usavam como estupefaciente. Alguns as deixavam ligadas, exibindo padrões de cor durante toda a noite, até o noticiário matinal. Uma vez Troy esmagou a TV de um companheiro de cela. O imbecil não a desligava nunca; tinha fixação por *Jeopardy*, *Wheel of Fortune* e outros programas de auditório, a tal ponto que respondia as perguntas em voz alta, e geralmente errava. Aquilo perturbava Troy. Comentários sutis foram inúteis e, por fim, ele esperou a cela abrir, carregou a TV para fora e jogou-a por cima do passadiço.

— Se você não mudar de cela até amanhã de manhã, vai junto com a televisão.

— Ei, cara, eu não pensei que você fosse levar para o lado pessoal.

O companheiro de cela mudou-se, mas durante alguns dias Troy carregou uma faca e algumas revistas como armadura, para a eventualidade de o caso não ter acabado ali. Gostaria de não ter perdido o controle. Assistia filmes e eventos esportivos, futebol, basquetebol e boxe, e programas de utilidade pública. Quando avaliava aquelas horas, constatava que a maioria delas era jogada no lixo, *junk food* para a mente. Quantos livros mais ele poderia ter lido? Não que a palavra escrita fosse uma panacéia; a maioria dos romances populares também eram parvoíce. Durante a década que passou na prisão, seu gosto havia mudado incomensuravelmente.

Olhando São Francisco, provavelmente a cidade mais adorável da América, através da janela do carro, Troy surpreendeu-se com a quantidade de sem-tetos. Isso era algo novo para ele. Em sua infância, as poucas criaturas maltrapilhas que erravam a esmo, estendendo suas mãos imundas, eram invariavelmente velhos e brancos, seus cérebros imersos em uma permanente névoa de álcool ou insanidade. Agora, cada esquina tinha alguém com um cartaz ou um pedaço de flanela para limpar os pára-brisas, e em sua maioria eram jovens negros.

Um *outdoor* mostrava um cão puxando o cobertor de um homem deitado sobre uma cama. Isso fez com que ele se lembrasse novamente: — Temos que ver Mad Dog amanhã ou depois.

— Eu tenho que lhe contar algo — falou Diesel. — Algo que

eu nunca mencionei a ninguém. E eu queria muito contar, porque isso fodeu minha cabeça.

— Pode mandar.

— Dois meses atrás, Mad Dog ligou para minha casa. Ele ligou duas ou três vezes e falou com Glória. Era uma sexta-feira e eu estava fazendo um favor para Jimmy the Face. Quando eu finalmente falei com ele, soube que estava preso em Portland, por causa de uma queixa estúpida envolvendo cartão de crédito. Se ele não conseguisse liberar uma fiança até segunda-feira pela manhã, o oficial da condicional veria seu nome no registro das detenções e acabaria por trancá-lo por violação da condicional. Ele me pediu para tratar de sua fiança.

Diesel continuou a história, inserindo, em certo ponto, a disputa pelo roubo do pagamento do navio. Enquanto contava, sentia que sua mente se aliviava. Encerrou com a abertura do *freezer*:

— ... meu cabelo ficou em pé. Juro que ficou. Caí fora de lá. Fiquei atento para saber se os corpos apareceriam em algum lugar, mas não acho que isso vá acontecer. Se você não se importar em trabalhar um pouco, é fácil colocar um cadáver onde ninguém jamais vá achá-lo — a não ser, talvez, algum arqueólogo babaca, daqui a uns quinhentos anos.

— Ele não sabe que você descobriu? — perguntou Troy.

— De jeito nenhum. Eu saí de lá tão rápido...

— Certo.

— Não falei com ele desde então.

Troy visualizou a cena claramente, os corpos mortos e congelados da mãe e da criança. Isso o fez tremer por dentro. Ele nunca havia matado ninguém, em parte porque entendia a gravidade de tirar uma vida, e em parte porque as circunstâncias jamais se apresentaram, mas sabia como isso era comum desde Caim e Abel e conhecia um monte de assassinos. Tinha amigos que já haviam matado, muitos por ódio provocado por alguma disputa ou por vingança, uns poucos que mataram policiais ou lojistas durante um tiroteio, outros poucos por dinheiro, como pistoleiros contratados — mas maníacos homicidas estavam fora de sua esfera de relações. Ele sabia sobre a natureza paranóica de Mad Dog. Seria ele perigoso demais para se ter por perto? Seria muito arriscado deixá-lo agir livremente? Isso estimularia suas idéias paranóicas?

Por outro lado, Troy sabia que Mad Dog o respeitava mais do que qualquer outra pessoa no mundo. Lembrava daquela noite no reformatório, anos atrás.

— Quer saber — disse Troy — eu posso controlá-lo.

— Ele me assusta um pouco. Nunca se sabe o que se passa em sua mente. Você lembra o que ele e Roach fizeram com aquele garoto do Bloco Leste. Qual era o nome dele? Carrigan ou algo parecido. Eles eram todos camaradas muito próximos. Lembra? Esfaquearam ele umas vinte vezes, não foi?

— Sim, mas ele ameaçou Roach, pegou pesado. Devia ter imaginado que eles não seriam mais amigos.

— Quando você disser, Troy. Eu estou com você. Mas eu quis que você soubesse o que estava acontecendo com o cara.

— Estou feliz que você tenha me contado. Eu sei que ele é louco. Vamos ficar com os olhos colados no rabo dele. Se ele agir de um jeito muito doido... — Troy ergueu os ombros, um gesto que não dizia nada e ainda assim dizia tudo. — Está preparado para ir a L.A.?

— Quando você quiser.

— Só mais uns dois dias. Não vou nem me apresentar ao oficial da condicional. Eles não vão atrás de você por burlar a condicional. Eles esperam até você ser apanhado...

— Ou que alguém dede você.

— Isso também... mas ninguém vai me dedar. Se eles me pararem, eu tenho documentos limpos, não?

— Claro. Isso cola, até que alguém verifique suas impressões digitais.

Diesel rodou pelas ruas estreitas e sinuosas de Chinatown e entrou sob o *porte-cochère* do vistoso Holiday Inn.

Um porteiro instantaneamente se pôs à disposição deles.

— A que horas você estará aqui? — perguntou Troy.

— Dez... onze horas... é só você dizer.

— Ligue para mim quando sair de casa.

— Farei isso.

Apertaram as mãos e Troy saiu do carro.

Diesel deu a partida.

CAPÍTULO **SEIS**

Sozinho em seu quarto, no décimo primeiro andar do Holiday Inn, Troy tirou seus sapatos e meias. Era a primeira vez, desde a prisão, que ele andava descalço sobre um tapete — ou sobre qualquer outra coisa que não fosse concreto gelado. Diminuiu as luzes, sentou na cama, e afundou seus dedos no tapete espesso e macio, enquanto olhava através da janela aberta, a noite fresca em seu rosto, para as colinas de São Francisco e para a baía escura, pontilhada com as luzes dos navios e das bóias de amarração. Como era a sensação de estar livre, após tanto tempo em uma jaula entre homens numerados? De certo modo, não era tão diferente da que ele havia imaginado. Homens haviam-lhe contado sobre temores peculiares, relâmpagos de desorientação e de pânico. Não experimentava nada disso, mas sim um sentimento de irrealidade. Olhava o mundo e via distorções que lhe recordavam a arte abstrata, Dalí ou Picasso.

A TV do quarto exibia filmes em circuito fechado. Pediu um que passava no canal Playboy. Não havia estações a cabo em San Quentin, por isso ele nunca tinha visto nada como isso.

Não eram prostitutas baratas com espinhas na bunda. Essas mulheres da Playboy eram atraentes o bastante para serem estrelas de cinema, com longas pernas, seios empinados, cabelos sedosos, peles aveludadas e nádegas fornidas e arredondadas. Desejou uma delas tão intensamente que sentiu vertigens. Ficar sem sexo durante anos foi mais fácil do que imaginaria o senso comum — e sempre havia o alívio da masturbação. Suas fantasias eram com mulheres como estas. Uma coisa era certa, ele sabia que podia comprar uma boceta. Tinha dinheiro e sabia onde ir.

Vestiu as roupas novas e gostou do que viu no espelho. Tinham um corte solto e plissado que lembrava filmes feitos quando Robert Michum, Burt Lancaster e Kirk Douglas eram jovens. Sua primeira idéia de elegância masculina eram calças de corte reto que faziam as pernas parecerem espichadas como patas de garça e paletós com ombros e lapelas estreitos. Desta moda ele gostava mais, a calça pregueada e o paletó folgado, com ombreiras (era mais fácil esconder uma pistola).

Deveria levá-la com ele? Sim, por que não? Se vai ser um criminoso, seja um vinte e quatro horas por dia. O Grego lhe disse isso — e o Grego vivia de acordo com essa regra. — Mais tarde tenho que telefonar para ele — Troy murmurou para si mesmo, enquanto adaptava a presilha do coldre ao cinto, às suas costas. Ela ficaria oculta mesmo com o paletó desabotoado e com as abas soltas.

Enquanto saía, parou na porta. Tinha esquecido algo? A chave? Não, estava com ela. Quando fechou o quarto, deu-se conta de que era a primeira vez que fechava uma porta por conta própria em muitos anos.

Empurrou a porta que dava para o *porte-cochère* e o porteiro chinês acenou para um táxi.

— Sabe onde fica o Fish and Shrimp? — perguntou.

— Não.

— É do outro lado da Market, no centro. Talvez na Folsom.

O táxi arrancou, soando a buzina enquanto cortava a frente de outro carro e acelerava. Estava correndo demais. Talvez o tempo significasse dinheiro para o taxista, mas para Troy ele era barato.

— Ei — disse Troy — mais devagar.

O motorista olhou em volta, cerrando as sobrancelhas. Tinha pele escura e cheirava a *curry*. Troy deduziu que ele tivesse vindo da Índia.

— Acalme-se — disse — e eu te dou o dobro do que estiver marcando o taxímetro como gorjeta.

— Sim, senhor.

O táxi diminuiu a velocidade sensivelmente. Antes de encontrar o Fish and Shrimp, vagaram por muitas ruas escuras. Novamente, Troy olhou para fora. A Califórnia sempre lhe parecera jovem e radiante; agora a via desbotada e corrompida. Havia lido sobre a recessão, o endividamento nacional, o encolhimento da assistência social. Na página impressa, parecia que eram as mesmas estúpidas lágrimas de crocodilo de sempre, mas para fora da janela havia outra realidade. A cada semáforo parecia haver um negro a postos para esfregar o pára-brisas. Enquanto acenava para que um deles se afastasse, o taxista disse: — Por que eles não arranja emprego? — em um inglês profanado. Troy quis responder que talvez os imigrantes tomassem os empregos deles, mas ao invés disso escolheu um comentário diplomático: — Talvez não saibam fazer nada.

— Ach. Quase todos são preguiçoso. São suas mulheres que trabalha. São elas que trabalha na África: são elas que trabalha aqui. Lá eles fica sentados em roda, contando histórias de guerra com as bolas de fora e penas na cabeça. Eu vi isso na *National Geographic*.

Troy riu interiormente. Mesmo um imbecil podia ser engraçado.

— Aqui estamos — disse o taxista, encostando o carro.

Troy olhou para fora. Não admira que não a tivessem notado. A fachada estreita era forrada de ébano e ao lado da porta havia uma plaquinha de néon azul com a logomarca com um peixe e um camarão e o nome escrito em letras finas: Fish & Shrimp. Nada mau para um velho ladrão pervertido, Troy pensou. O nome era uma gíria rimada do submundo londrino do século dezoito, agora conhecida apenas por muito poucos ladrões e vigaristas. Era curioso que Gigolô a usasse.

O taxímetro marcou trinta e um dólares. Troy deu uma nota

de cinqüenta dólares para o motorista. Era menos do que havia prometido, mas ele suspeitava que o homem houvesse vagueado de propósito. O taxista olhou para ele e franziu o cenho. — Isso é tudo que eu tenho — Troy disse, imaginando o que aquele racista chupador de rola faria se ele tivesse batido em sua cabeça com a coronha da arma. O taxista balançou a cabeça e Troy não falou mais nada. Já foi dito que se alguém vai fazer papel de bobo, é melhor que seja um bobo calado.

Um leão-de-chácara de uns cento e trinta quilos o encarou. Passou no exame, pois o segurança abriu a porta para ele.

Do lado de dentro, espelhos facetados refletiam uma luz suave. O bar estendia-se à sua direita. Nos bancos em frente ao balcão havia vários pares de longas pernas envolvidas por meias de seda. Podia ver flashes de coxas, e quase conseguia farejar algo mais. As minissaias tinham voltado, graças a Deus.

O *bartender* estava na extremidade oposta. Troy caminhou ao longo do balcão do bar. Na parede espelhada por trás deste, olhos apreciavam seu reflexo. Sairia dali com uma mulher, não havia dúvida. Podia pagar o preço.

O *bartender* o viu se aproximar e voltou as costas para uma jovem mulher para perguntar o que ele queria.

— Eu telefonei meia hora atrás... procurando George Perry.

O *bartender* apontou para o reservado do outro lado do salão. Troy voltou-se. Gigolô já o havia visto e estava se levantando. Veio em sua direção com um sorriso e com os braços estendidos. Estava em seus setenta e muitos, mas parecia vinte anos mais jovem. Como isso era possível, se ele havia se consumido de todas as maneiras conhecidas pelo homem até cerca de quinze anos antes? A única mudança notada por Troy foi que seus cabelos e seu cavanhaque haviam passado de cinza para branco puro. Vestia-se de maneira elegante, com um paletó de pêlo de camelo e calças de flanela. Cingiu o amigo mais jovem com um largo abraço.

— Diabo! Não pensei que você fosse sair um dia.

— Nem eu.

— Quando foi?

— Hoje.

— Ainda não arranjou nenhuma xota?

— Nada.

— Olhe por cima dos meus ombros e veja o que eu consegui para você no reservado.

Troy olhou. Duas mulheres estavam sentadas. Uma tinha cinqüenta ou mais. Esguia e elegante, ainda assim era muito velha. A primeira coisa que ele notou na outra foi sua luxuriante cabeleira ruiva.

— Ela não é nenhuma dessas putas de rua que chupam uma rola por uma tragada num cachimbo de *crack*. Esta é uma cortesã... entende o que eu quero dizer?

Troy assentiu, sem tirar os olhos dela. Tinha olhos azuis brilhantes e uma leve pitada de sardas em torno do nariz. Não podia ver seu corpo, mas o rosto sem dúvida era belo. Ela notou que ele a estava olhando e sorriu. Fazia tanto tempo que não falava com uma mulher bonita que instantaneamente corou de tímido embaraço e sentiu-se um idiota. Aquilo era ridículo, um ex-condenado, um cara durão, que não tinha medo de quase nada que andasse sobre a terra — e ficou totalmente desorientado por causa de um sorriso. Ia dizendo a Perry para esquecer tudo, mas isso teria sido ainda mais embaraçoso. Gigolô escarneceria dele, acusando-o de ter passado a preferir rapazinhos depois da prisão.

— Antes que eu apresente vocês — disse Gigolô — não esqueça uma coisa.

— O que é?

— Não se apaixone.

— Não o quê?

— Não... se... apaixone.

— Isso soa absurdo, homem. Você finalmente envelheceu o bastante para ficar gagá?

George Gigolô Perry sacudiu a cabeça. — Você vai entender que estou dizendo a verdade, se parar para pensar. Os garotos chegam da prisão, ou mesmo do exército, onde passam anos sem ver uma mulher por perto, e à primeira que lhes oferece a xana e lhes dá uns beijinhos na orelha, pá, eles caem de amores. A criatura pode ter cinco fedelhos e ser gorda como Roseanne Barr, não importa. Eles tomam uma chave de boceta. Esta aqui é material de primeira. Espere só até ver seu corpo. Se eu tivesse cinqüenta, ia tentar pegá-la. De qualquer forma, eu te avisei.

— Fique frio, irmão. Eu sei lidar com essas coisas.

— Eu sei que você sabe. Você é dono do seu pau. Vâmo lá.

Foram para o reservado e George fez as apresentações. Ela se chamava Dominique Winters e Troy se perguntou se aquele era um nome de guerra. Seu rosto tinha o franco frescor de uma colegial.

George sentou perto da mulher mais velha, cujo nome era Pearl, e Troy sentou ao lado de Dominique. Seu perfume era suave, mas como ele ficara tanto tempo sem sentir um aroma adocicado, o efeito foi extraordinariamente poderoso.

George acenou para uma garçonete que passava. Ela atendeu imediatamente: era o proprietário. — Mais uma rodada. O que você quer? — perguntou para Troy.

— Vodca-tônica.

George gesticulou para a garçonete e ela se afastou. Enquanto esperavam pelos drinques, George fez perguntas sobre amigos comuns no sistema penitenciário da Califórnia. — Como está Big Joe?

— Morgan? — Troy perguntou.

— Sim. Ele vai ser solto algum dia?

Troy sacudiu sua cabeça. — Ele está em Pelican Bay. Ah, deixe-me relatar uma história que ele me contou. Ele esteve em San Quentin por razões médicas. Colocaram um guarda em sua porta, no hospital, mas o tira deixou que eu o visitasse.

— Veja só isto — continuou Troy. — Alguém o chamou para testemunhar em L.A. no ano passado. Eles armaram uma superprodução: dois carros, seis tiras, armas automáticas, toda aquela merda. Não lhe disseram para onde estava indo. Não queriam que ele soubesse. Simplesmente pegaram ele, despiram-no, tiraram sua perna de pau, vestiram um macacão branco nele e o jogaram no banco de trás.

"Lá foram eles pela rodovia, dois carros, seis tiras... e Joe, com uma perna só. Em algum ponto da Noventa e Nove, ele reclamou que eles não o tinham avisado com antecedência e agora ele precisava dar uma mijada. Disseram-lhe para agüentar, mas ele respondeu aos tiras que se eles não parassem ele ia mijar no estofamento do carro. Era o carro particular de um dos agentes.

"Então eles passaram um comunicado pelo rádio, de viatura a viatura, e finalmente entraram em um posto Mobil. Formaram um círculo, armas prontas, como se esperassem que uma centena de mafiosos mexicanos pulasse em cima deles para resgatar Joe. Revistaram o banheiro para ter certeza que não havia nenhuma pistola sob a pia, e por fim deixaram ele entrar.

"Enquanto estava no banheiro, um camarada em uma caminhonete velha estacionou no posto e desceu para abastecer. Ele não percebeu o que estava acontecendo até começar a bombear a gasolina. Então viu todos aqueles homens brancos com ternos pretos, Uzis e óculos escuros formando um círculo atrás dos carros, em torno da porta do banheiro. Pode imaginar o que passou pela cabeça dele? Que porra era aquela?

"A porta se abriu e Joe saiu, sambando em uma perna só, embrulhado em uma tonelada de correntes. O cara esqueceu que estava bombeando gasolina. Ela começou a se derramar pelo chão. Ele disse: 'Rapaz, você deve ser o filho-da-puta mais malvado que já andou pela face da terra'.

George explodiu em gargalhadas. — Isso foi muito engraçado, cara.

— Joe quase morreu de rir quando me contou. E o Paul Allen? Como está ele? Está fora há três anos. É difícil acreditar.

— Paul morreu, cara. Encontraram ele num quarto de hotel em Hollywood, cerca de um mês atrás.

— Paul?! Merda, essa me deixou arrasado. Conheci ele durante quase vinte anos e nunca o vi fora da cadeia.

— Pelo menos ele morreu do lado de fora.

— Lá isso é verdade.

— Foi Willy Hart quem me contou.

— Willy. O que ele anda fazendo? Como ele está?

— Ele está bem, exceto que, ao invés de se tornar um craque do *handball*, ele se transformou em um barril de cerveja. Acho que ele vende toldos de alumínio.

— Um homem de lata.

— Sim, e ele é muito bom, também.

— Deus sabe que ele já abriu a boca mais do que devia.

As lembranças comuns fizeram ambos rirem.

— Quem mais? — perguntou George. — Onde está o T.D.?

— Está enterrado em Leavenworth ou Marion.

— Provavelmente Marion. Ele não recebeu uma condenação por assassinato na prisão?

— Sim. Algum imbecil que não sabia com quem estava se metendo resolveu encher o saco dele.

— Ouvi dizer que Marion é foda.

— Como Pelican Bay... saída direto de Kafka.

— Não pode ser pior do que quando eu estive preso. Os tiras usavam bastões com chumbo na ponta. Quando a gente se enfileirava para entrar nas celas, eles caminhavam ao longo das filas. Se alguém estivesse com o pé um centímetro em cima da linha, eles o golpeavam com as pontas de chumbo dos bastões. Filhos-da-puta, lazarentos. Naquela época, alguns deles não sabiam nem ler.

— Eles não estão muito mais espertos agora, mas certamente são mais bem pagos. Têm o maior sindicato de funcionários deste estado. Eles desmontaram tudo. Jogam uma luz na cela, depois correm e pegam você com umas duzentas miligramas de Thorazine... então eles te dão porrada. E *depois* de tudo isso, escrevem um relatório afirmando que usaram a quantidade mínima necessária de força após você os ter atacado.

— E ainda perguntam o que torna os presos anti-sociais.

— É incrível que mais caras não descontem nas mulheres.

— Eu lembro quando fui para a cadeia, em trinta e cinco. O público não odiava os ladrões como agora. Merda, cara, em Oklahoma eles gostavam do Pretty Boy Floyd. Há vinte e oito anos que eu não sou preso. Mas se eu passar um cheque sem fundos eles me dão prisão perpétua com base naquela besteira de três-dançadas-e-você-tá-morto. Sabe qual é a causa disso na minha opinião?

— Diga.

— Duas razões. Uma são os crioulos. Não havia tantos deles fazendo merda, e os que eram ladrões sabiam a hora de roubar, ou de blefar. Tinham jogo de cintura. Os negrinhos de hoje não sabem nada de nada, e estão cagando para tudo. Eles acham que matar alguém faz deles homens, de algum modo.

Antes eram quinze, vinte por cento nos presídios, agora são sessenta por cento.

— E qual é a outra coisa?

— A violência. Olhe aqui — disse George — quando eu era ladrão, nunca andei armado, a não ser durante os assaltos. Eu só roubava armado se sabia que o resultado era certo. Mas se alguém ficasse ferido, isso seria um fracasso. O ideal era ter lisura. Agora eu sou um velho e tenho medo de ir a um monte de lugares à noite, a não ser que esteja carregando uma pistola para me proteger. O mundo mudou em vinte anos.

Tudo isso era verdade, Troy pensou. Não que importasse muito para ele. Podia ir para o necrotério, mas não iria para a prisão. Novamente não, nunca mais. Ao contrário do que acontecia com a maioria dos habitantes do submundo, sua infância o deixara ver a diferença que o dinheiro faz na vida, na experiência pessoal de alguém, na liberdade que cada um poderia ter se pudesse pagar por ela. Não aspirava a riquezas: a fortuna dos ricaços os mantinha enclausurados. O que ele precisava era ter o suficiente para encontrar uma cidade ensolarada no litoral, onde pudesse ter uma casinha sobre uma colina, com uma mulher para lavar e cozinhar. Umas poucas centenas de milhares seriam suficientes, obrigado, e ele não teria que investir em mais nada a não ser em sua vida.

Dominique encostou-se nele e sussurrou: — Você não quer ir?

— Claro.

— Eu volto logo. Com licença.

Ela deslizou para fora do reservado e caminhou entre as mesas em direção à salinha com o símbolo do toalete. Tiveram de segui-la com o olhar. Seu corpo e sua maneira de andar tornavam impossível não fazer isso.

— Porra, você está com uma cara séria — falou George, inclinando-se sobre a mesa para dar-lhe um tapinha brincalhão. — Sorria, bobo. Olhe para a bunda dela. Caramba, queria ter sessenta anos novamente.

Troy teve de rir. Queria ter o mesmo modo de ver a vida que George.

— Então, quanto tempo você vai ficar aqui? — George perguntou.

— Um dia... talvez dois.

— E a condicional?

— Não há a menor possibilidade de que eu cumpra a condicional. Não vou sequer me apresentar.

— Eu cumpri a condicional. Não sei como eu fiz aquilo. Não tinha a menor intenção. Foi como se eu tivesse vacilado por um momento e me tornado um cara certinho. Um dia levou a outro. Eu até apliquei um par de golpes depois da minha volta e caí fora. Sinto que parei quando estava no auge.

— Claro — disse Pearl — se você não pensar nos dezesseis anos que passou na prisão.

— Não se pensa nisso depois que acaba — disse George. — Certo? — perguntou a Troy.

Troy concordou, mas não totalmente convicto. A lembrança era muito recente.

Pearl pegou sua bolsa. — Está na hora de ir embora. Você vem? — perguntou a George.

— Que mais posso fazer? Nós estamos no seu carro.

— Vamos.

George riu. — Olhe aqui — disse a Troy — eu sou considerado um explorador de mulheres — Perry Gigolô. Cara, eu sou um refúgio para as putas.

— Pare de mexer essa boca e vamos embora — disse Pearl.

— Está vendo, cara, está vendo? — falou George.

Dominique apareceu. Todos se levantaram e apanharam suas coisas.

— Precisa de algum dinheiro? — George perguntou.

— Ã-ã. Estou bem.

— Nós estacionamos nos fundos — falou George.

Os dois homens apertaram as mãos. Troy prometeu telefonar quando estivesse em L.A. Daria lembranças de George para o Grego.

Troy sentia-se tranqüilo enquanto seguia Dominique até a porta. Olhando seu corpo se mover sob as roupas, imaginou-a nua, abrindo suas pernas — e teve uma ereção.

Na calçada, Dominique parou. — Nós vamos alugar um quarto ou o quê?

— Eu peguei um no Holiday Inn, em Chinatown.

— Sem carro?

Balançou a cabeça.

— Eu deixei o meu em casa.

Um táxi estava passando na outra pista. Ela pôs dois dedos nos lábios e deixou sair um assobio explosivo.

Troy olhou para ela. — Porra, gata.

— Eu morei dois anos em Nova York.

O taxista olhou e fez uma curva em balão. — Para onde?

— Chinatown. Holiday Inn.

Durante a corrida, o vaivém das curvas e mudanças de pista empurrava seus corpos, um de encontro ao outro. Cada vez que isso acontecia, Troy sentia um surto de excitação e fantasia. Olhava para o perfil da garota e comprovava sua beleza delicada. Tinha uma expressão serena e um sorriso suave e por isso a imaginação de Troy lhe conferia atributos de caráter que ele considerava desejáveis, acrescentando uma afetuosa ternura ao seu desejo. Embora gostasse de putas, a maioria das quais havia passado por tempos difíceis e tinha uma visão fatalista da vida, com relação a esta ele só sentia piedade. Era bonita e simpática demais para ser uma puta. Imaginava o porquê; então riu consigo mesmo. Era a pergunta de praxe dos clientes.

Atravessaram o lobby e tomaram o elevador. Quando abriu a porta para ela entrar, perguntou se queria um drinque. Ela sorriu suavemente e sacudiu a cabeça. Olhou em torno, abriu a porta do banheiro alguns centímetros e acendeu a luz em seu interior, depois apagou as luzes do quarto. Do banheiro vinha claridade bastante para iluminá-lo suavemente. Através da janela, de muitos andares abaixo, vinham os sons abafados da cidade.

Dominique sabia como atiçar o fogo de um homem e começou a despir-se e a provocá-lo. Olhando-o com olhos brilhantes, ela desabotoou vagarosamente sua blusa, enquanto fazia um leve movimento com os ombros. Seu sorriso era pleno de sedução. Ela abriu rapidamente a blusa, deixando ver seus seios, que eram pequenos mas firmes; então fechou-a novamente e virou-se de costas, balançando por fim os seus ombros, para que sua roupa flutuasse até o chão.

Ela se remexeu para fora da saia justa, de uma maneira provocativamente graciosa. Quando a saia caiu sobre o tapete, deu um passo para livrar-se dela e mostrou-se de calcinha, saltos altos, meias brancas cintilantes e uma cinta-liga. Troy achou que aquela mulher tinha a mais bela bunda que ele jamais vira, redonda e macia. Seu corpo era firme e elegante — ou ela era uma dançarina ou exercitava-se muito e embora qualquer homem pudesse dizer que ela era a epítome de um corpo sexualmente atraente, não era magra o bastante para os padrões estéticos da época. Ela pôs um dos pés sobre uma cadeira e curvou-se para desabotoar a cinta-liga.

— Deixe — ele disse.

— Aah, você gosta disto — disse ela, arqueando uma sobrancelha.

— Sim — falou — com pernas... como as suas —. Isso o fez sorrir; o desejo o tinha tornado momentaneamente apalermado. Acabaria desmaiando sobre aquela boceta antes de possuí-la? Parecia um colegial excitado sob as garras de uma dona de casa depravada. Teve vontade de rir de si mesmo, mas ficou com mais vontade ainda de pôr suas mãos em Dominique.

— Você trepa vestido? — ela perguntou.

— Ãhhh. Não, não, não... — Ele chutou seus sapatos para longe e quase arrancou os botões de sua camisa enquanto a desabotoava.

A pistola! Lembrou dela quando começou a puxar a camisa. Muitas mulheres sentiam-se amedrontadas diante de armas de fogo. Enquanto tirava a roupa, virou-se para ocultar a pistola, ao mesmo tempo que a puxava, juntamente com o coldre, para fora de sua cintura e a colocava sob o paletó, em cima da cadeira. Ela estava erguendo a colcha e não percebeu nada. Bom. Mesmo uma puta podia ficar angustiada ao ver uma arma.

Quando tirou as meias, lembrou que vesti-las naquele momento seria a coisa menos romântica do mundo.

Dominique removeu a colcha e amaciou os travesseiros. Seus seios dançavam com o movimento.

Tirou um objeto pequeno da mesinha de cabeceira e voltou-se para ele. Enquanto ela atravessava o quarto, nua exceto

pela cinta-liga, as meias e os saltos altos, Troy sentiu-se hipno-
tizado pelo calor que irradiava de seu corpo; podia senti-lo a
um metro e meio de distância. Não tinha vontade de dizer
nada. Estava seduzido demais, cego de desejo como Sansão.

Quando o alcançou, ela o segurou entre as pernas com uma
pressão tão perfeita que ele chegou a tremer — e então, com a
destreza de uma fazendeira preparando um garanhão para
cobrir uma égua, desenrolou o preservativo de látex sobre o
seu pênis. Não lhe importava o que ela fizesse, desde que
abrisse suas pernas e ele pudesse introduzi-lo nela. Nunca em
sua vida quis foder uma mulher tanto quanto queria foder esta.

Ela tomou sua mão e conduziu-o até a cama. As putas o
haviam ensinado como dar prazer a uma mulher. Não era
nenhum segredo esotérico extraído do *Kama Sutra*; era simplesmente uma questão de paciência e de prolongar os toques
e carícias, com mãos gentis e com a ponta da língua. O corpo
de uma mulher demorava muito mais para se preparar para
uma trepada, uma verdade que um jovem tomado pelo tesão
tinha dificuldade em apreciar.

Troy sentia a mesma dificuldade desta vez. Seus dedos tocaram a pele cálida e sedosa da parte interna das coxas da garota e então ele sentiu uma vertigem quando ela as afastou como
as asas de uma borboleta pousada.

— Quer que eu chupe a tua boceta? — perguntou ele.

— Isso é bom... e eu adoro... mas esta é para você. Eu vou
te comer inteiro. Vem cá... — Ela puxou sua mão e se ajeitou
para abrir as pernas para ele. Tinha depilado o monte escuro
de pêlos, de modo que ele tinha a perfeita forma de um V. O
vértice indicava o ponto exato.

Ela o guiou para dentro dela. Era um pouco apertada, mas
podia recebê-lo, e logo relaxou seu corpo. Pressionou os saltos
contra suas nádegas e empurrou a pelve para cima, de modo
que ele estivesse totalmente dentro dela. — Vamos trepar —
disse.

Ele mantinha os braços estendidos enquanto a fodia, assim
podia ficar muito acima dela, olhando para o rosto que o
encarava sobre o travesseiro. Estava cego, a não ser para a
visão do rosto de Dominique e para a sensação de sua vagina e

de suas coxas comprimindo seu corpo.

Ela sincronizou seu ritmo ao dele e começou a provocá-lo — Goze para mim, baby... goze para mim, docinho. Ohhh, me fode gostoso.

Isso o excitava e ele atingiu o orgasmo. Para o alto... para o alto... Seu cérebro se distendia... e quando ele atingiu o topo, desabou em uma série de convulsões. Seus braços doíam e ele respingava suor.

Dominique sorriu à maneira do Gato de Cheshire. George a havia pago muito bem, mas isso era mais do que um simples negócio. Não era amor, mas um prazeroso rolar de corpos. Agradava-lhe o óbvio êxtase que ela lhe proporcionara. Algumas mulheres tinham o dom de conduzir os homens por seus paus; Dominique estava entre elas, e esse poder lhe causava satisfação. Ela se exercitava de modo a conseguir controlar os músculos de sua vagina. Podia massagear o pênis de um homem com sua boceta, tão seguramente quanto seus dedos sabiam ordenhar uma vaca. Levou apenas alguns minutos para que ele despertasse novamente.

O segundo orgasmo demorou muito mais tempo, depois ele despencou na cama ao lado dela, enfraquecido e ensopado como um pano de prato em seu próprio suor.

Dominique roçava o dedo por seu peito suado. — Você se importa se eu fumar? — perguntou.

— Pode fumar.

— Quer um?

— Não.

Enquanto ela riscava o fósforo, acendendo o cigarro e lançando um fulgor momentâneo sobre sua face, Troy sentiu uma cálida afeição, terna e protetora. Será que ela já tinha um paizinho? Teria que perguntar a Perry Gigolô. Então percebeu o que se passava em sua cabeça e lembrou que George havia-lhe prevenido sobre não se apaixonar. Começou a rir. Jesus! Agora entendia o que ele estava falando.

CAPÍTULO **SETE**

Diesel jogou meias e cuecas na bolsa de viagem. Glória parou na porta do quarto com os braços cruzados, encarando-o e batendo o pé. Seu pavio curto estava queimando; ela estava pronta para explodir a qualquer momento. Diesel sabia disso e mantinha os olhos afastados dela. Talvez conseguisse sair antes que ela perdesse completamente a paciência.

Fechou a bolsa, apanhou a pasta que estava ao lado da cama e dirigiu-se à porta.

— Estou vendo que você pegou seu arsenal — disse ela.

— E daí?

— Quero saber onde você está indo. — Enquanto falava, desencostou-se da moldura da porta e bloqueou a passagem exatamente quando ele a havia alcançado. Teria de parar ou passar por cima dela. Não estava preparado para isso — não ainda. Ergueu seus olhos para o céu, uma mímica de quem pede paciência a Deus. Então afastou-se dela.

— Por favor, deixe-me ir, baby. Eu não quero brigar — ninguém jamais dissera algo tão verdadeiro. Ele poderia lutar mesmo que estivesse afogando-se no próprio sangue. Poderia

CÃO COME CÃO 99

bater-se contra qualquer pessoa que andasse sobre a face da terra — mas virava um cordeirinho perto de Glória. Parecia enorme perto dela e poderia esmagá-la com um golpe. Tinha mais do que o dobro do seu tamanho. Faria qualquer coisa para não ser obrigado a bater nela; mesmo se ela o atazanasse até obrigá-lo a escolher entre submeter-se à sua vontade ou afastá-la por meio de força física. Fez isso uma vez... mas quando alcançou a porta ela veio por trás e saltou em suas costas. Que cena, ele girando em torno do quarto enquanto tentava desalojá-la. Cortinas entreabertas nas janelas vizinhas. Aquilo deve ter causado um falatório enorme. Ele queria anonimato.

— Ou você me conta... ou vai haver briga. Olhe, Charles, você tem um filho. Você não pode mais sair por aí no momento em que te dá na telha. Cresça, homem.

Ele olhou para o rosto dela, os músculos de suas mandíbulas se contraíam em duras proeminências. Resolveu contar para ela. Troy não aprovaria, mas ele nunca ia saber. — Nós vamos para Sacramento apanhar Mad Dog.

— Mad Dog! Você disse que ele é louco.

— Sim... Bem, há muita gente louca. Eu também sou louco.

— Você nem mesmo gosta do cara.

— Troy o aprova.

— Ah, é o que basta... A aprovação de Troy. Se ele é tão fodidamente esperto, porque passou tanto tempo na penitenciária?

— Você quis saber, eu te contei. Não force a barra... Não tente me dizer o que fazer... — Ele parou, inclinado para trás, olhando-a com superioridade, seus olhos azuis vidrados e pontilhados de vermelho. Ela mordeu os lábios e segurou a língua. Diesel continuou a falar para tranqüilizá-la. — Quando acabarmos o que vamos fazer em Sacramento, provavelmente vamos para L.A.

— O que há em L.A.?

— Um advogado que Troy precisa ver.

— Quanto tempo você vai demorar?

— Talvez cinco dias... no máximo. — Era mentira. Levariam dez dias, no mínimo.

— Se você for apanhado e voltar para a prisão, não pense que eu e o Júnior o estaremos esperando quando você sair. Este corpo não vai murchar à espera de um idiota.

— Sei, você já disse isso cinqüenta vezes.

— E você parece estar cagando para isso.

O tom de desprezo na voz dela penetrou em sua carne. Irrefletidamente, deixou cair a bolsa e avançou para agarrar sua blusa. Parou por decisão própria, mas ela percebeu que era hora de se afastar. Fez isso. Diesel retomou a bolsa e caminhou para fora, empurrando a porta de tela com os ombros e deixando-a bater atrás dele.

Glória observou-o chegar até o conversível, onde Troy esperava ao volante. Diesel jogou sua bagagem no assento traseiro e embarcou. Não olhou para trás quando Troy arrancou.

— É Troy quem dirige todo o show agora — ela murmurou enquanto, por dentro, sentia o vazio do medo. Seu marido estava perdido. — Não — disse, sacudindo a cabeça; não queria pensar nada que pudesse trazer mau-agouro para ele ou piorar suas esquisitices.

Fechou a porta da frente e foi para a cozinha. O que quer que acontecesse, a vida seguiria em frente — e ela precisava preparar o jantar para seu filho. Talvez a criança ainda pudesse fazer algo na vida. Assim ela esperava. Quando abriu o refrigerador e olhou para o seu magro conteúdo, pensou: — Por que não nasci rica? — Então sorriu de seu momentâneo surto de auto-piedade. Enquanto pegava a mamadeira para aquecê-la, teve esperanças de que Charles telefonasse regularmente. Mais tarde ele pensaria melhor. Talvez acontecesse um milagre e ele endireitasse. Sim... e eles poderiam ganhar na loteria, também.

Cento e vinte quilômetros por hora era suficientemente rápido mesmo para estradas retas, planas e vazias. Mais do que isso poderia atrair a Patrulha Rodoviária. Cento e dez seria melhor, se houvesse algum tráfego. Permanecer na pista rápida e manter a distância. Cento e dez era o exato divisor de águas — mais rápido e receberia uma multa, mais devagar seria perda de tempo. Lembrou de ter lido isso muito tempo atrás. Ainda seria verdade? Iria descobrir.

— Como estou dirigindo? — perguntou a Diesel.

— Bem, cara, considerando as circunstâncias.

— É como trepar: depois que você aprende, não esquece mais.

— Cara, quem era aquela garota em quem eu esbarrei?

— Uma gata que o Perry Gigolô arranjou para mim.

— Eu pagaria por uma trepada com ela.

Troy se surpreendeu por sentir um lampejo de possessividade e de raiva em conseqüência daquela observação casual de Diesel. Aquilo era um nada sem significado algum no mundo deles. Não tinha a ver com esposas ou amantes, e nem mesmo era ofensivo para seus padrões de ladrão de rua. Afinal de contas, ela vendia a boceta para sobreviver. Não fosse pela arguta visão de George sobre a vida, Troy poderia pensar que estava um pouco apaixonado. Deus sabia como tinha sido prazeroso estar com ela, e poderia procurá-la quando voltassem de L.A. Ela era encantadora o suficiente para ter entre os braços enquanto jantassem nos melhores lugares.

Cruzaram a Golden Gate ao entardecer. No poente, um semidisco alaranjado afundava no horizonte, deixando um rastro incandescente no mar e transformando, por um momento, os pilares da ponte em monumentos flamejantes. A rodovia seguia por cânions no fundo dos quais já havia escurecido. Quando saíram das montanhas, o sol já tinha ido embora e restava uma luminosidade retinta. Todos os carros tinham os faróis acesos, um rio de correntes opostas, uma branca e outra rubra.

Um carro da Patrulha Rodoviária ultrapassou-os pela direita.

— Será que minha licença de motorista resiste a uma verificação policial? — perguntou Troy.

— Se eles verificarem pelo rádio? Sim, ela é quente.

— Al Leon Klein. Nascido em quinze de dezembro de cinqüenta e nove. Denver, Colorado. — Troy quis ter certeza de que havia decorado seu *pedigree*. Lembrou de Bonnie, que caiu porque não conseguiu soletrar o nome falso que estava na carteira de motorista que usava. Para dar ao diabo o que lhe era devido, era um sobrenome polonês. Pelo menos, seria capaz de soletrar o nome que estava usando.

— Quem era esse cara? — perguntou. — Você o conhecia?

— Sim. Essa identidade era dele. Nós só mudamos a fotografia. Era um vagabundo. Morreu no Gay Men's Hospice. Tinha aquela doença ruim.

— Câncer?

— Câncer, o caralho. AIDS!

— Sei — disse Troy. — Você não gosta nem de pronunciar, não é?

— Me dá medo, cara. Isso mata os filhos-da-puta de todas as maneiras. Alguns têm mortes horríveis. A merda subindo pela garganta, devorando seus cérebros. Quantos caras pegaram isso na cadeia?

— Não sei. Acho que umas poucas centenas estão infectados sem estarem doentes...

— Em algum momento eles chegarão ao fim da linha...

— Assim como todos nós.

— Sim, você está certo.

— Todos que chegam HIV-positivos são colocados em uma unidade de isolamento.

— Aposto que os caras têm medo deles.

— Acertou — disse Troy. — Alguns se cagam de medo. Sabe eles são estúpidos. E você ficaria surpreso com alguns dos caras que pegaram isso. Os que já estão doentes são quase todos bichas, mas os que estão só infectados são na maioria drogados. Muitos eu conheço desde o reformatório. Jimmy Villa, Don Wilcox, Wedo Karate. E uns caras que eu não sei o nome.

— Al Leon Klein — Diesel falou.

— É, você me transformou em um vadio morto.

— Melhor que um foragido vivo.

— É melhor parar de tirar onda com a minha cara. Vou arrebentar esse seu rabo enorme.

— Quem? Você?

— Sim — Troy desceu sua mão direita e agarrou um porção carnuda da parte interna da coxa, entre quatro dedos e a palma da mão. A dor foi tão grande que deixou Diesel petrificado.

— Oh, Deus! Perdão! Eu desisto — implorou. — Larga, cara. Por favor!

— Me chame de Papai.

— Sim, Papai. Por favor, Papai.

Troy relaxou a pressão. Diesel ergueu um punho fechado, parodiando Jackie Gleason. — Um dia destes... um dia destes.

— Se você está sequer *sonhando* em me atacar, é melhor acordar e pôr a cabeça no lugar.

— Ah, é?

— É. Pssst. — Fez um gesto para que Diesel olhasse para baixo.

Diesel olhou. Na mão esquerda de Troy havia uma pistola.

— Que tal isto? — Troy perguntou.

— Desisto — falou Diesel. — Vire isso para lá.

Troy fez a pistola escorregar de volta para baixo de sua coxa, de onde poderia sacá-la instantaneamente. Era pouco provável que fosse precisar dela ali, na auto-estrada. E se precisasse, havia uma boa chance de que ela fosse inútil. A única possibilidade de vir a usá-la seria no caso de a Patrulha Rodoviária, ou a polícia local, pará-los, e havia uma década ou mais que virtualmente todos os policiais usavam coletes à prova de balas sob os uniformes ou como parte deles. Cabeças, braços e pernas ainda ficavam descobertos, mas eram alvos mais difíceis e, tirando a cabeça, era pouco provável que pudessem incapacitar alguém instantaneamente. A atitude instintiva, em uma situação extrema, era atirar contra o alvo maior, o corpo. Precisava praticar. No passado, tinha sido extremamente bom com várias armas pequenas, especialmente a pistola. Mas isso já fazia um longo tempo; no mínimo, sua habilidade devia ter se deteriorado até a metade.

Diesel estava brincando com o rádio do carro. As estações pré-sintonizadas eram da Península de São Francisco, não de East Bay. Teria de procurar o que ouvir. Estava atrás de velhas canções, mas passou por uma voz que lia notícias. Troy pediu que ele parasse um minuto.

O Congresso estava aprovando um projeto de imposto para o desenvolvimento urbano... um avião que partira de Mather Field estava perdido nas Sierras... a polícia de Sacramento havia dado uma batida em um bar de *strip*... um carro tinha sido seqüestrado em Oakland, dois ou três bandidos foram apanhados depois de um tiroteio em Berkeley... Palestinos causavam problemas para os israelenses... O INS[8] estava intensificando sua presença ao longo da fronteira... a Corte de Apelações havia mantido a "lei das três infrações".

— Ponha alguma música — falou Troy. — Essa merda é muito deprimente.

— Você está sujeito às três infrações? — perguntou Diesel.

— Isso depende de eles poderem usar meu caso de delinqüência juvenil. Não acho que uma corte de apelações vá levá-la em consideração. Delinqüência juvenil não tem proteções constitucionais: não tem advogado, nem julgamento por júri, nem presunção de inocência, nem confrontação com testemunhas, nada daquela merda. Então, não pode ser constitucionalmente viável somá-la aos casos subseqüentes.

— Se você está dizendo.

— E quanto a você?

— Morto e fedendo. Até uma bobagenzinha como portar arma me dá prisão perpétua. Foda-se tudo. Estou mantendo distância dos tribunais.

— É, eles transformam qualquer crime em ofensa capital.

— Como é que eles vão fazer isso, Troy? Quero dizer, porra, onde é que eles vão pôr todos esses idiotas? Como eles vão levar todos a julgamento? Isso parece insano para mim.

— É insano. Mas eles estão com medo.

— Eu entendo. Também estou assustado; e eu sou um urso cinzento de cento e quinze quilos, armado até os dentes. Esses jovens crioulos, eles estão em uma espécie de viagem ao espaço longínquo. Ontem eu li que alguns deles resolveram assaltar algum babaca. Ele mostrou a carteira vazia, então eles deram seis tiros. Que merda é essa? O que eles estão pensando?

— Quem sabe?

— São só uns pretos ignorantes — foi o julgamento de Diesel. — Tudo o que eles sabem fazer é vender drogas e ferir pessoas. Alguém já disse que eles aprenderam toda essa merda em filmes e na TV.

— Eles aprendem em algum lugar. Todo mundo aprende

---

8 *INS – Immigration and Naturalization Service*, o Serviço de Imigração e Naturalização norte-americano. (N. do T.)

CÃO COME CÃO   105

tudo em algum lugar. Talvez seja na TV. Ninguém mais ensina nada para eles, pelo menos, ninguém ensina para um monte deles. Muitos deles crescem sem nada para civilizá-los em meio ao gueto.

— Como naquele filme, *O Senhor das Moscas*.

— Não é uma analogia ruim... exceto que começou com um livro.

— Não li, mas vi o filme. O que você acha dos crioulos? Você os odeia?

— Ã-ã — disse Troy. — A não ser quando eles me odeiam.

— É o que eu penso... se eles estiverem cheios de ódio, que vão tomar no meio do cu. Se me respeitarem, eu respeito eles. Se eles me provocam, eu pago a provocação na mesma moeda. Não fiz nada para os filhos-da-puta. Que merda, eu me fodi tanto quanto eles. Você também. O que você acha de todo aquele ódio no *gangsta rap*? Eles chamam aquela merda de música.

— Duke Ellington deve se revirar na sepultura.

— Pode ter certeza.

Luzes, edifícios e tráfego aumentavam à medida que eles entravam na periferia de Sacramento. Havia escurecido. Em um posto de gasolina, Diesel encheu o tanque enquanto Troy foi até um telefone público. O número era de um telefone coletivo no corredor de uma pensão. Uma garota atendeu: — Alô!

— Oi. Escute, você pode bater na porta de Larry Jones e ver se ele está aí?

— Você é Troy ou Diesel?

— Humm... Estou procurando por eles.

— Larry me pediu para dizer a eles que está jogando pôquer no Onyx Club.

— Qual o seu nome?

— Jinx[9]. Sou a garota do Larry.

— Onde você arranjou um nome como Jinx?

— Foi o Larry que me deu. Eu cheguei quando ele tinha um *full house* e ele perdeu. Ele disse que eu lhe dei azar. Mas ele não quis realmente dizer isso.

— Onde fica o Onyx?

— Você conhece o centro de Sacramento?

---

9 *Jinx*, em inglês, azar ou mau-agouro. (N. do T.)

— Nada.

— Tá bom. Eu vou te dar as instruções. Você está vindo da Bay Area, certo?

— Sim.

Ela lhe deu as instruções, onde sair da auto-estrada, que caminho tomar, onde virar. Era bastante simples e ele armazenou tudo mentalmente. Diesel tinha movido o carro para longe das bombas e estava esperando ao volante. Quando voltaram para o meio do tráfego, Troy começou a dar as explicações. Diesel conhecia as vizinhanças do Onyx Club. Pouco depois, o grandalhão bateu a palma de sua mão contra o volante. — Ele tem outra namorada. Espero que ela não tenha uma criança.

— Ela própria parece ser um bebê.

O que sabiam sobre Mad Dog acabou esfriando a conversa pelo resto do trajeto.

Quando encontraram o Onyx e começaram a procurar um lugar para estacionar, Troy disse: — Fique frio quando o vir. Não o provoque.

— Vou ficar frio. Não quero atiçar a paranóia contra mim. Isso poderia me tornar um paranóico. E se dois de nós ficarem paranóicos...

O Onyx tinha um longo balcão e, três metros depois, uma tubulação de cobre separava o salão de jogos, onde meia dúzia de mesas ofereciam várias modalidades de pôquer: *stud* de sete cartas, *lowball*, *Texas hold'em*, *Pai Gow*. Somente duas estavam ocupadas, ambas perto da parede dos fundos.

O ambiente do bar era escuro, mas as lâmpadas brilhavam sobre as mesas de pôquer. As luzes refletiam sobre a superfície lustrosa das cartas, à medida que elas deslizavam pelo veludo verde. A partida tinha seis jogadores, entre eles Mad Dog. Jogador medíocre como a maioria dos pobres apostadores, ele se achava grande, e quando perdia, acreditava que a sorte estava contra ele. Naquele momento, as cartas reforçavam sua ilusão. Estava passando por um rompante de sorte. O jogo era um *stud* de sete cartas e ele não podia errar. Por três vezes, ele e outro jogador tinham um *flush* e todas essas vezes o seu era o melhor. Duas vezes ele baixou dois pares contra uma seguida, e outras duas ele fez um *full house* com a última carta. Estava com o pé muito quente para largar o jogo, mesmo que fosse para encontrar Troy e Diesel, por isso ele telefonou para Jinx e deixou o recado.

Havia ganhado outra rodada e estava empilhando suas fichas quando ergueu os olhos e viu Troy olhando para ele. Mad Dog sorriu e fez uma saudação. Troy cumprimentou-o com a cabeça, rosto impassível. Isso era suficiente para disparar a ansiedade de Mad Dog. Ele começou a juntar suas fichas.

— Já chega para mim, rapazes.

Quando estavam a caminho, dentro do carro, Troy perguntou: — Como você pôde contar meu nome para aquela garota?

— Está falando de Jinx? Eu dei seu nome a ela?

— Ela perguntou se eu era Troy ou Diesel.

— Merda — falou Diesel.

— Quanto tempo levaria para nos identificarem se ela dissesse 'Diesel' e 'Troy' para os tiras? Em cerca de uma hora eles estariam mostrando nossos retratos para ela.

A reação instintiva de Mad Dog seria negar e ficar na defensiva, mas dessa vez caiu em si, por isso pediu desculpas. — Sinto muito, irmão. Eu agi sem pensar.

— Sei... tudo bem. Só não esqueça disso. Ninguém pode sequer pensar em saber qualquer coisa que não deva. Eu tenho consciência disso.

— Sei o que quer dizer — falou Diesel. — Eu estava em uma cela em Vacaville, logo que fui para a cadeia. Havia quatro ou cinco caras que se conheciam: Gary Jackson, Danny Trejo, Bulldog e Red Howard. Red estava cortando as barras de sua cela. Ele nos falou sobre isso, só para esses três ou quatro caras. Alguém dedou e pegaram ele. Eu me senti péssimo e Gary Jackson me disse que sentia o mesmo. Queríamos que Red não tivesse nos contado, pois assim jamais passaria pela cabeça dele que pudesse ter sido um de nós.

— Vocês descobriram quem foi? — Mad Dog perguntou.

— Sim, foi o cara que arranjou a serra para ele. Mas depois daquilo, quando alguém começa a me contar algo, se não for da minha conta, eu não quero ouvir. Assim, se alguma coisa sair errado, meu bom nome não vai ser posto em dúvida.

— Eu sei como é isso — disse Troy.

— Vou tomar mais cuidado — Mad Dog falou.

— Sei que você vai. Você está pronto para rodar?

— Estou preparado... mas a porra do meu carro está na oficina. Ele não vai ficar pronto até amanhã.

— É o mesmo carro que você tinha em Portland? — Diesel perguntou.

— Sim, o velho GTO. É um clássico, cara.

— Seria melhor se fosse um clássico que rodasse.

— Ele vai rodar — Mad Dog disse em um leve tom de desafio — e Troy sentiu a tensão entre seus comparsas.

— Nós vamos fazer grana suficiente para que você possa comprar um Jaguar, se quiser.

— Diabos, não — falou Diesel. — Eles vão para a oficina mais vezes que o velho GTO.

— Você vai pegar o carro amanhã? — perguntou Troy.

— Foi o que eles me disseram.

— O que há de errado com ele?

— A mangueira do radiador.

— Ah, sim, isso vai estar pronto amanhã — Diesel falou.

— Nós podemos nos registrar em um motel e esperar — falou Troy. — Ou podemos viajar hoje à noite e você vai depois de pegar o carro. Assim eu posso ver Greco amanhã. O que você acha?

Mad Dog concordou.

— Para mim parece ser a melhor decisão — assentiu Diesel.

— Como vou encontrar vocês lá? — perguntou Mad Dog.
— Me explique de um jeito fácil, porque eu me perco muito em L.A.

— Nós estaremos no Hotel Roosevelt, em Hollywood Boulevard — Troy disse. — Sob o nome de Al Leon Klein.

— Al Leon Klein. Eu vou pensar em Jimmy Klein. O que aconteceu com aquele cara?

— Ele dedou gente demais — Diesel falou. A máfia mexicana pôs o rabo dele a prêmio.

— Isso é verdade? — Mad Dog perguntou. — Ele virou dedo-duro?

— Sim — disse Troy. — Ele é alcagüete até a medula. O tipo

de sujeito que acha que todo mundo é idiota ou otário. É fácil racionalizar e dizer: "deixe aquele inútil ir para a cadeia". Foi o que ele fez.

— Jimmy Klein... um rato dedo-duro... Que merda... O cara tinha uma puta personalidade — disse Mad Dog.

— Isso ele tem... mas ainda assim é um rato — falou Diesel.

— Você quer voltar para o Onyx ou o quê?

— Ã-ã. Me levem para o meu barraco. Eu mostro o caminho a vocês.

Dez minutos depois, eles estacionaram em frente a um prédio de apartamentos de dois andares de aspecto decadente. Quando Mad Dog saía do carro, a porta da frente se abriu e Jinx apareceu. Tinha rosto de criança e corpo de mulher. Era impossível evitar as apresentações: — Charles, Troy, esta é Jinx, minha gata.

— Olá, rapazes. Ouvi falar muito sobre vocês.

Diesel estava ao volante. — Gostaria de conversar um dia destes — ele disse — mas nós estamos atrasados, e temos pressa.

Dirigiu um sorriso breve para a garota e uma meia saudação para Mad Dog e mergulhou no tráfego. Dez minutos depois, o Mustang GT conversível tomou a direção sul na US-99, dirigindo-se a L.A., seiscentos e quarenta quilômetros além. No passado, a US-99 fora a principal ligação terrestre entre o norte e o sul através do San Joaquin Valley, e embora sua primeira posição tenha sido suplantada pela Interestadual 5 ela ainda suportava um tráfego intenso. Passaram por cidadezinhas agrícolas e paradas de caminhoneiros. Por vezes, ao longo de quilômetros, o mundo era um negrume além das faixas da rodovia, mas o perfume de coisas florescendo revelava a riqueza da terra.

Os faróis iluminavam as placas de trânsito. Bakersfield, 160 quilômetros, Los Angeles, 320. Troy olhava para a noite e Diesel estava atento à infinita linha branca entrecortada que se desenrolava diante das luzes.

— Rádio? — Diesel perguntou.

— Claro.

No Central Valley, tudo o que o rádio conseguia sintonizar era uma estação *country* e outra com notícias vinte e quatro horas.

— Qual delas? — perguntou Diesel.

— Vamos ouvir as notícias — disse Troy. Embora lesse vorazmente enquanto estava em San Quentin, notícias cotidianas tinham pouco interesse para ele. O que um prisioneiro na barriga do Leviatã teria a ver com uma enchente em Tenessee, ou um furacão em Nova Orleans, ou a flutuação do dólar no sistema de câmbio? Isso tinha interesse acadêmico, como Pompéia em 79 d.C., mas os interesses verdadeiros eram mais primais: se o conflito racial explodir novamente, eu tenho que andar entre aqueles branquelos no passadiço para chegar à minha cela. Para muitos prisioneiros, os horizontes do mundo se limitavam aos muros da prisão. As únicas coisas que eles queriam ouvir do lado de fora eram os placares do basebol, os resultados das corridas de cavalos e quais foram as cotações Vegas para os jogos do final de semana.

A indiferença de Troy não chegava a tal extremo, mas o tempo havia se somado ao isolamento natural, por isso ele havia prestado pouca atenção — até que lhe disseram que iria ser libertado, então sua mente ficou subitamente faminta por tudo o que estava acontecendo no mundo em que ele iria entrar uma vez mais.

— ...pois o NAFTA cria estranhos parceiros de cama. Tanto os porta-vozes da extrema direita quanto os da extrema esquerda desaprovam o livre comércio com o México, e o bilionário diletante Ross Perot diz que o som de sucção que ouvimos são os empregos escoando para o sul da fronteira...

— Você presta atenção nessa bobagem política? — Diesel perguntou.

— Sim, às vezes.

— Na maioria das vezes, eu não sei por que porra de lado optar. Todos dizem todo tipo de merda. Eles mentem! Caralho, como mentem!

— Eu sei — concordou Troy. — Às vezes eles mentem até quando dizer a verdade seria igualmente eficaz.

— Quer saber, cara, acho que eu prefiro ser um ladrão a ser um político. Assim pelo menos eu sei o que eu sou. Alguns deles têm problemas de identidade.

— Pode ter certeza — Troy concordou, e acrescentou para si

CÃO COME CÃO 111

mesmo que há tantos homens que são hipócritas, mas sequer percebem que o são. Ele punha a hipocrisia entre os mais desprezíveis dos vícios.

— Estou ficando cansado — falou Diesel quando eles atingiram a periferia de Bakersfield. A área central de L.A. ficava a menos de duas horas, e para atingir o limite norte da cidade, no deserto, levaria metade desse tempo. Seria possível consumir um dia inteiro para atravessar L.A. se você permanecesse fora da auto-estrada.

— Claro, cara, deixe-me empurrar esta banheira.

— Fique atento para a patrulha rodoviária na Ridge Route. Eles fazem rondas com freqüência lá.

No acostamento, Diesel esticou-se no banco de trás e Troy pegou o volante. A noite estava quente e eles deixaram a capota abaixada. Quando o carro começou a subir o aclive através das montanhas, com o San Fernando Valley do outro lado, Troy olhou para o manto coberto de estrelas da noite, seu corpo tomado pela energia trazida pelo toque da anfetamina, e sentiu-se magnífico. Seus pensamentos seguiam a alegria de seu corpo. Pensou sobre o plano de se especializar em depenar cafetões, *bookmakers*, pequenos gângsteres e traficantes de drogas. As vítimas ficariam furiosas. Iam querer matá-lo, mas como saberiam quem ele era ou como encontrá-lo sem conhecer seu nome? Além disso, todos eles também sangravam e certamente não iria temê-los. Podia ter medo da polícia e de voltar para a prisão, mas estava cagando para o rei iletrado do tráfico em Compton ou para todos os negros pernetas que havia no mundo. Eram predadores, era verdade, mas ele era o predador que jamais imaginaram, chegando subitamente de lugar nenhum. Depois, eles nunca iriam descobrir a verdade...

Riu ao pensar nisso. Se Compton não lhe metia medo, ele quase lambia os beiços em pensar nos palermas brancos traficando quilos de cocaína no Westside ou com o marulho do Pacífico ao fundo. Superaria em inteligência os negros muito durões e em truculência os garotos brancos. O perigo estava em que um deles podia ter um policial corrupto como aliado, o que podia tornar-se arriscado. Bem, nada que vale a pena na vida é isento de riscos. O que disse Helen Keller? — A vida é uma aventura perigosa — ou não é nada...?

Roubar traficantes tinha outras vantagens, das quais a menos importante não era o montante do provável rendimento. Era bastante possível que eles conseguissem fazer um milhão de dólares. Era muito menos provável que pudessem roubar um milhão de dólares em dinheiro de um banco ou mesmo de um carro-forte. Mesmo que isso acontecesse, haveria legiões de agentes do FBI designados para o caso. As outras possibilidades de conseguir saquear grandes somas, diamantes e *chips* de computador, tinham seus próprios problemas. Ambos eram fáceis de vender, mas a redução do preço era ela própria um roubo. Ele assaltara uma joalheria e os jornais divulgaram que 1,3 milhão era o valor estimado da perda. Era 1,3 milhão no varejo. No atacado, valia a metade disso, seiscentos e cinqüenta mil. O pagamento usual por objetos roubados é de um terço do preço de atacado, duzentos mil e alguns trocados. Dividindo por três, sua parte ficou algo perto de setenta mil dólares. Nada mal por dez minutos em uma joalheria, mas terrível se você for parar na prisão por dez anos. Dez, uma ova, vinte e cinco. Seria sua terceira infração. Tinha uma idéia melhor de crime do que fantasiar sobre joalherias ou carros-fortes. Também tinha feito uma aliança com um dos melhores advogados de traficantes de L.A., e ele iria passar-lhe informações sobre quem, o quê e onde investir entre os grandes traficantes. Ao contrário de diamantes, heroína e cocaína tinham o valor muito pouco depreciado enquanto propriedade roubada.

Após medir tudo isso com as réguas da decisão, preferia arriscar-se a morrer a voltar para a prisão. Talvez ganhasse o jogo, marcasse o grande tento, e passasse o resto de sua vida em uma praia ensolarada em um lugar distante, dando uma de Gauguin ou Rimbaud. Dera-se conta de que aos trinta e oito ele já estava desgastado em vários aspectos. Tinha queimado a vela como se fosse uma tocha. Havia-se desvirtuado por suas experiências, de modo que, embora falasse a linguagem corrente, carecia de certos atributos. Um deles era o medo; seu limiar para o medo era muitas vezes mais elevado que a média. À volta dele, tudo o que via era medo — medo da violência, medo da repreensão, medo da rejeição, da desaprovação, da

CÃO COME CÃO   113

pobreza, de tudo. Mas ele, que sobreviveu a uma década em San Quentin, desenvolveu um estoicismo que ia além do medo. Agüentou golpes capazes de conduzir um homem à loucura, ao suicídio ou a Jesus Cristo. Isso o tinha endurecido. Temia a morte, ou pelo menos o momento de morrer. O que viria depois era fácil. Na verdade, de certo modo, a morte era a mitigação infalível da dor. Mas se pudesse preservar alguns poucos anos de solidão pacífica, talvez até mesmo encontrar uma garota carinhosa de pele morena para aquecer seus pés, valeria a pena sentar na mesa de jogo do crime pela última vez. — Dê as cartas — murmurou para Deus. O que quer que viesse do baralho, ele jogaria. Já era duas décadas tarde demais para abandonar o jogo.

Era a escuridão que antecede a aurora quando o Mustang saiu da Ridge Route para o sistema rodoviário de L.A. Diesel sentou ao lado dele, escancarando a mandíbula e com os olhos embaciados. A torrente de veículos habitual dava lugar a uma goteira, um punhado de automóveis e um número maior de caminhões gigantescos apressando-se para chegar nas primeiras horas da manhã. Quando foi para a prisão, a vasta extensão de L.A. acabava ao norte de San Fernando Valley. Uns poucos postos avançados de civilização, entre eles Magic Mountain, ficavam no deserto além da orla em torno do vale. Agora havia Santa Clarita Valley, que cobria o deserto com casas pré-fabricadas, postos Arco e cafés Denny's. A vista o deixava atônito.

À medida que o motor roncava ao longo da via expressa, o terreno se tornava mais familiar. Troy sentiu excitação em suas vísceras. Estava chegando em casa. À esquerda ele podia ver a cruz no alto do mausoléu, em Forest Lawn, onde cadáveres de estrelas de cinema estavam sepultados. Griffith Park margeava a *freeway*. Tinha dez vezes o tamanho do Central Park de Manhattan. Quando criança, Troy alugava cavalos selados para cavalgar entre a miríade de trilhas de hipismo de Griffith Park. Já adulto, o corpo de um amigo seu foi encontrado com uma bala na cabeça em uma das estradas do parque. O assassinato permaneceu sem solução. Uma placa indicava GENE AUTRY'S WESTERN HERITAGE MUSEUM, ENTRADA À

DIREITA. Aquilo era novo. Então outra placa evocava emoções em sua memória: DODGER STADIUM, 1,5 QUILÔMETRO. A Interestadual 5 formava um ângulo para a direita, descrevendo um corte em East L.A. Troy manteve-se à direita, subindo uma rampa de acesso para a Pasadena Freeway. Ela cortava as colinas do Elysian Park, sede da Academia de Polícia, e quando saía, revelava-se o perfil da região central de L.A., três quilômetros além. O que Troy viu foi totalmente diferente de suas lembranças. Durante toda sua vida, o edifício de vinte e cinco andares da Prefeitura erguia-se muito acima do perfil pouco elevado de L.A. Agora ele ficava quase escondido em meio à floresta de altos arranha-céus, quase todos construídos enquanto esteve ausente. Teria a cidade mudado tanto quanto seu horizonte?

Na 4th Street, saíram da *freeway*. Westin Bonaventure ficava perto do fim da rampa. Apesar do horário, o porteiro mexicano e o carregador precipitaram-se sobre suas escassas bagagens e ficaram gratos pela gorjeta.

Quando estavam no elevador, Diesel fechou seus olhos e encostou-se na parede, e tão logo a porta do quarto se abriu, caiu na cama e começou a roncar. Isso evocou a Troy a imagem de um garotinho. Ele também queria dormir, mas antes tinha coisas a fazer. Não tinha o telefone pessoal de Greco, mas sabia o número para recados. Ligou para o número que Greco havia-lhe dado. Depois de dois toques: — Salão da Sherry — uma voz respondeu.

— Alex, o Grego, disse-me para ligar para esse número.

— Ele disse?

— Sim. Posso deixar o número de onde ele pode me encontrar?

— Claro. Não sei quando vou vê-lo, mas quando der...

— Isso é tudo que eu posso pedir. Estou no Bonaventure, quarto oitocentos e dezessete.

Depois do telefonema, Troy foi dormir. Duas horas mais tarde o telefone tocou. Virou-se na cama e atendeu.

— Se não é um maldito Grego fascista...

— Ei... um *liberal* Grego fascista... Quando é que você foi solto, otário?

CÃO COME CÃO 115

— Quando sua mamãezinha me deixou sair, babaca.

— Sua mãe é minha mãe. Quer falar sobre ela?

Ambos riram. — Ei, cara, bom ouvir sua voz — disse Greco. — Estava duvidando que você fosse sair um dia.

— Como você está? — Troy perguntou.

— Frango hoje, amanhã penas. Os advogados filhos-da-puta ficam com todo o dinheiro.

— Soube que pegaram você.

— Não vai dar em nada. A investigação foi tão malfeita que eles não vão poder nem mesmo inventar mentiras. Claro, eles me superestimaram de novo — duzentos mil de fiança. Sem falar no puto do advogado, que já deu sua mordida. O advogado e o agente de fianças estão me cafetinando. Há, há, há... Você está no Bonaventure, hein?

— Eu e Big Diesel.

— Você trouxe aquele pirado filho-da-puta com você, hein? Ele é durão.

— Onde você está? Quando é que a gente vai se ver?

— Eu tenho alguns negócios para resolver até, talvez, meio-dia. Você vai ficar aí?

— Vou e volto — mas não vou ficar fora mais de meia hora a cada vez.

— Você precisa de grana?

— Se o advogado te deixou alguma coisa.

— Eu sempre tenho uma graninha escondida na manga. Vou te arranjar uma boa soma.

— Ah, claro!

— Ã-hã! Vou te dar quando a gente se ver. Você vai ficar por perto?

— Sim. — Consigo mesmo, Troy acrescentou que jamais prenderia o fôlego enquanto esperasse Alex Aris, aliás Greco. Alex tornou-se notório por chegar atrasado. Uma vez a polícia fez uma tocaia em um motel, esperando que ele chegasse. Atrasou-se tanto que os tiras desistiram e fecharam o cerco sobre os que o estavam esperando. Alex chegou quando as prisões estavam em andamento. Ao invés de estacionar, ele seguiu direto. O acontecimento não contribuiu nada para que se tornasse pontual.

Troy e Diesel dormiram até meio-dia, pediram um café da manhã para o serviço de quartos, banharam-se e barbearam-se, sempre esperando que Alex Aris os chamasse. Troy quis sair. — Vou dar uma olhada na minha cidade — disse ele. — Não a vejo há muito tempo.

— E quanto a Alex?

— Ele só chega quando quer. Eu não vou esperar por ele.

— Ele não vai ficar bravo se você sair?

— Claro que não! Que moral ele tem para se indignar? — Troy ligou para a telefonista do hotel. — Diga a qualquer um que nos procurar que estaremos de volta em torno de seis e meia.

Troy e Diesel desceram pelo elevador através do tubo de vidro do lado de fora do edifício, saindo da luz solar para o cânion ensombrecido lá embaixo. As calçadas de Figueroa pululavam de homens de terno e mulheres em *tailleurs*. A rua era diferente do que ele lembrava. Parecia que todos os edifícios tinham sido erguidos durante sua ausência; trinta, quarenta, cinqüenta andares, e tão belos quanto qualquer arranha-céu que ele já havia visto, ainda que muitos deles tivessem nomes japoneses. Ele tinha lido que metade dos edifícios do centro comercial pertenciam a companhias japonesas. Isso não o aborrecia; ninguém transportaria os prédios através do Pacífico.

— Por onde nós vamos? — perguntou Diesel.

— Vire à esquerda. Nós vamos até a Broadway.

A Broadway ficava a muitas longas quadras para leste. Quando Troy era criança, ela era a principal rua de L.A. Naquela época, os bondes amarelos rodavam pelo meio da pista. Às vezes, vários bondes se enfileiravam nos cruzamentos, para embarque e desembarque. Os bondes vermelhos da Pacific Electric percorriam as áreas afastadas. Troy lera que a General Motors, a Firestone e outras empresas adquiriram o controle sobre as companhias de bondes para deliberadamente liquidá-las, a fim de venderem pneus e ônibus para o público. O que era mais imoral, isso ou assaltar traficantes?

— Sabe de uma coisa, Big D? Um cara pode justificar quase qualquer coisa para si mesmo... e é isso o que realmente importa, não é? Acho que em sua própria mente, ninguém tem consciência de praticar o mal.

— Não me pergunte, mano. Eu não penso sobre esse tipo de merda. Eu penso em fazer grana. Quero dizer, tem coisas que eu não faço, mas elas ficam menores e menores à medida que o dinheiro fica maior e maior.

Troy riu e deu um tapinha nas costas de seu camarada. Isso fez Diesel sentir-se bem. A opinião de Troy a seu respeito era mais importante que a de qualquer outra pessoa.

Quando passaram pelo cruzamento entre a Sétima e a Olive, Troy lembrou da peleteria que havia na esquina. Uma noite chuvosa, quando era adolescente, ele jogou um paralelepípedo através da vitrine. Em meio ao uivo dos alarmes, ele alcançou o interior com um cabo de vassoura e puxou um casaco de *mink* pela vidraça. O peleteiro se foi há muito tempo, e qualquer negócio que ofereça mercadorias de valor agora tem venezianas e portas de aço.

A cada bloco que eles caminhavam, havia menos ternos e mais letreiros em espanhol. Cada esquina tinha um pedinte, a maioria negros desgrenhados estendendo copos plásticos, com algum branco ocasionalmente misturado a eles como fermento. Isso era algo novo para Troy. Quando ele partiu, as coisas não eram assim. Um quilômetro e meio para leste, havia missões de assistência aos desabrigados. Naquele tempo, os que se punham a serviço delas raramente se aventuravam muito longe, e certamente nunca entre os edifícios comerciais a oeste. Um negro de olhar exaurido sentou na soleira de uma porta com um cachorro a seus pés. Troy apalpou os bolsos e voltou-se para Diesel. — Me dê um troco.

— Só tenho uma de cinco.

— Passa aí.

Enquanto se afastavam, Troy entregou a nota de cinco para o negro com o cachorro. — Deus o abençoe — foi sua recompensa.

— Da maneira como eu vejo as coisas — Troy falou a Diesel — se um louco de rua pode cuidar de um cachorro, eu tenho que dar algo a ele. Além do mais — sorriu ao pensar — isso pode me trazer um bom karma. — Não acreditava realmente nisso — que o destino fizesse acordos — mas para que piorar a miséria?

À frente deles, Troy viu o letreiro: DIAMANTES E OURO, COMPRA E VENDA. Era o mercado de diamantes da Costa Oeste, joalherias, uma após a outra, cada uma cintilando com ouro e gemas preciosas. Muitas tinham seguranças armados acomodados nos pórticos. Isso era novidade, mas ao menos não era tão ruim quanto em Nova York, onde as lojas ao longo da Quinta e da Madison Avenue mantinham suas portas fechadas e só deixavam as pessoas entrarem depois de revistá-las. Fizeram isso em sua última visita, quinze anos antes. Pelo que lera na *Newsweek*, as coisas não haviam melhorado.

— Você já fez uma destas, não? — perguntou Diesel.

— Não foi aqui. Em Wilshire Boulevard. Já fechou.

— Você faturou uma bolada, não?

— Não depois da divisão.

Chegaram à Broadway e viraram para o norte em direção ao centro cívico, meia dúzia de quadras adiante. Troy caminhara por essa rua desde a infância. Entre as ruas 3 e 9, a Broadway já tivera uma dúzia de cinemas, sem mencionar o Paramount, na 6ª, e o Warner's Downtown, entre a 7ª e a Hill. Alguns finais de semana ele vinha até ali e caminhava por ela até que um cartaz de filme atiçasse sua fantasia. Agora Troy olhava para os cinemas, ou para os locais onde eles ficavam, e lembrava qual filme vira neste ou naquele. Apenas três deles ainda exibiam filmes; os outros se converteram em bazares ou igrejas. A pregação cristã em espanhol havia poupado o Million Dollar, um dos primeiros grandes palácios cinematográficos de L.A. Desaparecida, também, estava a Broadway Department Store original, na rua 4, mas seus rebentos formaram uma cadeia espalhada por toda a Califórnia. Assim também a May Company e Eastern-Columbia original tinha se tornado história. Que belo edifício Déco verde a abrigara.

A grande rua comercial estava ocupada como sempre, mas amplos espaços haviam sido convertidos em mercados de pulgas e lugares menores em feiras livres, oferecendo mercadorias a baixo preço. Os mexicanos sempre fizeram parte de qualquer mosaico de L.A. Todos os letreiros eram em espanhol, assim como a música que vinha das portas abertas.

— Porra, companheiro — disse Diesel — isto é L.A. ou T.J.?

— Referia-se a Tijuana. — Para mim não parece o país dos Beach Boys.

Troy riu de seu cinismo. O sul da Califórnia já havia sido um lugar próximo do paraíso; agora parecia um posto avançado do Terceiro Mundo, não por causa da cor das peles, mas por seu analfabetismo, pobreza e divisão de classes. A capacidade de assimilação da classe média havia sido superada. Na esquina da 4ª com a Broadway eles pararam e olharam para o oeste. A uma quadra de distância havia uma colina pouco elevada. Houve tempo em que o famoso Angel's Flight de L.A., uma linha de funicular partia da Hill Street para o que um dia foram mansões vitorianas em seu topo, embora ainda em sua juventude elas já tivessem se tornado pensões. Agora o Angel's Flight se fora, assim como as pensões, substituídas por vidro salmão e prateado e por alumínio, brilhando no sol quente do sul da Califórnia, lembrando por algum motivo a Troy a Cidade Esmeralda de *O Mágico de Oz*. Os edifícios aparentavam uma imponência ainda maior por erguerem-se no topo da colina; isso os fazia parecerem ainda mais elevados de encontro ao céu. As torres eram símbolos de uma riqueza maior do que jamais existira.

Como contraste, ao lado delas havia os tapumes que cercavam o andar de baixo da Broadway Department Store original, vazio e em ruínas, desprovido de vida exceto pelos ratos gordos e por algum andarilho ocasional. Em sua juventude, o rico tinha Cadillac e o pobre dirigia um Ford. Agora os ricos rodavam em limusines e os pobres empurravam carrinhos com pilhas de embalagens recicláveis de Coca-Cola. — Que foda — murmurou.

— O que é que há? — Diesel perguntou.

— Só falando com os botões, mano. — Pousou um braço afetuoso em volta de Diesel. — Ei, cara, você sabe o quanto este mundo está fodido?

— Eu gosto do jeito que está. É quando tudo está fodido que a gente se encaixa.

— Não tenha dúvidas sobre isso.

Eles andaram em direção ao Centro Cívico, onde ternos e gravatas eram mais comuns; depois tomaram a direção leste na rua 2, e logo estavam novamente entre pobres sem-teto; eles extrapolaram a capacidade das missões e formaram condomínios de caixas de papelão que alinhavam na calçada, geralmente para fora das cercas dos estacionamentos ou em algum beco onde ninguém os incomodaria. Fora das portas da missão havia longas filas de negros. Troy não viu nenhuma outra raça na fila.

Passaram por um homem vendendo cigarros avulsos distribuídos sobre uma caixa de maçãs coberta com uma toalha, e na próxima esquina uma mulher hispânica com feições escuras de índia vendia copos de suco de manga e fatias de melão a um dólar a peça.

— Dê uma olhada no beco — falou Diesel quando passaram pela entrada de um deles. Troy olhou. Três jovens negros dividiam um cachimbo de *crack*, que exala um odor poderoso, mas era mascarado por uma das pestilências mais fétidas do mundo: a dos seres humanos. A cidade não dispunha de latrinas abertas para uso público, e as dos edifícios públicos e da Pershing Square eram vedadas aos moradores de rua, então os homens-farrapo com suas roupas em frangalhos, mijavam nos becos, gerando um fedor que fez Troy retroceder.

— Esses babacas são mesmo corajosos — falou Diesel, referindo-se ao trio fumante de *crack*.

— Sei não. Você iria até lá para arrebentá-los?

Diesel riu. — Não sei. Talvez não. Provavelmente eu desmaiaria se tivesse que sentir o cheiro daquela merda.

— Como pode ser que o mijo de um cão não fede? E a urina humana fede pior que a mijada de um gato?

— Por que diabos eu devo saber isso? Você é quem lê livros aqui.

— Eu também não sei... Mas é uma coisa para se pensar.

— Vamos pensar em fazer algum dinheiro. Talvez a gente deva voltar para o hotel. E se o Grego aparecer?

Caminharam pela Los Angeles, onde, ao longo de muitas quadras, as lojas eram especializadas em roupas masculinas. Vitrine após vitrine exibiam ternos, e camisas, e gravatas.

— Um cara pode comprar trapos legais aqui.

— Sim, se souber o que está fazendo. Tudo isso parece

ótimo nas vitrines. É só depois de umas duas lavagens que a qualidade se revela.

— É como a vida — falou Diesel.

— Porra, mano, você teve um lampejo de filósofo.

— É nisso que dá um ignorante andar com você. — Ele riu.

— Melhor voltar para o hotel.

Dobraram a esquina. Em frente a eles estava um jovem desvairado com uma malha cortada em um dos ombros. Seus antebraços estavam ambos imundos e amarelados, enquanto a parte superior de seu braço visível era de um branco pálido. Estava coberto, assim como seu pescoço e suas faces, com feridas arredondadas que para Troy pareceram tinhas. Estendia um copo plástico branco, enquanto de seu pescoço pendia um cartaz: AIDS. As feridas eram lesões cancerosas.

A maioria dos transeuntes desviava seu caminho para passar longe dele, mas uma negra corpulenta parou e abriu sua bolsa. Enquanto Troy e Diesel andavam, puderam ver que ela estava lhe entregando um dólar e um livreto cristão. — ... Louvemos Jesus — foi tudo o que ouviram.

— Você acredita em Deus, cara? — Troy perguntou a Diesel.

— Eu não queria, mas acredito. Você sabe, aquelas freiras me pegaram pelo rabo desde o princípio, até eu ter meus oito anos. Elas me inculcaram isso tão profundamente que eu não consigo me livrar, não importa o que eu faça.

— Você vai para o inferno, hein?

— Sim, eu vou.

— Acredita nisso?

— Claro que sim. Eu sei das coisas, mas acreditar é mais intenso que saber, certo?

— Se você acredita, acredita.

— Só espero que por enquanto o inferno esteja no outro extremo da fila.

De volta ao quarto do hotel, a luz indicando que havia mensagens piscava no telefone. A telefonista disse que era um recado de "Larry". Ele estava na cidade e lhes ligaria pela manhã.

Troy queria sair novamente, mas as pernas de Diesel doíam após a caminhada, então decidiram ficar no quarto e pediram *Drácula* para o serviço de TV a cabo do hotel.

A vil criatura estava sendo trasladada para fora da Inglaterra quando o telefone do quarto tocou. Era Alex Aris. Greco estava vindo pela Harbor Freeway. — Você quer comer? — perguntou.

— Na verdade eu quero conversar — disse Troy. — Saber o que iremos fazer.

— Isso é moleza, homem. Onde você quer me encontrar?

— Que tal o Pacific Dining Car? Não é longe do hotel. Nós poderíamos caminhar juntos até lá.

— Eu não andaria por ali à noite, não mais.

— Eu andei por aqui durante toda minha vida.

— As coisas mudam... e aquela região realmente mudou.

— O que aconteceu com todos aqueles velhos aposentados?

— Eles se foram. Estou te dizendo, aquela é a região mais violenta de L.A. Cheia de centro-americanos... não os chicanos que nós conhecemos. Dizem que algo da loucura deles vem da Nicarágua. Toda manhã eles caminham pelos arredores de suas vilas e encontram três ou quatro corpos, com os polegares atados e moscas pousadas em volta dos buracos de suas testas. Quando se vê esse tipo de merda aos cinco ou seis anos de idade, um tiroteio motorizado em L.A. é titica. Eu sei que você sabe se cuidar, mas eu não caminharia por essas redondezas à noite.

— Ok, você me convenceu. Quanto tempo vai levar para você chegar lá?

— Estou passando pela Florence Avenue. Uns vinte minutos.

— Ok, vou começar a me aprontar.

O Pacific Dining Car, na rua 6, poucas quadras a oeste da Harbor Freeway, era uma referência antiga pelos padrões de L.A., tendo surgido em 1921, como um pequeno refeitório ao lado da ferrovia. Ao longo dos anos, ele cresceu e tornou-se uma das grandes *steakhouses* da cidade. Ficava bastante perto da Prefeitura e do centro comercial, de modo que muitos acordos de última hora foram feitos em um de seus diversos ambientes. Manteve-se no alto mesmo quando a vizinhança ao redor dele tornou-se uma colônia de imigrantes centro-americanos, com a mais alta taxa de criminalidade do município. O Pacific Dining Car era um posto avançado de prosperidade em meio à miséria. Todos os seus clientes chegavam em automóveis. O estacionamento era cercado e seguro, com manobristas em uniformes vermelhos.

Troy entregou o carro e apanhou o tíquete. Enquanto se afastava, fez um inventário mental e concluiu que não havia nada que o manobrista pudesse ver. Diesel tinha uma nove presa sob o painel, mas o rapaz não precisaria passar sua mão ali mesmo que fosse olhar dentro do porta-luvas. Piz the Whiz[10] estava trabalhando em um estacionamento de Las Vegas e usou as chaves para abrir um porta-malas enquanto o proprietário estava fora. O porta-malas tinha trezentos e dez mil distribuídos em três caixas de papelão. Piz terminaria o expediente em vinte minutos. Levou as caixas com ele quando foi para casa — e jamais ouviu uma palavra sobre aquilo. Nunca se perguntou: — E quanto ao Cadillac azul? O cara simplesmente foi embora? — Ninguém *jamais* reclamou ou fez alguma pergunta, ou agiu como se aquilo tivesse acontecido. Alguém simplesmente engoliu a perda dos trezentos mil sem dar um pio. Foi estranho.

Troy lembrou da história quando entrou. — Aris — falou.

— Venha por aqui.

O *maître* conduziu-o através de diversos ambientes até uma sala nos fundos, com dois reservados e duas mesas. Alex estava em um reservado que havia sido posto para duas pessoas. Quando viu Troy, levantou-se com um largo sorriso e os dois homens se abraçaram. Sua amizade remontava a duas décadas e, embora tenha havido desentendimentos, cada um sabia que o outro era amigo de coração, algo raro entre homens oriundos da burguesia. Não havia máscaras entre eles, nem havia necessidade delas, pois nenhum deles julgava o outro pelo que quer que fosse; eram amigos como só ladrões podem ser.

— Ei, cara, que bom te ver, irmão — disse Alex. — Eles não conseguiram amolecer o seu rabo, conseguiram?

— Não estou muito puto com eles — Troy falou. — Aquilo não foi justiça, mas eles sabiam o que estavam fazendo, porque eu vou limpar alguém.

— Sente, garoto. Quer uma bebida?

---

10 Apelido rimado de difícil tradução. *Piz* é uma gíria para pessoa estúpida ou desligada; *whiz* é uma gíria de rua para metanfetaminas como o ecstasy. (N. do T.)

Troy sentou-se e olhou em volta. O garçom se pôs imediatamente ao alcance da mão. — Me dê um café com um pouco de brandy — falou Troy. O garçom se foi.

Olharam um para o outro. Troy agora via mudanças que passaram despercebidas quando Greco o visitou. As mudanças tiveram lugar nos quatro anos desde que a Suprema Corte da Califórnia reverteu sua sentença. Eles decidiram por unanimidade que a polícia não podia pôr abaixo sua porta para prendê-lo simplesmente porque ele estava sob condicional e, portanto, sem direitos civis. Eles teriam, ainda assim, de bater à porta e anunciar seus propósitos, de acordo com a Seção 844 do Código Penal. A busca sem mandado judicial era uma violação manifesta da Quarta Emenda. O juiz sabia disso, mas também sabia que se decidisse por essa via, teria de excluir dos autos os seis quilos de cocaína que haviam sido apreendidos. O juiz sentenciou contra Greco mesmo sabendo que isso contrariava a lei, pois assim iria ao encontro da opinião pública. Se excluísse a evidência e retirasse as acusações, poderia muito bem ser posto para fora de sua cadeira nas próximas eleições. O caso ganhou alguma notoriedade. Mandaria Alexander Aris para a prisão, que era onde ele merecia estar. Se isso fosse feito em desacordo com a lei, que deixassem uma corte mais alta reverter a condenação e soltá-lo.

Troy estava na prisão quando Greco chegou, e ainda estava lá quatro anos mais tarde, quando a corte mais alta da Califórnia determinou que a busca havia sido ilegal e remeteu o caso de volta para o tribunal. Troy lembrava a ótima forma em que Greco estava quando entrou no ônibus da Chefatura de Polícia do Condado de L.A. para voltar ao tribunal.

Greco envelhecera desde então. Troy não voltara a vê-lo até a visita, mas ouvira da boca pequena do submundo que ele estava passando por tempos difíceis. Perdera uma consignação de sessenta quilos de cocaína quando um avião que trabalhava para ele foi preso. Um companheiro de presídio deu o serviço para se livrar de ir para a cadeia sob a acusação de dirigir embriagado. Foi pura sorte Greco não estar por perto quando a batida aconteceu. Oportunidades e desapontamentos muito próximos tornaram seu cabelo prematuramente grisalho. Ele

CÃO COME CÃO   125

já fora um bonitão clássico; ainda tinha uma aparência distinta, mas a dura quilometragem da vida havia se inscrito em sulcos e rugas sobre sua face curtida.

Greco olhou para Troy. — Você está com um aspecto ótimo.

— A cadeia preserva os otários. Sem álcool, sem drogas.

— Ei, você está falando isso para mim.

— Bem, uma cachacinha, sim. De vez em quando alguma droga. Mas você não pode manter o hábito na penitenciária.

— A não ser o Vito. Lembra dele?

— Claro que eu lembro daquele filho-da-puta pirado e invejoso.

— Ele deu um jeito de ficar dependente na prisão. Tinha um esquema armado antes de trancarem ele.

— Cara, esse é um blefe difícil, se é que jamais houve algum.

— O que você ficou sabendo sobre Pelican Bay?

— É inacreditável. Eles inoculam ódio nos caras. Estão criando monstros lá.

— É isso que aqueles idiotas querem.

— Eles acham que endurecendo podem acabar com o crime.

— Eu sei. Não posso acreditar no modo como eles estão construindo prisões. Depois eles as entopem com malditos idiotas por causa de uma merreca de qualquer bagulho. Transformam eles em maníacos lá dentro e depois soltam os caras no meio do povo. É como se estivessem cultivando psicopatas em estufas.

— De certo modo você pode culpar os reaças. Eles têm pavor de criminosos.

— Ei, cara, eu também — disse Alex. — Você me conhece, eu não cometo crimes à mão armada. Nada de assaltos ou...

— Isso também é uma pena — acrescentou Troy — porque eu preferia ter você comigo ao Mad Dog McCain.

— Você vai levar aquele sujeito com você?

Troy confirmou. — Sim.

— Merda! Em todo caso, como eu tinha começado a dizer, por mais que não goste de armas, às vezes eu levo um trinta e oito de cano curto quando tenho de entrar em um lugar barrapesada. Não faria isso se os filhos-da-puta só pegassem o dinheiro. Os negrinhos de hoje em dia atiram de qualquer maneira. Dá prestígio a eles desovar alguém. Não importa quem, mesmo que seja uma mulher; eles ainda ganham respeito por isso. Mas que se foda, como está você, irmão? Pronto para agir?

— Estou bem — falou Troy. — Eu me sinto realmente bem quando tenho algum dinheiro.

— Foi para isso que eu vim aqui. Pegue isto — Do bolso interno de seu paletó, Alex retirou um envelope recheado de notas de US$100. — Cinco mil — disse ele. — Vou retirar do alto da sua pilha quando nós dividirmos a féria.

— Está combinado — disse Troy, dobrando o envelope e colocando-o no bolso da calça. — E sobre esses saques? Eu vou encontrar o advogado que está arranjando as coisas?

— Ele não quer conhecer ninguém. Você pode entender por quê.

— Eu faria o mesmo no lugar dele. Me passa a ficha.

— Ele é o cara em casos de tráfico. Todos recorrem a ele. Sabe mais sobre busca e apreensão que qualquer outra pessoa. Era um promotor público especializado na acusação de traficantes — mas ele estava ganhando uma mixaria e os advogados de defesa estavam ficando ricos. Mudou de lado.

"Começou a fazer muito dinheiro, então comprou uma casa grande para sua mulher e filhos. Depois arranjou uma amante por fora, uma carninha nova que ele mantinha em um apartamento em Century City. Ela pegou ele pelo pau, e gosta de coisas caras. Ele precisa conseguir dinheiro sem que sua mulher saiba... portanto, está disposto a ajeitar alguns de seus clientes para serem assaltados.

— Você acha que isso está previsto pelo código de ética dele?

— O quê? — Então Greco viu que era um chiste e riu. — Não sei. Não tem nada a ver com o que ele faz no tribunal...

— É verdade.

— O que ele tem nas mãos é toda a merda que consegue com o governo e suas moções de busca... assim ele fica sabendo de tudo aquilo, mais o fato de estar sempre colado aos seus clientes, de modo que alguns deles deixam escapar algumas coisas. Tem um certo crioulo em Compton que chamam de

CÃO COME CÃO 127

Moon Man. Antes o chamavam de Baloon Head, mas agora ele carrega bagulho demais, então chamam ele de Deus. Ele se orgulha de ser um palerma. Ele falou para o advogado: 'se você é tão esperto e eu tão burro, Sr. Peckerwood, por que eu tenho vinte, trinta milhões e você trabalha para mim?'

— Aqui tem mais uma coisa — Alex falou, alcançando uma pasta de arquivos que estava sob ele. Nela havia uma cópia Xerox do dossiê completo do Departamento de Narcóticos sobre Tyrone Williams. — Meu homem conseguiu isso com uma moção de busca.

Troy abriu a pasta. No verso da capa havia um retrato de um jovem negro de rosto arredondado, a cabeça inclinada e o queixo projetado em um desafio raivoso. Tinha olhos bulbosos, uma condição cujo nome Troy conhecia, mas do qual não conseguia lembrar. Também era óbvio porque ele era apelidado de Moon Man.

Folheando o dossiê, Troy teve mais uma impressão do que um retrato completo — e o que a impressão transmitia era precisamente o que Troy antecipara. Prisões superlotadas de jovens negros que tinham a mesma história, nascidos no gueto, de mães adolescentes, criados sob planos de assistência e bolsas-alimentação, fracasso total na escola, primeira prisão aos nove seguida de reincidências freqüentes. Williams foi para o reformatório por atirar fluido de isqueiro em um cão e atear-lhe fogo, uma informação que fez Troy sentir-se mais enojado do que se ele tivesse feito isso com um ser humano. Foi solto aos dezoito e, nos quatro anos que se seguiram, foi detido duas vezes por assassinato sem ser processado, e foi acusado de portar drogas com o propósito de comercializá-las. O mandado de busca apresentou falhas, as evidências foram suprimidas pelas normas de exclusão e o caso foi, conseqüentemente, arquivado.

— Você vai precisar deste dossiê? — perguntou.

— Não... mas livre-se dessa porra quando terminar de examiná-la. Aqui estão alguns endereços. Ele está restaurando uma velha mansão na região da Lafayette Square. Sabe onde fica?

— Ei, cara, ninguém no mundo conhece L.A. como eu.

— Ele tem quatro carros e um imbecil de cento e trinta quilos que ele usa como motorista e guarda-costas. Gosta de um Fletwood Brougham novo, mas não o usa quando vai para o gueto. Não mantém nada na região da Lafayette. Provavelmente o faz em um destes outros endereços. Você vai ter que descobrir qual.

Troy balançou a cabeça. — Você pode conseguir alguns uniformes policiais?

— Sim. Eu conheço um cara que trabalha em um depósito que aluga trajes para o cinema. Vi um cabideiro cheio de uniformes de polícia.

— Vou precisar de três.

— Quem mais você está levando — além daquele psicopata fodido. Eu não ligo se um cara for um pouco esquisito. Que porra, é por isso que ele é criminoso, porque tá fodido. Mas sujeitos paranóicos me deixam nervoso. Mantenha ele longe de mim.

— Eu consigo controlar o Mad Dog. Ele me ama.

— É... bem, não teve um cara realmente esperto que disse que todo homem mata aquilo que ama?

— Não se preocupe... aquele cara não vai me matar... nem mesmo sonhar com isso. Mas certamente mataria qualquer um que eu mandasse.

— Eu acho ele imprevisível, como nitroglicerina.

— E o Big Diesel Carson, de Frisco. Você conhece ele, não?

— Não pessoalmente. Eu o vi boxeando com um crioulo na cadeia. Foi divertido.

— Eu lembro disso... no pátio inferior.

— Sim. Ele perdeu a cabeça e começou a se mover como um louco. Ficou sem gás e o negão finalizou ele. Todo mundo caiu na gargalhada.

— Ele não toca nesse assunto. O cara com quem ele brigou era boiola, adorava chupar uma rola.

— É verdade. Tiraram muito sarro do Diesel por causa daquilo.

— Depois ele queria esfaquear o cara. Mas agora ele tem mais bom-senso. Está fora da prisão há cerca de três anos, tem mulher e um filho.

— Meu caro, esse é um sujeito que eu não diria que ia ficar fora três meses. Ele tinha conseguido isso antes?

— Não, ele é cria do Estado. Desta vez teve sorte, entrou para os Teamsters e Jimmy the Face toma conta dele. Está até livre da condicional.

— Isso é ótimo. Ele tá aprovado — Então Alex mudou de assunto: — Você vai precisar de artilharia? Conheço um cara que tem uns M16 automáticos.

— Ã-ã. Nós estamos armados até os dentes. De qualquer modo, eu prefiro carabinas "punheteiras". Uma coisa que eu posso precisar são algemas.

— Sem problemas. Quantas você quer?

— Uns doze pares. Quero dizer... se nós vamos prender traficantes, vamos precisar de algemas.

— Você as terá. Ei, você não iria querer alguns cartões de crédito, iria? Visa?

— Ã-ã. Eu dispenso.

— São quentes, cara. Não tem galho algum.

— Eu sei. Mas eu tenho antecedentes, e para aqueles idiotas forjar cartões de crédito é o mesmo que assassinato se você tiver um prontuário. Para mim, assaltar alguém é o mesmo que fazer um trambique.

— Você vai chamar muita atenção nas ruas, hein?

— Dá no mesmo, certo? E é muito tarde para desistir, a não ser que eu quisesse me tornar uma cifra — e eu não posso fazer isso.

— Preste atenção — disse Alex — quando você entrar no gueto, tome cuidado.

— Eu sempre tomo cuidado.

— Lá é mais perigoso do que costumava ser. Os maloqueirinhos estão carregando pistolas nove milímetros. Uma nove é tudo que os putos querem.

— Onde eles arranjam grana? Uma boa nove custa quinhentos, seiscentos dólares. É um cheque de assistência social inteiro.

Alex gargalhou. — Assistência! Você tá por fora mesmo, mano. Eles não estão todos nos programas de assistência.

— Eu sei. Mas, onde diabos os garotos arranjam grana para isso?

— *Crack* e pó. É isso que deixa eles pirados, também. Não têm qualquer senso de realidade. Matar gente é o que os torna respeitados... é assim que eles pensam.

Troy aceitou a advertência. Alex Aris caminhou pelo Pátio Principal de San Quentin. Se ele disse que as ruas da cidade estão mais perigosas que antes, tinha que aceitar a admoestação.

Alex olhou para o relógio. — Tenho que sair. Longo caminho até Laguna.

Troy acompanhou Greco até o estacionamento. O manobrista trouxe um Jaguar conversível novinho. Troy deu um assobio. Alex piscou. — Os frutos do pecado — disse ele enquanto embarcava.

CAPÍTULO **OITO**

Depois de estudar o conteúdo do dossiê e fazer algumas anotações crípticas que ninguém a não ser ele mesmo conseguiria entender, Troy queimou a pasta, pôs as cinzas em uma caixa de sapatos e atirou-as na Hollywood Freeway. A primeira regra para um criminoso bem-sucedido é não conservar registros. O fracasso em seguir essa lei destituiu Richard M. Nixon da presidência. Que diabos ele podia estar pensando quando registrou a conspiração? Por que não destruiu as gravações quando a merda atingiu o ventilador?

Troy começou sua investigação sobre Tyrone Williams, aliás o Moon Man, ex-Baloon Head. O desprezo de Troy era, em parte, inveja. Moon Man Williams tinha vinte e dois anos e uma renda bruta estimada em um milhão de dólares ao mês. Provavelmente uma hipérbole, Troy decidiu; a polícia (e todos os outros) exageravam tudo para enriquecer a si mesmos ou para aumentar sua importância. Ainda assim, Moon Man se apresentou com US$800.000 para que a defesa de seu último caso fosse bem-sucedida. Fez uma entrega de US$500.000 em dinheiro em um dia. Parecia que Moon Man dava conta de

CÃO COME CÃO 133

cinqüenta quilos de cocaína por vez, e cerca de quarenta deles eram convertidos em pedras. Aparentemente, tinha em torno de vinte *gangsters* e laranjas em sua quadrilha. Alguns tomavam conta da droga, outros produziam *crack* a partir da cocaína, outros ainda faziam as vendas e havia aqueles que faziam as entregas. Era difícil segui-los para dizer quem era quem. Não era fácil ficar por perto e observá-los no gueto. Depois do anoitecer, as únicas caras brancas pertenciam à polícia.

Troy vigiou vários endereços em diferentes momentos do dia, tentando formar uma idéia acerca do que estava acontecendo. Também seguiu Moon Man, começando a um bloco de sua casa e indo atrás dele para o interior do gueto decadente em South Central L.A. No terceiro dia, Moon Man estava indo em direção ao sul pela Vermont e subitamente virou em um beco. Troy ia começando a dobrar no mesmo beco, mas no último momento endireitou o volante e seguiu em frente. Olhou para o beco enquanto passava. Como esperava, era um beco longo e seguia em linha reta. O outro carro, um velho Pontiac, estava parado a meio caminho, enquanto Moon Man olhava para ver se alguém o seguia.

A próxima vez que Troy seguiu o velho Pontiac e o viu entrar no beco, pisou no acelerador até a esquina seguinte e deu uma volta na quadra. Conforme esperado, Moon Man e seu guarda-costas saíram após um minuto. Depois disso foi fácil. Moon Man o levou para um bairro que o dossiê não mencionava. Saindo da Santa Monica Freeway em Crenshaw, seguindo em direção a Adams, virando a leste rumo a Budlong e novamente para o sul. Ruas miseráveis, onde crianças e cães corriam livremente. Grafites desfiguravam cada superfície plana e as janelas tinham mais grades que vidros. Cada quadra tinha um bar com um grupo plantado do lado de fora. Homens sem lar empurrando carrinhos de supermercado eram abundantes.

O automóvel de Moon Man entrou em uma ruela, entre uma dupla fileira de bangalôs.

Troy passou em frente e a examinou. Miséria. Pobres crianças negras correndo e brincando. O Pontiac estava no fim da rua. Os dois homens desembarcavam. Troy compreendeu que ali estava o baú do tesouro. Acelerou e dobrou a próxima esquina fazendo os pneus cantarem. Talvez pudesse esgueirar-se e descobrir alguma coisa.

À sua frente havia uma vaga para estacionar no meio-fio. Encostou o carro e olhou em volta antes de desembarcar. Era um arrabalde em decadência, com terrenos baldios, um barra-cão de metal corrugado e um decrépito prédio de apartamentos. A única pessoa que ele viu foi um velho com um cachorro amarrado em um corda. Ele nem olhou para Troy. Ao desembarcar, Troy renovou sua confiança apalpando a pistola no coldre preso à sua cintura, sob o paletó. Trazia o distintivo, também. Houve um tempo em que a combinação entre um distintivo e uma pistola controlariam qualquer situação. Embora ainda poderosos, distintivos já não eram um talismã absoluto. Greco havia dito a verdade quando falou que as ruas de L.A. tinham mudado. Americanos preferiam seu país aos da Europa, mas algumas partes de L.A. pareciam mais uma favela do Rio que qualquer lugar além do Atlântico.

Troy dobrou a esquina e tomou a rua paralela àquela em que Moon Man estava. Olhou para os telhados à sua direita; queria chegar por trás dos bangalôs. Passou em frente a umas casinhas que haviam sido vendidas por US$2.500 sem entrada quando foram construídas, havia anos, na época em que as habitações de L.A. estavam entre as mais baratas do país.

Chegou até um beco não pavimentado, sulcado por pneus de caminhão. Corria ao lado do barracão de metal corrugado, atrás dos bangalôs. Seguiu por ele. Vidro moído rangeu sob seus pés. Um fedor de urina humana assaltou suas narinas, por isso começou a respirar pela boca. A noite estava chegando e o beco já estava às escuras. Tropeçou em algo que se mexeu.

— Ei, filadaputa — disse uma voz. — Olhe onde pisa.

— Desculpe, cara — Troy falou. Devia ter comprado uma lanterna. Estava tenso mas controlado. Mais tarde reagiria, mas enquanto as coisas estavam acontecendo ele mantinha a frieza.

O beco fazia uma curva e passava por trás da construção de metal corrugado. Do outro lado havia um tapume de compensado. Podia ver os telhados dos bangalôs por cima dele.

Um cachorro latiu, alta e raivosamente, mas estava a alguns metros de distância. Ninguém prestaria atenção a não ser que continuasse latindo. Como atravessaria o tapume? Parecia que iria quebrar se tentasse escalá-lo.

Então notou que faltavam tábuas. O chão indicava que ali era o caminho por onde outras pessoas atravessavam o tapume. Espremeu-se através dele. O espaço entre o tapume e a parede do bangalô estava um pouco iluminado pela janela dos fundos da casa vizinha. Vozes... o som de uma TV.

No canto do bangalô, ajoelhou-se e olhou em volta mantendo a cabeça perto do chão, onde era menos provável que fosse avistado. Pôde ver parte do carro e algumas crianças que cruzavam seu ângulo de visão. Uma cortina foi soprada para fora de uma janela quebrada. Do lado de dentro vinha o som de James Brown, "...*black and I'm proud... Unnh!*".

— Bom para você, mano James — Troy sussurrou. Podia ouvir as vozes excitadas das crianças brincando. — Você tá aí! Você tá aí! — gritou uma delas. Jogo de esconde-esconde. E se uma delas viesse esconder-se ali? Se fosse visto, um branco à espreita, Moon Man acharia que era a polícia e não voltaria nunca mais. Troy estava certo de que um dos bangalôs era o baú do tesouro — mas qual?

Moveu-se ao longo da passagem entre os bangalôs e foi até o outro canto. Havia uma passagem estreita entre a parede e uma velha cerca de arame semi-encoberta por hera. Deslocou-se ao longo da parede. Havia entulho até a altura dos joelhos, afundava nele a cada passo. Roçou a parede. A pintura velha iria deixar suas roupas marcadas. Foda-se. Chegou em uma janela gradeada. Estava escuro. À frente havia outra janela que deixava passar luz através da cortina cerrada e da veneziana. Agachou-se sob a primeira janela e rastejou até a próxima. Não podia olhar para dentro, mas podia ouvir cacos de conversa: — Filho-da-puta... crioulo... e dezesseis pacotes... — Era ali o depósito, sem dúvida.

Hora de ir embora. Espremeu-se de volta ao longo da parede. Foi menos cuidadoso e seu pé chutou uma garrafa, lançando-a contra a parede.

A casa ficou em silêncio.

Troy praguejou calado e passou a se mover mais rápido, pisando em uma caixa de papelão. Ao invés de ir até o buraco no tapume, escalou-o por um dos cantos. Ele balançou e entortou sem desmoronar. Saltou e tomou o caminho da rua. Uma voz gritou: — Seus moleques filhos-da-puta, fiquem longe daqui! — Troy riu por dentro e continuou caminhando enquanto o cachorro latia ao fundo.

Enquanto dava a partida no carro, começou a balançar o corpo e estalar ritmadamente os dedos. — Já está tudo pronto. Nós vamos agarrar esse crioulo. Uau, cara, eles vão ficar putos. Bem, eles que se contentem em chupar o dedo. — E riu por antecipação.

CAPÍTULO **NOVE**

Diesel examinou-se no espelho. Usava um uniforme do Departamento de Polícia do Condado de Los Angeles, completo, com divisas de sargento. Era um uniforme grande, mas seus cento e treze quilos se avolumavam no peito da camisa bem cortada. Voltou-se para Troy. — E aí, que tal?

— Você não sairia na *Gentlemen's Quarterly*, mas ninguém vai ver nada além de um tira, acredite.

Diesel concordou. Sentia-se esquisito num uniforme de polícia, mas se Troy falou que estava legal, era bom o suficiente para ele.

Mad Dog saiu do banheiro. Ele também vestia um uniforme de oficial. — E o garoto aqui? — perguntou, arrumando a gravata de fecho.

— Parece ótimo.

— Sim. Vou gostar de prender um crioulo — disse Mad Dog, pontuando a frase com uma risada.

Espalhados pela cama havia algemas, luvas cirúrgicas, dois telefones celulares e o holofote portátil com um anteparo vermelho fixado sobre ele. Um sinalizador intermitente para o

CÃO COME CÃO   139

teto do carro era o que Troy queria, mas Alex não conseguiria um a tempo, e uma luz tão potente poderia evocar a dos helicópteros da polícia que faziam sua patrulha perpétua sobre o gueto de South Central L.A. A luz azul pulsante podia ser vista no céu a quilômetros de distância.

Troy apanhou um dos telefones celulares. — Ok, estou saindo. Vocês, rapazes, mexam-se daqui a cerca de meia hora.

— Legal — disse Mad Dog.

Quando Troy saiu, Diesel ligou no *Monday Night Football*, tentando relaxar. A primeira metade do jogo estava quase no fim e o Dallas estava na frente. Ficou absorto e não prestou atenção quando Mad Dog trouxe um copo de água do banheiro; depois arrumou um lenço sujo em torno de uma seringa descartável com agulha e uma colher torta com o fundo queimado. Estava abrindo o papelote de cocaína quando Diesel o viu. Levantou-se para olhar por cima do ombro de Mad Dog e ter certeza. — Que caralho você está fazendo? — perguntou.

— Que caralho parece que estou fazendo? Eu estou me abastecendo com um pouco de *bright*.

— Jesus Cristo! Que merda! Coca deixa você louco, cara. Essa é a pior merda que você pode querer durante um assalto.

— Ei, você faz do seu jeito, eu faço do meu. Esta merda me transforma no rei de todas as coisas.

— Isso é o que você pensa.

— É o que basta. O que quer que ela faça, a porra do problema é meu, tá entendendo, cara?

Diesel conteve o desejo de estapear Mad Dog para o outro lado do quarto. Sabia que teria que matá-lo se fizesse isso — ou Mad Dog o mataria no momento em que virasse as costas.

— Faça o que quiser, mas não venha foder o nosso serviço.

— Eu seguro minha onda. Você cuida da sua.

Diesel balançou a cabeça. Teria que conversar com Troy sobre aquele maníaco. Mad Dog voltou para o pico que estava preparando.

Diesel olhou novamente para a TV. O Dallas havia marcado um *touchdown* e ele não viu. Estava no intervalo. Continuou olhando para a TV sem vê-la. Se ele se virasse e olhasse para Mad Dog perderia a paciência.

Não se falaram quando foram para o Chevy branco alugado. Parecia um carro de polícia. A placa de licenciamento, presa sobre a placa verdadeira, tinha sido roubada do estacionamento de longa permanência do Aeroporto Internacional de Los Angeles. Mesmo com jaquetas por cima dos uniformes, eles pareciam demais com policiais para seguir Moon Man. Ele certamente iria vê-los antes que estivessem prontos para agir. Segui-lo era o trabalho de Troy. Aguardariam assistindo algum filme em um *drive-in* na Vermont, a dez minutos do qual esperavam fazer Moon Man parar o carro no acostamento. Quando Troy ligasse para o telefone celular, sairiam e se aproximariam. Ele lhes diria para onde ir. Já sabiam o que fazer quando chegassem lá.

Troy conhecia vários lugares onde Moon Man poderia estar. Por ser começo da noite quando se pôs a caminho, cruzou primeiro pelo *split-level* em estilo rústico em Baldwin Hills, um dos mais agradáveis bairros negros de toda a América. As luzes estavam acesas e o Mark VII da esposa estava na entrada da garagem — mas não havia nenhum Cadillac. A próxima parada era um salão de bilhar em Crenshaw, que Moon Man freqüentava de vez em quando. Quando o Mustang atravessou o estacionamento dos fundos, dois jovens negros seguiram-no com olhos chispantes. Branquelos não eram bem-vindos naquela área. Troy sorriu e acenou como se os conhecesse; depois viu pelo retrovisor como eles olhavam um para o outro e perguntavam quem ele era.

Depois de Crenshaw, para leste pela Florence, entrando no território do *drive-by shooting*[11] californiano. A ubiqüidade do automóvel possibilitava carregar um rifle de assalto fora do alcance da visão, sobre o chão do veículo. Qualquer agrupamento de jovens em solo inimigo era caça permitida.

Na Western Avenue, Troy virou para o sul. Uma vez Moon Man visitou uma igreja aberta diretamente para a rua, com uma cruz de néon vermelho no telhado. Decidiu verificá-la porque ficava no caminho para a casa onde estava a cocaína.

A uma quadra da cruz de néon havia uma loja de bebidas de

---

11 A expressão *drive-by shooting* designa a atividade de atirar contra pessoas na rua a partir de um carro em movimento. (N. do T.)

CÃO COME CÃO 141

esquina, com um estacionamento intensamente iluminado. Deu uma olhada enquanto passava por ele. O Cadillac estava ali, brilhando sob as luzes, e o guarda-costas de Moon Man aproximava-se dele com uma sacola aconchegada em seus braços.

Moon Man estaria no carro? Tinha que acreditar que sim. Seguiu em frente, mas diminuiu consideravelmente a velocidade e manteve seus olhos sobre o espelho retrovisor. Faróis se acenderam, viraram na Western, indo para o sentido oposto ao seu. Teria que fazer um contorno. Foda-se a faixa dupla.

Pisou no freio e contornou, grato de que a Western fosse uma rua larga. A princípio, não podia dizer quais eram as luzes traseiras que pertenciam ao Cadillac. Acelerou e ziguezagueou entre os carros. Um motorista grasnou um palavrão que ele não entendeu. Geralmente dirigia com cautela, pois não cometia pequenos crimes; e por que arriscar ser apanhado por violação de trânsito? Nessa noite ele pisou fundo e os cinco litros de potência do Ford V8 empurraram-no contra o assento e lançaram o carro para adiante.

Aproximou-se o suficiente para apanhar a presa no momento em que o farol traseiro começou a piscar e as luzes do freio se acenderam. Mais cinco segundos e ele a teria perdido. Apanhou o telefone celular. Hora de pôr os "oficiais" em ação. Iria guiá-los até o ponto de encontro. Parecia que ia dar certo. Um viva para os garotos brancos.

No interior do Cadillac, Moon Man não sentia qualquer iminência de perigo. O carro estava limpo, exceto pela nove que seu motorista portava, e ele era pago para assumir a culpa se fosse apanhado com ela. De qualquer modo, isso seria apenas uma contravenção. Suas preocupações não eram com policiais ou assaltantes; eram que sua nega pedisse divórcio e dinheiro, maldito dinheiro demais por qualquer coisa que ela jamais tenha feito para ganhá-lo. A vaca não faz nada além de deitar em qualquer lugar, comendo malditos doces e enchendo-lhe o saco: — Onde cê vai, quando cê volta? — Ela suspeitava que ele estava aprontando com aquela gostosa, a Tylene... Cara, ela era demais. Seu pau ficava duro como um problema de aritmética chinesa tão logo pensava nela. Era uma vadia estúpida, mas devia ter uma xota incrível... — Hummm,

142   EDWARD BUNKER

mmm, mmmm — murmurou em mudo deleite. Na verdade, um sujeito como ele, com o jogo ganho, podia trocar suas vadias tão logo elas começassem a ficar um pouco gastas.

Logo à frente, o sinal de trânsito passou de verde a amarelo. O Cadillac diminuiu a marcha até parar. Moon Man estava sentado na frente, com o motorista. Estendeu a mão para ligar o rádio. O que sintonizou primeiro foi *gangsta rap*. Fez uma careta e começou a procurar algo mais melodioso.

O carro foi inundado pela luz vermelha. Puta merda! Sujeira!

Inclinou-se para a frente para ver melhor. Um oficial de polícia estava acenando com uma lanterna para eles. — Encoste — disse o oficial, agitando a lanterna para indicar o local.

O motorista olhou para Moon Man. Era um Cadillac com motor Northstar. Poderia voar. Devia pisar fundo quando a luz ficasse verde?

— Não é nada — disse Moon Man. — Só um porco cascagrossa querendo arrochar um crioulo com grana. Nós estamos limpos, certo?

— Claro... só o berro.

— Encoste. Mantenha suas mãos à vista. Eles tá assustado, mas é perigoso. Nunca dê pra eles a chance de desovar um crioulo. Eles têm licença de caça contra nós — Moon Man tinha absoluta certeza de que suas palavras eram verdadeiras. Elas correspondiam ao que ele viu pelo prisma de sua experiência.

O motorista tocou através do cruzamento e esterçou para encostar no meio-fio, do outro lado. O Chevy branco seguiu atrás dele e desligou o holofote vermelho. Moon Man usou o espelho para olhar os oficiais desembarcando. Um deles lembrava uma versão para TV do tira balofo irlandês. O outro era menor. Chegaram por ambos os lados do Cadillac. O coração de Moon Man disparou, mas ele estava seguro de que era apenas um arrocho rotineiro. Tiras brancos sempre queriam saber por que um negro dirigia um Cadillac, ou um Jaguar, ou qualquer outra máquina cara sobre rodas. Se fosse mesmo uma detenção, se soubessem quem ele era, haveria agentes do DEA pululando em volta deles.

O motorista abaixou a vidraça. Diesel chegou, inclinando-se para poder vê-los.

— Qual o problema, chefe? — perguntou Moon Man; podia jogar a partida tão bem quanto qualquer babaca. Crioulos se metiam em problemas por ofegarem e resfolegarem cada vez que a polícia os parava para aplicar uma multa de trânsito.

Diesel ignorou a pergunta. — Senhor, posso ver sua carteira de motorista? — perguntou ao chofer.

Este assentiu e estendeu a mão para retirar a carteira expedida pelo estado da Califórnia de onde estava fixada, sobre o pára-sol. Ele a mantinha ali exatamente para este tipo de situação.

Diesel examinou a licença e devolveu-a. Olhou para Moon Man. — Senhor! Posso ver seus documentos?

— Os meus? Eu não preciso de identidade. Foi isso que a Suprema Corte disse no ano passado, cara. Disse que ninguém precisa carregar documento de identidade.

— Senhor! — Diesel atalhou. — Posso ver algum documento seu?

— Eu disse... o que você... que merda — finalizou exasperadamente, buscando raivosamente a carteira em seu bolso. Suas mãos estavam tremendo quando ele revistou a carteira e retirou seu documento de habilitação.

Mad Dog estava na calçada, olhando os carros que iam e vinham. Uns poucos negros estavam se juntando para olhar, como pregos em um ímã. Do outro lado da rua, no final da quadra, o Mustang estava oculto nas sombras enquanto Troy observava a cena. Tudo saía perfeito. A única coisa que podia dar errado seria um carro de polícia aparecer. O mundo inteiro explodiria se isso acontecesse.

Diesel entregou a carteira de motorista para Mad Dog. — Verifique isto pelo rádio — falou Diesel. Havia passado por aquilo vezes suficientes em sua vida para fazer com que parecesse realista.

Mad Dog apanhou a carteira e voltou para o Chevy branco. Quando parou ao lado da porta aberta do motorista e fingiu fazer uma chamada, ficou olhando por cima da capota do carro para a dezena de afro-americanos que estavam na calçada. A maioria era homens jovens, entre a adolescência e os vinte e poucos anos. Poucas eram mulheres jovens. Todos

144   EDWARD BUNKER

olhavam com silenciosa hostilidade para os dois tiras brancos que estavam arrochando os irmãos durante um passeio tranqüilo. Mad Dog sentiu medo. Negros sempre despertavam mais temor que brancos ou mexicanos; não era um medo que eles pudessem explorar, mas um temor que os fazia parecerem perigosos como uma cobra armando o bote. Ficou de olhos na platéia. Alguém gritou — Deixe os irmãos em paz! — mas outra pessoa disse outra coisa. Mad Dog não entendeu as palavras, mas deve ter sido alguma piada do gueto, porque o grupo caiu em gargalhadas pelo que foi dito, o quer que tenha sido.

Mad Dog caminhou de volta para o carro. Tudo havia sido planejado. Afastou Diesel, como se fosse consultá-lo. — Está vendo Troy do outro lado da rua? — Diesel perguntou. — Sim. Vamos levá-lo — falou Mad Dog. — Eu cubro o motorista.

Diesel caminhou até a porta de passageiros e a abriu. — Poderia sair do carro, senhor?

— O quê? Para quê?

— Saia do automóvel, por favor — sua voz ficou mais dura.

Mad Dog estava na janela do motorista, postado de modo a olhar por sobre o ombro do chofer. Em sua mão, oculta atrás da perna, havia uma faca de mergulhador, afiada como uma gilete. Se o homenzarrão piscasse de maneira errada, Mad Dog enterraria a lâmina em seu pescoço.

Moon Man, raiva e medo misturados em um emaranhado dentro dele, saiu do carro. Sabia que estava indo para a cadeia, embora não tivesse idéia do porquê. — Vire-se para o carro e ponha suas mãos sobre a nuca — falou Diesel.

Moon Man obedeceu, e teve a sensação de estar afundando quando a mão puxou seu braço para trás e prendeu-lhe a algema; depois outro braço. — Ei, cara, você pode me dizer o que é isso?

— O computador diz que você tem multas de trânsito vencidas.

— Ah, meu irmão, isso é palhaçada, cara.

— É o que o computador diz.

Moon Man gritou para o chofer. — Ligue para minha mulher e vá até a delega com alguma grana para livrar meu rabo.

O motorista, com todos os seus cento e trinta e cinco quilos, ainda estava sentado com as mãos sobre o volante. A nove milímetros fria parecia grande como uma bola de futebol sob o seu braço. Acatou as instruções, grato por não ter sido tirado do carro e revistado.

Diesel segurou o braço de Moon Man à altura do ombro, como a polícia tinha feito com ele umas vinte vezes ou mais, e conduziu o chefão das drogas para o Chevy, onde Mad Dog esperava com a porta traseira aberta.

— Ei, crioulo rico! — gritou um dos espectadores — você devia ter pago a multa para eles. — Os outros riram.

Diesel guiou a cabeça de Moon Man para baixo o suficiente para evitar a capota. Sentiu alívio pelo fato de o grupo ser liderado por um comediante e não por um agitador.

Moon Man estava no carro. Diesel bateu a porta. Mad Dog já estava ao volante. Diesel entrou e acenou com a cabeça.

O Chevy branco começou a se mover. Diesel e Mad Dog esqueceram a antipatia mútua ao menos naquele momento. O primeiro ato estava concluído. Tinham o pato nas mãos. Agora era torcê-lo e depená-lo.

Olhando pelo vidro de trás, Moon Man enrugou a testa. — Ei, cara, onde nós estamos indo? Esse não é o caminho pra delegacia.

— Calaboca — disse Mad Dog.

— Que porra, cara. Eu posso perguntar para onde eu tô indo, não posso?

— Não.

— Porra!

— Calaboca.

Moon Man, obrigado a curvar-se para o lado por causa das algemas às suas costas, começou a balançar a cabeça em um gesto de raiva. Que merda era aquela?

O Chevy seguiu o Mustang. Troy tomava o cuidado de mantê-los sempre perto dele. Uma vez ele teve de passar por um semáforo onde eles foram parados pela luz vermelha. Esperou do outro lado. Uma viatura branco-e-preto vinha pela outra pista. Iam notar os uniformes da Chefatura de Polícia?

O sinal luminoso mudou. O Chevy branco e a viatura cruza-

146 EDWARD BUNKER

ram um pelo outro. O Chevy passou por Troy. Ele ficou olhando o outro carro. Seguiu direto. Um pouco de sorte era sempre bom. Troy arrancou e ultrapassou o carro branco.

Quando os automóveis começaram a entrar em ruas secundárias, Moon Man percebeu que aquilo era mais que um arrocho por multas de trânsito. Não duvidou nem por um segundo que eles fossem oficiais da chefatura. Sua imaginação corria em direção a esquadrões da morte. A idéia de uma quadrilha de assaltantes brancos da pesada nunca passou pela sua mente. Poderia ter estranhado dois negros vestindo uniformes, mas não um par de branquelos.

Troy estacionou no pátio de uma fábrica. Havia uma dúzia de carros em um espaço em que caberiam cinqüenta. Ficava perto o suficiente da Harbor Freeway para que o ruído do tráfego abafasse o som. Os poucos edifícios próximos eram lojinhas e fábricas. Troy saiu do Mustang e caminhou até o Chevy. Abriu a porta de trás. — Mexa-se — disse para Moon Man, apontando-lhe uma pistola e estendendo o braço, de modo que o cano ficou a poucos centímetros de seus olhos.

Moon Man se assustou. Jogou-se para o lado e abaixou a cabeça. — Ei, cara! — Foi um guincho estridente.

No banco da frente, Mad Dog ria. — Ei, cara — caçoava em uma voz aguda. — A mulherzinha veio à tona nesse crioulo.

— Ei, cara, que tá acontecendo, cara?

— Calaboca. Vou te dizer em um minuto — falou Troy, batendo a porta. — Toque o carro — disse para Mad Dog. Diesel olhou para o banco de trás. Seus dentes arreganhados brilharam com a luz do poste sob o qual passaram.

Enquanto Mad Dog se dirigia para os bangalôs, Troy trabalhava o medo que acabara de ouvir. — Preste atenção, você pode sair vivo disto.

— Você não vai nem precisar cagüetar ninguém — falou Mad Dog.

— Nós vamos estourar aquele seu depósito. Vamos levar você até a porta e você vai dizer para os caras que você mantém lá dentro para abrirem. Se a porta abrir, ótimo. Se não, eu vou estourar sua espinha para dentro de sua barriga. Entendeu o que eu disse, cara?

— Ei, cara, eu não sei...

Antes que ele pudesse terminar a recusa, Troy bateu em cheio com o cano da pistola em seu nariz. O estalo do osso do nariz se quebrando foi audível, assim como o gemido de dor de Moon Man. Um nariz quebrado dói muito. — Ohh, cara. Porra! — Abaixou a cabeça. O sangue escorreu e pingou de seu queixo.

— Você vai fazer o que eu disse. Certo?

— Sim, cara, sim. Ei, eu vou manchar de sangue todos os meus trapos, cara.

— Você poderá comprar outros amanhã.

Moon Man não disse nada, mas gostou do que ouviu. Significava que o cabeça do bando esperava que ele estivesse vivo no dia seguinte.

— Olhe aqui — Troy falou quando chegaram às imediações. — Você pode conseguir mais dinheiro e mais cocaína. Mas você não pode arranjar outra vida. Por isso, não pense que pode me enganar. Eu matarei você. Nós três vamos matar você. Entendeu?

— Sim. Entendi.

— Bom.

O Chevy virou na rua do gueto. Os faróis brilharam sobre um sofá esfarrapado abandonado no meio-fio, sobre o lixo que se acumulava na sarjeta porque o Departamento de Limpeza Pública raramente mandava varredores para aquelas ruas. Um vento havia começado a soprar, mantendo os passantes habituais em suas casas. Isso era bom.

— À direita, aqueles bangalôs.

Mad Dog diminuiu e entrou na via que passava entre os bangalôs. Ela havia sido asfaltada, mas já tinha se desgastado em alguns pontos, de forma que o automóvel e suas luzes balançavam enquanto iam em frente. Crianças se espalhavam para os lados da ruela e desapareciam atrás dos bangalôs.

Mad Dog parou em frente ao bangalô. Todos os três saltaram, Mad Dog com uma escopeta calibre .12, Diesel com uma MAC 10 abaixada.

Troy voltou-se e puxou Moon Man para fora do carro. Demorava muito para um homem algemado sair do carro sem ajuda. Troy guiou-o até a porta. Diesel e Mad Dog cobriram a retaguarda, mas não viram nada além das crianças espiando em volta da esquina.

Troy esmurrou a porta. — Diga-lhes para abrir — falou.

— Deuce — disse Moon Man. — Abra a porta.

Não houve resposta.

— Diga-lhe que nós não vamos prendê-lo se ele abrir a porta.

— Ele não vai acreditar nisso.

— Diga mesmo assim.

— Ei, Deuce, estes policiais disseram que não vão prender você.

Do lado de dentro veio uma voz: — Por que diabo você trouxe eles aqui, cara?

— Eu não trouxe os filhos-da-puta. Eles já sabiam.

— Ei, Deuce — Troy chamou.

— Fala.

— Nós vamos deixar você ir se não nos obrigar a fazer um buraco na porta.

Atrás dele, Diesel e Mad Dog viram as portas dos bangalôs se abrirem. Rostos espreitavam. O agrupamento estava aumentando em número e em hostilidade. — Ei, rato! Deixe o irmão em paz! — alguém berrou. Outras vozes se juntaram: — Deixe ele em paz! Deixe ele em paz!

— É melhor ele abrir — falou Troy, engatilhando a pistola e encostando o cano atrás da cabeça de Moon Man.

— Pelo amor de Deus, seu filho-da-puta! Abra a porta — gritou Moon Man.

— Ok, Moon!

A fechadura estalou e a porta abriu. Troy precipitou-se para dentro, levando Moon Man com ele. Deuce estava parado, um jovem afro-americano vestindo roupas largas, com correntes de ouro em volta do pescoço. Tinha as mãos levantadas. Troy o agarrou e o jogou para fora da porta. — Se manda, cara. Você tá com sorte.

Deuce correu degraus abaixo passando pelos dois oficiais uniformizados e desapareceu na noite. Era incrível estar livre. Era quase um milagre. Sua passagem pelo meio do grupo que crescia rapidamente pareceu galvanizá-la. Alguém apanhou

CÃO COME CÃO   149

um bloco de cimento e o atirou contra o bangalô. Chocou-se estrondosamente contra uma parede, fazendo Troy dar um pulo.

— Peguem o carro! — alguém gritou. — Queimem o filho-da-puta.

— Dê um jeito neles — disse Troy.

— Certo — falou Mad Dog, indo para a porta com sua escopeta.

— Não mate ninguém, a menos que seja obrigado — disse Troy, lamentando ter de fazer a advertência.

Mad Dog parou sobre a varanda. Perto do carro, alguns adolescentes em trajes folgados de gangues de rua estavam tentando arrancar uma viga do cercado da varanda de um bangalô. — Parem com isso! — berrou Mad Dog, e engatilhou a escopeta. Apenas a observação de Troy o impedia de estourá-los. A seis metros de distância, ele teria lançado todos eles para trás com a escopeta de cano duplo. O simples som da escopeta sendo armada os silenciou. Olharam para ele, olhos brancos, e pele negra se confundindo com a escuridão. — Vou matar você, porco filho-da-puta! — uma voz gritou fora do campo de visão.

Dentro da casa, Moon Man disse: — Vocês estão encrencados, caras.

Diesel deu alguns passos à frente e esmagou o punho de encontro a seu rosto. Foi um direto de destra de um peso-pesado com treino de profissional. Quebrou a mandíbula de Moon Man e fez com que ele desabasse sobre seus joelhos. — Se nós estamos numa encrenca você está morto, crioulo!

— Entregue — disse Troy. — Rápido.

Mad Dog falou através da porta da frente. — Depressa.

— Onde está? — Troy perguntou.

— No banheiro.

Uma pedra atravessou a janela. A casa estava sendo bombardeada. — Deixa eu pipocar uns dois — falou Mad Dog.

Troy sacudiu a cabeça. Segurou as algemas de Moon Man com uma das mãos e comprimiu o cano da pistola contra sua cabeça. O traficante os levou até o banheiro. Era pequeno e a porta do box tinha uma rachadura selada com fita adesiva.

Moon Man indicou umas prateleiras embutidas. — Erga todas ao mesmo tempo.

Diesel entrou, foi até as prateleiras e ergueu-as. Jarras e garrafas se espatifaram contra o chão, enquanto toda a seção embutida se deslocou para cima e para fora, expondo um nicho do tamanho de uma maleta grande. Continha pilhas de sacos de poliuretano com um pó branco. Pareciam sacos de um quilo de farinha.

Diesel apalpou o bolso de sua calça e tirou uma sacola de compras dobrada. Começou a enchê-la com os sacos de pó. Ela logo ficou cheia. Ainda restavam mais sacos.

Segurando Moon Man no corredor e vigiando Mad Dog na porta da frente e Diesel atrás dele, Troy disse — Pegue uma fronha no dormitório.

— Certo — Diesel correu para o quarto e voltou com o travesseiro, tirando a fronha enquanto retornava.

— Onde está o dinheiro? — perguntou Troy.

— Sem... dinheiro — disse Moon Man; era difícil falar com a mandíbula fraturada.

— Vamos matar esse mentiroso de merda — Diesel falou enquanto terminava de ensacar a cocaína. Havia trinta quilos. Greco havia-lhes prometido doze mil o quilo por tudo que eles conseguissem pegar. Era pedir demais que ele pudesse calcular em meio àquelas circunstâncias confusas, mas era muito dinheiro, qualquer que fosse o modo de contá-lo. Espremeu-se para fora com os sacos.

— ...cê vai tê... que matá esse nêgo... porque num tem... porra de grana... nenhuma aqui, homem!

Seria verdade? A maioria dos traficantes guardava o dinheiro separado do depósito de drogas. Eles haviam arrancado trezentos mil em cocaína. Por que serem gananciosos? Enquanto pensava, um pedaço do reboco explodiu a quinze centímetros do seu rosto, espirrando fragmentos contra sua bochecha.

Deu um pulo e voltou-se para ver o buraco. Uma bala atravessou a parede externa e a parede da cozinha e errou sua cabeça por pouco. Seu coração disparou e perdeu uma batida, mas depois de tudo ele manteve o controle.

Moon Man abaixou a cabeça. — Filho-da-puta! — foi tudo

o que conseguiu dizer.

Mad Dog pôs sua cabeça para dentro da cozinha. — Algum babaca lá fora tem uma arma.

— Sério? — Troy falou. Então ele riu, e Mad Dog riu também.

Outro tiro passou cortante através da porta da frente. Não foi sequer atenuado pela parede externa do bangalô.

— Apague a luz — Troy gritou para Diesel, que estava agachado atrás de uma cadeira estofada. Mesmo um sujeito durão respeitava um tiroteio cego. Alcançou o interruptor na parede e o comprimiu. A sala da frente do bangalô ficou às escuras.

Outro tiro atravessou a casa. Troy achou que devia ser um rifle de ferrolho. Do contrário, quem quer que fosse simplesmente descarregaria uma seqüência de tiros. Até uma carabina de seis tiros dispararia mais rápido que o sujeito lá fora.

Era hora de partir. Soltou Moon Man e dirigiu-se para a porta. — Vamos embora — disse, tocando Diesel no ombro e pegando a fronha. Foi para a porta da frente e a abriu enquanto se mantinha oculto pelas sombras.

Quando viu o próximo relâmpago sair do cano da arma, começou a apertar o gatilho em intervalos de dois segundos, apontando para ele. Simultaneamente, andou em frente, para fora da porta. Diesel veio atrás, carregando a outra sacola, enquanto disparava a MAC 10 em direção aos bangalôs, mas em ângulo alto, para não atingir ninguém. Mad Dog dançava na retaguarda, mirando aqui e ali com a escopeta. Mataria qualquer coisa que se movesse — mas não viu ninguém. O poder de fogo deles os obrigou a se esconderem.

Troy abriu a porta do motorista e deslizou para trás do volante. A chave estava à sua espera. Ligou-a enquanto os outros dois se empilharam atrás. O motor roncou. Troy engatou a marcha à ré e pisou fundo no acelerador. Os pneus cuspiam pedregulhos enquanto o carro saltava para trás, contorcendo-se para a dianteira e para a traseira em sua rota para a rua, passando por cima de um lata de lixo e derrubando uma pequena viga de cerca antes que Troy girasse o volante e virasse para a rua.

Quando engatou a primeira e enfiou o pé no acelerador, pes-

152   EDWARD BUNKER

soas apareceram perto de um dos bangalôs e começaram a lançar pedras. Algumas chocaram-se inofensivamente contra a lataria; uma trincou uma janela lateral.

A borracha dos pneus queimou e espalhou cascalho, enquanto o carro rabeou, ganhou velocidade, dobrou a esquina e se foi.

Uma quadra adiante, Mad Dog anunciou que não havia ninguém atrás deles e os três caíram na gargalhada do alívio.

Mais tarde, porém, quando já haviam mudado de automóvel e estavam dirigindo pela Harbor Freeway rumo às torres agrupadas da área central de L.A., a adrenalina esvaeceu e Troy sentiu uma grande onda de melancolia se espalhar por ele. Tinha realizado o maior golpe de sua vida. Iria comprar o que o dinheiro era capaz de comprar: liberdade e possibilidades. Para ser qualquer coisa neste tempo e lugar é necessário dinheiro, a não ser que se tenha inclinações para a vida monástica. Troy não tinha nenhum outro meio de arranjar dinheiro, então fez o que tinha de fazer. Entretanto, isso deixava-lhe uma sensação de vazio. Ainda assim, sorriu quando seus companheiros gargalharam e lhe deram tapinhas nas costas. Em poucos dias, iriam dividir cerca de US$360.000. Era muito dinheiro, mesmo com a inflação.

CÃO COME CÃO   153

CAPÍTULO **DEZ**

Mesmo às quatro da manhã, o Bycicle Club, um gigantesco salão de pôquer ao lado da Long Beach Freeway, estava tão cheio que aqueles que já haviam jogado tinham que esperar por uma cadeira. Os jogos incluíam *stud* de sete cartas e *lowball*, mas o mais popular era o *Texas hold'em*, uma variação confusa e selvagem do pôquer que favorece os que blefam, jogam às cegas e confiam na sorte. A maioria dos jogadores compunha uma salada étnica, tendendo para os asiáticos, pois a noção de sorte era profundamente arraigada em suas culturas. Isso os tornava inclinados para as apostas, diferentemente da rígida tendência puritana que ainda se espalhava pela América protestante. O Bycicle Club tinha o tamanho de um campo de futebol americano cheio de mesas. Cada mesa tinha sete cadeiras e sobre cada uma das cadeiras, em cada uma das mesas, havia uma par de nádegas, enquanto um quadro-negro nas laterais listava cada jogo e expunha as iniciais dos jogadores que estavam à espera. O rumor sibilante das vozes era um contraponto ao tilintar das fichas, quebrado por uma voz praguejante ou uma exclamação de alegria.

CÃO COME CÃO   155

No reservado da cafeteria estavam sentados Troy e sua gangue, bebendo café e esperando por Alex Aris, que estava atrasado, como sempre.

A garçonete reabasteceu suas xícaras.

— Você não acha que tenha acontecido alguma coisa com ele, acha? — perguntou Diesel.

— Não, não — respondeu Troy. — Eu disse a vocês como ele é. Ele costuma se atrasar.

— Ele não iria se mandar com nosso dinheiro, iria? — Mad Dog perguntou. A expressão de perplexo desdém de Troy trouxe a segurança de volta a Mad Dog. Começou novamente a pensar no dinheiro. O que fazer com ele? Mandaria umas poucas dezenas para sua irmã. Ela estava com AIDS e vivia num trailer desmantelado nos arredores de Tacoma. Poderia ficar pirado, também, quando tudo houvesse acabado e pudesse deixar seus parceiros. Abriu uma das sacolas e tirou uma colher de cocaína de dentro dela. Compraria herô e travaria legal com umas doses de *speedball* para fugir por uns instantes dos tormentos de sua vida. Podia até ficar viciado com mais cem mil.

Troy quis acender um charuto, mas viu um cartaz na parede do cassino: não são permitidos charutos nas dependências. Uma sala de jogos sem charutos? Que tempos são esses? Vegas devia ter mudado também. Deus, ele amava Vegas. Podia mergulhar em um mar de néon e esquecer dos dias, das horas e de tudo o mais além da dança dos dados sobre o feltro verde da mesa de jogo. Podia passar uns poucos dias em Vegas depois da cena nos bangalôs. Tinha corrido tudo bem e ele não sentiu nenhum medo enquanto o golpe estava em andamento, mas depois, sempre que pensava naquilo, como naquele momento, um tenso pavor lançava uma revoada de borboletas em suas vísceras. Deu uma olhada em Diesel, cujos olhos vidrados revelavam pensamentos distantes.

— Ei, grandão — disse Troy. — Como você está?

— Estou ótimo, irmão. Você sabe o que eu vou fazer com a minha parte, cara? Vou pagar a maioria das prestações do meu barraco. Ei, você pensou algum dia que eu ia ser dono da porra da minha própria casa?

Sorrindo, Troy balançou a cabeça. Era menos provável que

qualquer outra coisa no mundo. — Você está mudando com a idade. Mais um golpe e você vai virar um cara certinho.

— Ei, isso pode até ser verdade. Pode ser que eu vote nos republicanos. — Fez uma pausa. — Você sabe que eu não aprovo o aborto. Para mim isso é assassinato de crianças.

Troy assentiu, lembrando como havia se surpreendido com a veemência com que Diesel tratara o assunto no pátio de San Quentin, quando o grandalhão ficara a ponto de brigar depois que outro detento contou uma piada sobre aborto. Isso contradizia tudo o mais a respeito dele.

— Você vota? — Troy perguntou.

— Oh, sim. Eu me registrei quando o bebê chegou. Os rapazes do The Face fazem todos se registrarem.

De certo modo, isso causava espanto a Troy; era o primeiro ex-presidiário conhecido seu que votava. Por outro lado, era óbvio o motivo por que um sindicato de caminhoneiros queria ter certeza dos registros. Olhou para Mad Dog, que tinha os olhos vazios e a mente distante. — E quanto a você, Mad Dog? Você vota?

Mad Dog fungou acintosamente. — Claro que não! Foda-se o voto! Essa merda é para otários.

Um rubor tomou o rosto de Diesel. Exatamente nesse momento, Troy viu Alex Aris entrar. — Ali está ele — disse, então levantou-se e acenou.

Greco os viu e veio em direção a eles. Como sempre, vestia-se com estilo, naquela noite com um paletó de casimira azul-escuro e calças de flanela cinza, com bainhas e pregas, conforme a última moda. Estava sorrindo quando se aproximou. Troy afastou-se para o lado a fim de abrir espaço no reservado.

— Como estão, rapazes? — perguntou.

— Diga-nos você — Troy falou. — Você é o portador das notícias.

— Você está falando daqueles trinta quilos?

— Sim, homem, que inferno. Merda!

— O melhor que eu consegui foi doze mil e quinhentos o quilo. Achei que arrancaria um pouco mais, mas a porra do mercado está inundado. Eles me deram trezentos mil e vão pagar o resto no final de semana.

CÃO COME CÃO   157

— Você tem trezentos mil no seu carro? — perguntou Mad Dog.

— Não, não. As chances de eu ser parado são grandes. Deixei a grana em um mocó. Vou levar Troy e entregar para ele quando nós sairmos.

A raiva de um minuto antes estava esquecida; tanto Diesel quanto Mad Dog sorriram largamente. Greco olhou para eles e decidiu que era hora de falar sobre outras comissões, sem mencionar que na verdade tinha conseguido treze mil e quinhentos por quilo, e que, portanto, ele já tinha embolsado trinta mil. — E quanto ao advogado?

— Advogado? — perguntou Mad Dog.

— Sim... a boca que entregou o lance em primeira mão?

— Ah, sim. O que você tem em mente?

— Ele deveria receber vinte e cinco mil, e eu teria de tirar cinco de cada um de vocês, rapazes.

— Tirar do que você já tem?

— Não, não, do que eu vou receber no final de semana.

O trio acenou com a cabeça um para o outro. — Tá legal — disse Troy.

— Vou lhes dar o restante na próxima semana.

A garçonete chegou para ver se Alex queria pedir algo. Ele balançou a cabeça. — Já estou de saída.

Quando ela se foi, Alex olhou para Troy. — Você conhece Chepe Hernandez?

— Eu o vi uma vez. Conheço melhor o irmão dele.

— Ele conhece você. Quer te ver.

— Claro. O que ele quer?

— Você sabe que ele está em La Mesa.

— A prisão em Tijuana? — perguntou Mad Dog.

— Sim. Ele está cumprindo dez anos. Ele pode ter o que quiser, mas o Tio Sam tem um mandado contra ele e estão pressionando a Cidade do México para devolvê-lo. Você sabe como eles trazem os manés de volta de lá. Foda-se o mandado de extradição. Mas não podem arrancar ele de La Mesa.

Troy concordou. Ele compreendia o dilema de Chepe. Uma vez que os federais o tivessem em Leavenworth ou Marion, ele viraria história. Prisioneiros de segurança máxima nunca esca-

158   EDWARD BUNKER

pavam de uma penitenciária federal. De acordo com as novas determinações legais, um contrabandista de drogas internacional devia cumprir pena pelo resto de sua vida, caso encerrado. Troy lembrou que Chepe tinha cinqüenta anos uma década atrás. Era um cara sossegado, com senso de humor. Começou vendendo baseados no Hazard Park, na Soto. — Tem alguma idéia do que ele quer? — perguntou Troy novamente.

— Quem sabe? Não acho que ele queira que você mate alguém. Ele pode conseguir isso muito rápido e bem mais barato.

— Eu não mato por encomenda — falou Troy.

— Sei disso. Eu disse a ele. É alguma outra coisa. Alguém está devendo a ele, eu acho. Enfim, ele quer que eu leve você para vê-lo. Estou indo na próxima semana. Tenho que entregar uma pia.

— Eles não têm encanadores lá? — Mad Dog perguntou.

— Não é para o Chepe. Merda, ele tem uma suíte igual à do Hilton. Pode imaginar isso? Porra, você pode visitá-lo e passar a noite toda lá.

— Vão vocês, rapazes — falou Diesel. — Eu vou ver minha mulher e saber como estão as coisas com o Jimmy the Face. Encontro vocês no final de semana.

Troy olhou para Mad Dog. — Você e eu?

Mad Dog concordou e estava decidido.

— Vou levar Troy para pegar a grana — disse Alex. — Vocês, rapazes, podem esperar no hotel.

* * *

Além do Jaguar extravagante, Alex Aris também dirigia um Seville de seis anos. Era fino o suficiente para não chamar a atenção em Beverly Hills, mas velho o suficiente para se misturar no South Central. Ele estava em constante movimento pelo sul da Califórnia. Ninguém trabalhava mais duro no crime.

Quando se puseram a caminho, Troy começou a pensar por que se sentia vazio. O grande golpe nunca seria comunicado à polícia. Moon Man tinha dinheiro grosso e negros para matarem por ele, embora o submundo em que vivia fosse tão segregacionista quanto a maioria dos brancos e negros da América. Nunca saberia quem o pegou. Provavelmente acharia que tinham sido policiais corruptos. Metade do esquadrão anti-drogas da Chefatura de Polícia estava sob investigação por extorquir traficantes e roubar dinheiro e drogas durante as batidas. No passado, um golpe como aquele o teria excitado. O que mudou? Por que se sentia cansado e deprimido? Ainda que soubesse, o que poderia fazer? Era tarde demais para mudar. Teria que continuar jogando ou se matar; não estava *tão* deprimido.

— Como consegue se dar bem com Mad Dog? — perguntou Alex.

— Ele me adora.

— Fique de olho no rabo paranóico dele. Ele já hostilizou amigos antes. Lembra quando esfaqueou Mahoney?

— Acho que sim. Eu estava a cerca de três metros de distância. Derramei café quente por toda a frente do meu corpo enquanto saía de lá.

— Ele e Mahoney eram bons amigos.

— Eu sei.

— Ok. Espero não ter de matá-lo por ele ter matado você.

— Ah, não, isso não vai acontecer.

Troy estava observando as ruas. Estavam cruzando o quadrante sudoeste da cidade interminável. Uma vez namorou uma garota que morava naquela área. A região passara por uma metamorfose na última década. Construída depois da Segunda Guerra Mundial e loteada de acordo com a F.H.A. e a G.I. Bill[12], havia se deteriorado dos ensolarados ranchos de dois e três quartos que poderiam ter sido capas ilustradas por Norman Rockwell para um mundo próximo ao das colônias que ele viu em Tijuana. Os gramados bem aparados tornaram-se retalhos castanhos infestados de ervas daninhas. Sofás encharcados e esfarrapados eram descartados nas esquinas. O lixo ficava acumulado nas sarjetas e era empilhado pelo vento ao pé das cercas. As paredes estavam desfiguradas por pichações com *sprays* de tinta preta. Uma matilha de cães de rua tinha derrubado uma lata de lixo e se afundava naquela desor-

---

12 F.H.A., sigla para *Federal Housing Administration*, o órgão da Administração Federal para a Habitação. A *G.I. Bill of Rights* ou *Servicemen's Readjustment Act* foi o ato assinado em 1944, destinado a reintegrar os veteranos da Segunda Guerra Mundial em sua volta ao país. Previa, entre outras coisas, verbas para aquisição de moradia e para iniciar pequenos negócios. (N. do T.)

dem. Aquele não era o sul da Califórnia das lendas e das canções. Isso o fez recordar Chepe em Tijuana.

— Qual é o negócio com o Chepe?

— Não sei nada além do que disse a vocês.

— Por que ele está me procurando? Ele tem *pistoleros* a dar com o pau. Porra, ele é chegado ao Big Joe e àqueles caras do Eme.

— Acho que ele quer alguém com mais bom senso.

— Bem, vamos ver o que ele quer.

— Você nunca esteve em La Mesa.

— Ã-ã.

— Você está prestes a passar por uma experiência.

Alex entrou num estacionamento para *trailers*: vias estreitas, *trailers* estacionados muito próximos, placas de DIRIJA DEVAGAR, CRIANÇAS NA PISTA. Parou no acostamento.

— Volto em um segundo — disse, enquanto desembarcava e dobrava a esquina.

Demorou perto de um minuto, mas passou rápido: Alex voltou com uma mala grande. Ele a pôs no assoalho traseiro do carro. — Trezentos mil — disse.

De volta ao Bonaventure, Troy cruzou o *lobby* com a mala e tomou o elevador. Diesel e Mad Dog estavam esperando no quarto. A mala foi aberta e pacotes de cédulas se esparramaram sobre a cama. Eram cédulas velhas, arrebatadas das mãos suadas de toda a cidade e reunidas pelo valor em maços presos por elásticos. O montante de cada pacote estava escrito a caneta sobre pedacinhos irregulares de papel, rasgados de blocos de formulários amarelos.

— Faça a divisão — Mad Dog disse para Troy.

— Pegue o que é seu — respondeu este.

Os maços de notas tinham montantes diferentes. Alguns tinham US$1.000 em notas de cinco, outros US$2.500 em notas de dez, mas em sua maioria eram pacotes de US$5.000 em notas de vinte. Em menos de um minuto, cada um deles tinha US$100.000. Diesel começou a acomodar sua parte em uma valise. — Enquanto vocês vão para lá, rapazes, eu vou passar alguns dias em casa.

— Não deixe a fêmea passar a mão em todo o seu dinheiro — disse Mad Dog.

Diesel parou de embalar o dinheiro e fechou a cara. — O que você quer dizer com isso?

— Quer dizer... o que você bem entender.

— Cavalheiros, cavalheiros — falou Troy, postando-se entre eles. — Acalmem-se. Não comecem a discutir por coisas sem importância.

— Isso foi uma espécie de alfinetada, como se eu fosse um palhaço ou algo assim.

— Cara, você é paranóico — falou Mad Dog, acenando sua mão de modo depreciativo enquanto lhe dava as costas.

— *Eu*, paranóico! O que acha disso?

— Ei, ei — Troy exclamou. — Parem com isso. O que há com vocês, caras? Vocês são parceiros.

— Ah, cara — disse Mad Dog — só porque esse babaca pesa uma tonelada e já foi um lutadorzinho de merda, ele acha que é mau.

— Não, eu não sou mau — mas sei manter os filhos-da-puta longe de mim.

— Chega! — ordenou Troy.

— Não diga para mim. Diga para ele. Ele começou.

— Estou falando para vocês dois... parem com essa merda. Vocês estão discutindo a troco de nada.

Diesel voltou seus olhos para Troy. Seu rosto estava vermelho, mas depois de um instante ele deu as costas, murmurando. — Pirado filho-da-puta, tirando com a minha cara como se eu fosse algum palhaço.

— Deixa pra lá, Diesel — falou Troy.

— Ei, eu só estava brincando um pouco com você — disse Mad Dog. — Se você não agüenta um sarrinho, foda-se. — Sua voz estava aguda.

— Ei! — gritou Troy encarando Mad Dog, que estava enrubecido, com os olhos vidrados. Mas então ele grunhiu um meio-sorriso e encolheu os ombros. — Desculpe, Troy. Não quis acender o seu pavio — E para Diesel — Desculpe, irmão.

— Esqueça.

Troy balançou a cabeça, mas sabia que nada seria esquecido. Conhecia aqueles homens. Qualquer ferida no ego infeccionava a mente. Mad Dog iria remoer aquilo e ficar paranóico. Diesel perceberia a paranóia e ficaria assustado, pois sabia o quanto Mad Dog podia ser perigoso. A única maneira de evitar que um acabasse matando o outro era mantê-los separados. Era bom que Diesel seguisse para o norte da Califórnia. Troy ia ficar de olho em Mad Dog. Tinha sentimentos contraditórios em relação àquele psicopata. Conhecia-o muito bem, sabia de sua infância torturada e dos tormentos de sua juventude. O que quer que Mad Dog fosse, ainda que insano e perigoso, tinham-no tornado assim, e a sociedade havia incentivado crimes cometidos contra uma criança. Antes de ir para o hospício, sua mãe o queimava com cigarros. Quando ela saiu, o juizado de menores o enviou de volta para ela, e ela o torturou ainda mais por tê-la denunciado. Tinha dez anos quando fugiu; foi apanhado quando arrombava uma loja de conveniências. Isso o introduziu no sistema correcional de menores, onde ele era freqüentemente chutado e esmurrado por meninos mais velhos, por ser pequeno e diferente; até que uma vez o provocaram demais e ele furou o olho de um valentão com um garfo. Depois disso, a reputação de ser imprevisivelmente perigoso garantiu-lhe um espaço mais amplo. Quando compreendeu sua situação, explorou-a comportando-se com violenta insanidade, e em troca obteve maior liberdade de movimento entre seus pares. Mesmo os garotos mais durões ficam temerosos diante de um pirado.

Quando Mad Dog e Diesel e outros de sua geração graduaram-se do reformatório para o crime adulto e para San Quentin, Troy já era uma lenda. Ele era chefe dos atendentes do Departamento Esportivo e controlava as listas para o uso do ginásio à noite e durante os finais de semana. O treinador Keller, que não gostava de se incomodar, assinava qualquer coisa que Troy colocasse na sua frente. Era Troy quem aprovava a equipe de serviço do ginásio, um dos melhores empregos de San Quentin. Isso trazia benefícios adicionais: um lugar para se refugiar da chuva fora do Pátio Principal, a oportunidade de tomar banho todos os dias, acesso à TV para assistir eventos esportivos. Troy arranjou um emprego para Diesel e atuou como seu mentor pelos próximos três anos. Diesel estava certo de que o fato de ter sido incluído por Troy o manteve longe de problemas e facilitou sua condicional. Agora Troy o tinha levado para um golpe com que todo ladrão sonhava. O que Glória teria a dizer quando jogasse cem mil na sua linda bunda loira? Isso iria calar toda a sua lengalenga hipócrita. Talvez devesse comprar um paletó novo também, um terno, Brioni ou Hickey-Freeman, e vesti-lo para chegar em casa. Diesel sorria interiormente enquanto visualizava as caras e bocas que faria quando jogasse maço após maço de dinheiro limpo em cima da mesa da cozinha. Como seria doce. — Acho que vou partir hoje à noite — disse. — Me deixe no aeroporto e fique com o Mustang se quiser. O carro de Dog pode não se dar muito bem com as estradas mexicanas.

— Não, leve o Mustang. Eu vou comprar um carro amanhã. Será ele que nós vamos usar — virou-se para Mad Dog. — Eu não vou comprar um carro novo, por isso preciso que você o examine. Não entendo porra nenhuma de automóveis.

— Eu sou o cara certo para isso — disse Mad Dog. Agradava-lhe que Troy tivesse um favor para pedir-lhe. Isso refutava o sentimento de que Troy tivesse posto a amizade deles em segundo plano. Mad Dog geralmente era sensível ao que quer que qualquer um pensasse dele; tinha uma espécie de radar em que confiava plenamente. Sabia que os *certinhos* achavam que ele era paranóico, e talvez fosse; mas um pouco de paranóia era uma ferramenta útil para quem vivia em uma terra de serpentes.

No final da tarde seguinte, Troy comprou um Jaguar de cinco anos com um Chevy 350 V8 sob o capô, o que o envenenava até a potência de um *stock* Corvette. Esse detalhe ficava oculto. O aspecto externo era idêntico ao do último modelo, e similar ao que ele dirigia doze anos antes, e este era, em parte, o motivo por que o tinha comprado. Mad Dog o examinou e disse que estava em boas condições. O odômetro indicava uma baixa quilometragem, o que foi confirmado pelos pedais não desgastados. Os assentos ainda conservavam o rico aroma de couro novo. Nada que fosse produzido em série podia se comparar ao acabamento manual e cuidadoso do Jaguar.

— Dizem que eles dão problemas, mas são grandes carros, e este é de primeira.

Foi nesse momento que Troy falou para o vendedor — Vou ficar com ele — e pagou em dinheiro. Guiaram ambos os automóveis de volta para o Bonaventure e Troy fez o *checkout*. Após separar umas poucas centenas de dólares, esconderam o lucro no compartimento do estepe do carro de Mad Dog, que deixaram no estacionamento de longa permanência do Aeroporto Internacional de Los Angeles. Ele ficaria intocado durante os poucos dias em que estariam fora.

Quanto estavam na estrada com o Jaguar, Troy chamou Greco pelo telefone celular. Ele os encontraria no Holiday Inn fora de San Diego, em algum momento daquela noite. No dia seguinte, cruzariam a fronteira. Nada mais foi dito. Falar em telefones celulares era lançar as palavras no ar; foi por isso que a Suprema Corte decidiu em sentença que as leis contra interceptação de linhas telefônicas não eram aplicáveis no caso deles.

O Jaguar tomou a direção leste na Santa Mônica Freeway, depois sul na Interestadual 5, que seguia direto para a fronteira, passando eu seu caminho por diversas cidades do sul da Califórnia.

East L.A., vista da rodovia, parecia-se bastante com o que tinha sido ao longo da existência de Troy. Chegara ali vindo de Beverly Hills entre os quinze e os dezesseis, brincando com os mexicanos que conhecera nos abrigos de menores. Lembrou que costumava rir ao falar inglês com sotaque mexicano. Até ir para a escola correcional e encontrar garotos brancos durões, vindos de cus-de-mundo como Bakersfield, Fresno e Stockton, que sabiam brigar e o faziam, desprezava a maioria dos rapazes brancos por serem fracos e covardes. Os valores de uma ética machista correspondiam mais à sua natureza. Os casarões eram mais antigos ali, a maioria anterior à Segunda Guerra Mundial, e construídos com proporções mais amplas, se não palacianas. Tudo era desbotado em tons pastéis pelo sol implacável do deserto, pois a água trazida pelas bombas a partir do norte não chegava até ali. Muito tempo antes de os negros do South Central se dividirem em Crips e Bloods[13], East L.A. tinha gangues de chicanos: Maravilla, White Fence, Flats,

---

13 *Crips* e *Bloods* são os nomes como são conhecidas as duas maiores gangues de jovens da região de Los Angeles. (N. do T.)

Hazard, Clanton, Temple, Diamond, Dogtown, Eastside-Clover, Los Avenues, La Colonia de Watts e outras. Naquela época os pais dos Crips ainda estavam catando algodão no Alabama.

As cidadezinhas da grande L.A., que já foram descritas como trinta subúrbios à procura de uma cidade, agora misturavam-se em uma extensão sem fronteiras definidas. Houve um tempo em que as fábricas da Firestone, Goodyear, Todd e Bethlehem Steel ofereciam empregos. Agora elas já haviam se deslocado para o sul de direito e de fato. Não tinha idéia de onde os trabalhadores das pequenas cidades conseguiam emprego naqueles dias.

Los Angeles tornou-se Orange County, e a única maneira de perceber a diferença era uma pequena placa à margem da rodovia. *Outdoors* da Disneyland apareceram.

— Já esteve na Disneyland? — Troy perguntou a Mad Dog.

— Não. Nunca estive em L.A. antes.

— Vamos dar uma olhada.

— Você tá de sacanagem.

— Não, vamos lá.

— Por que não?

Fizeram isso, e pareciam ser os únicos adultos sem um grupo de crianças excitadas à sua volta. Não entraram em nenhum brinquedo, pois as filas eram muito longas, mas tiveram uma hora agradável, apenas andando a esmo. Mad Dog chegou a comprar algodão doce. — Sabe de uma coisa? — disse — Eu iria gostar mais disto quando era criança.

As sombras já se alongavam quando voltaram para a rodovia. Ainda na memória de Troy, a maior parte da paisagem entre as cidadezinhas seria rural, laranjais e alfafa. Agora era uma extensão urbana espalhando-se por centenas de quilômetros. Newport, Laguna e outras cidades litorâneas não mais se separavam por quilômetros de praias desertas e colinas pouco elevadas. Casas dispendiosas cobriam a costa e as colinas reverberantes, de modo que amplas janelas abriam-se para o mar durante o pôr-do-sol. Aquela era a terra do leite e do mel, dos corpos bronzeados que esperavam a boa vida como uma dádiva que lhes era devida.

Quando a escuridão chegou, encostaram na beira da estrada para mijar, olhar o mar prateado sob a lua cheia e fumar um baseado. À procura de privacidade, atravessaram uma passagem subterrânea e encontraram uma estrada suja e esburacada. Parecia deserta. Então, sem aviso prévio, os faróis caíram sobre um acampamento de bóias-frias hispânicos, provavelmente todos mexicanos, embora não houvesse meios de dizer com certeza. Perto dali havia pomares de abacate e canteiros de melão. Os mexicanos apanhavam as frutas, mas não podiam pagar por um teto com o que ganhavam. Assim que os faróis os perturbaram, a maioria deles correu para a escuridão. Podia ser a *migra*, era bom não abusar.

Troy e Mad Dog fizeram a volta. Dentro de poucas centenas de metros estava a cerca de um loteamento onde as casas tinham valor mínimo de US$800.000. Quando voltaram para a rodovia, Troy estava incerto sobre o que pensar dos trabalhadores sem-teto das fazendas.

Fumaram o baseado no carro. Troy ainda tinha que mijar. As margens da estrada estavam escuras. — Encoste o carro — disse ele. Mad Dog obedeceu e Troy desembarcou. Sentia dor por causa da vontade de urinar. Na prisão havia sempre uma latrina por perto, por isso não havia se condicionado à continência. O aterro da estrada formava um declive e estava escuro. Ele começou a descer; então escorregou e deslizou mais um metro e meio, parte dele sobre os quadris, antes que seus pés tocassem chão sólido. Pôs-se ereto e abriu o zíper de sua calça. Enquanto urinava na escuridão, olhou para cima e viu Mad Dog em pé no alto do barranco, enquanto os fachos dos faróis caíam sobre ele. — Merda — falou Troy, percebendo como estava sendo estúpido.

Mad Dog também percebeu. A correnteza de automóveis e caminhões o golpeava com o vento produzido por seu vácuo e os faróis o cegavam. Se uma viatura da Patrulha Rodoviária aparecesse, os policiais iriam estacionar para ver o que havia de errado.

Troy conseguia escalar parte do caminho, depois seus pés escorregavam e ele deslizava de volta.

— Vai, cara, tente agarrar isto — Mad Dog tirou seu cinto e

desceu até poder se pendurar em uma raiz com uma das mãos e lançar a ponta do cinto para o barranco. Troy agarrou-se ao cinto e, depois de subir um passo, pôde segurar a mão de Mad Dog. No momento em que suas mãos se tocaram, Troy lembrou que aquele homem havia assassinado uma criança de sete anos e sentiu vontade de jogar-se para trás em repulsa. Mas Mad Dog puxou-o para cima e eles voltaram para o carro. Novamente na estrada, Troy pensou sobre sua reação no barranco. Aquilo o surpreendeu, pois ele conhecia muitos matadores, homens que haviam imolado policiais, lojistas ou outros criminosos, homens que saíam das celas pela manhã sem se importar se o céu tinha nuvens e se chovia merda, ou se matariam alguém ou seriam mortos antes da tarde se encerrar. Era indiferente a respeito do que quer que eles tivessem feito, exceto os Zebra Killers, uns crioulos nojentos (o termo cabia) que percorriam São Francisco em uma van e onde quer que vissem uma pessoa branca sozinha ou vulnerável, matavam-na imediatamente se fosse homem, ou a raptavam para estuprá-la e depois matá-la, se fosse uma mulher. Um deles tinha morado três celas adiante da de Troy. Centenas de vezes atravessaram o passadiço, separados por centímetros, sem se olharem nos olhos e sem trocar uma palavra. Era o impulso do ódio obsessivo o que Troy sentia e, depois do primeiro momento, sua perplexidade cautelosa transformara-se em indignação, e então percebeu que aquele negro mataria qualquer pessoa branca no mundo, homem, mulher e criança, se pudesse. A hostilidade de Troy fervia em fogo baixo em resposta ao ódio dirigido contra ele. Era conhecido como Max Row em San Quentin, onde o puseram ao chegar à prisão. Mais tarde, o negro foi transferido.

Troy nunca havia matado ninguém, mas isso tinha sido mais por sorte do que por prudência ou moralidade. Uma vez, recém-saído do reformatório, assaltou uma loja de bebidas. O proprietário puxou uma pistola de baixo do balcão. Troy hesitou e gritou, mas o homem era corajoso e decidido, por isso ambos atiraram simultaneamente, de modo que o som parecia vir de uma só arma. A bala do lojista passou perto de seu olho zunindo como um besouro; ele sentiu a reverberação do ar. A bala de Troy atingiu o homem na clavícula e atravessou-a em linha reta. Ele estaria fora do hospital em uma hora — mas podia ter sido um latrocínio. Agora esse crime era mais velho do que a idade que tinha na época, dezesseis ou perto disso. Isso era completamente estranho ao lugar onde havia sido criado. Tais coisas não se ouviam lá, mas eram bem mais comuns onde mais tarde ele se descobriu.

Não, nunca havia matado, mas poderia fazê-lo. Na prisão também houve situações — e confrontos — que podiam ter resultado em morte, sua ou de seu antagonista, mas as disputas se estabeleceram de modo pouco favorável ao assassinato, embora nem sempre pouco propícias à violência. Tais lembranças de fatos acontecidos faziam com que hesitasse em julgar os outros. Ainda assim, matar uma criança de sete anos era uma muito diferente *daquilo*.

De repente, luzes vermelhas brilharam à frente, cruzando as várias pistas da rodovia. Mad Dog pisou no freio e Troy foi impulsionado para a frente. Isso fez sua mente voltar do devaneio.

Passaram a avançar centímetro a centímetro. Um helicóptero surgiu por cima deles. A KNX News divulgou um boletim de alerta sobre uma colisão múltipla, próximo à saída para Pendelton — Vamos chegar tarde... tarde — disse Mad Dog. Troy piscou e procurou o telefone celular. Até um imbecil se acostumaria rapidamente a isto, pensou enquanto apertava as teclas. Um minuto depois estava falando com Greco, que seguia pela *highway* do outro lado da Califórnia. — Não esquente com isso — ele disse. — Eu também vou me atrasar.

— Jura?! — Troy falou. Estava ansioso para ver seu amigo e para cruzar a fronteira. Ouvira histórias sobre La Mesa durante muitos anos. Agora finalmente veria como ela era.

CÃO COME CÃO 169

CAPÍTULO **ONZE**

Naquela noite, os três homens comeram filé e lagosta no restaurante do hotel; depois foram para um *topless bar* algumas quadras adiante. Teriam negócios a tratar pela manhã, por isso voltaram cedo para o hotel. Alex e Mad usaram as camas. Troy sentiu-se igualmente satisfeito sobre o chão duro: o carpete espesso e uma colcha dobrada compunham um colchão adequado para que ele pudesse descansar confortavelmente.

Pela manhã, deixaram o Jaguar no estacionamento do hotel e seguiram no Cadillac Seville de meia-idade de Alex através da fronteira. Tijuana, México, não era mais uma cidade corrompida de fronteira, metade Velho Oeste e metade bordel, mas uma metrópole brilhante com um milhão de habitantes ou mais. Logomarcas de grandes corporações estavam em todos os lugares. Ainda assim, um candidato à presidência foi assassinado lá, e um chefe de polícia foi emboscado e baleado. *Federales* haviam trocado tiros com a polícia local. A abundância de drogas estava ligada a tudo isso.

Alex disse que geralmente atravessava andando. Era mais

fácil de voltar e muito mais rápido. Dirigir de volta levava uma hora para cruzar a fronteira, na melhor das hipóteses. E sempre havia a chance de a Guarda de Fronteira tirá-lo da fila para uma busca que desmontava o carro e tomava várias horas. Nunca achavam nada, mas seus malditos cães sempre latiam por causa de algum resíduo de algo. Hoje, no entanto, ele tinha a pia e seus companheiros, por isso foi dirigindo para o México. Ninguém olhou para eles. — Porra, cara — disse Mad Dog — eles não vão querer ver nada... uma carteira de motorista?...

— Claro que não! Tudo o que eles querem são alguns dólares ianques — explicou Alex.

— Eles te param para o visto cerca de oitenta quilômetros território adentro — esclareceu Troy. — A fronteira é um jogo aberto. Foi isso que eu li.

— Sim, é isso — disse Alex. — Você pode ficar em Tijuana para sempre que ninguém diz nada. Porra, Chepe é de East L.A. Ele ficou aqui por quinze anos antes de o pegarem, e eles só o fizeram porque o Departamento de Estado dos EUA estava pressionando a Cidade do México.

— Se ele tinha uns duzentos milhões e todo aquele poder, como é que foi para a cadeia? — perguntou Mad Dog.

— Não tenho cem por cento de certeza, mas isto é o que eu penso. Acho que ele é favorecido pelas autoridades estaduais, os locais, mas se eles o deixarem na mão, a Cidade do México vai agarrar ele e deportá-lo diretamente para os braços dos *U.S. Marshals*. Mas a administração dos EUA muda, o presidente do México muda, o tempo passa, advogados vêm e vão. Além disso, vocês vão ver, ele está vivendo muito bem, no final das contas.

— Ouvi dizer que ela não é nada convencional — falou Mad Dog. — Soube que os traficantes daqui operam paralelamente da prisão.

— Eu não iria *tão* longe — disse Greco. — Mas quando você não pode se dar bem em nenhum outro lugar em Tijuana, você pode sempre se dar bem na penitenciária.

Troy ouviu pela metade, enquanto olhava para Tijuana. À primeira vista, era como ele lembrava, as cores esfuziantes dos táxis, a rua principal, Calle Revolución, com milhares de lojas dedicadas aos americanos em visitas de um dia. Estofamentos de automóveis eram baratos, medicamentos eram vendidos a uma fração do que custavam do outro lado da fronteira, lojas vendiam Joy de Partou, Opium e outros perfumes caros pela metade do que custavam em L.A. Nas ruas, as mendigas com seus bebês, as cantinas, os pontos de *strip tease* e as prostitutas eram abundantes.

De repente, ela mudou. O que eram barracos e terrenos baldios quando ele visitava Tijuana em busca de sexo e drogas era agora uma fábrica atrás da outra, uma coletânea de corporações transnacionais: Ford, Minolta, Panasonic, Smith-Corona, Olivetti e outras. E então, a grande e brilhante hotelaria: Hyatt, Ramada, Holiday Inn. Os homens de negócios em visita precisavam de conforto.

— Isto aqui mudou, não? — comentou Greco.

— Se mudou — replicou Troy.

— Você já esteve em La Mesa?

— Ã-ã. Ouvi histórias, claro.

— Ouça isto — disse Alex. — Ela foi construída para abrigar trezentos. Ela tem três mil...

— Três mil em vez de trezentos! — Mad Dog falou. — Falando sobre cadeias superlotadas...

— Esse é um tipo de punição cruel e incomum, não é?

— Eles não ligam para essa merda no México. Apesar disso, vou te dizer a verdade. Preferiria cumprir pena aqui do que em qualquer lugar dos Estados Unidos.

— Você quer dizer se tivesse algum dinheiro — disse Troy.

— Ah, sim. Mas não precisava ser uma porção de dinheiro. Uns cem por mês.

Troy sabia a respeito de presídios mexicanos porque homens presos falavam com freqüência de outras prisões. As prisões mexicanas operavam com uma filosofia diferente daquelas dos Estados Unidos. Encarceramento era o suficiente no México; depois disso, eles deixavam as coisas tão próximas da sociedade quanto as circunstâncias permitiam. Visitas das esposas por vários dias a cada vez, detentos operavam seus negócios de dentro dos muros. Era uma preparação para a sociedade melhor que a das penitenciárias americanas. Troy lembrou de Pelican Bay, o mais novo pesadelo californiano, um mundo saído diretamente de Orwell e Kafka e trazido à vida no final do século vinte. Ao invés de cassetetes, *tasers* com cinqüenta mil volts de eletricidade, ao invés de surras, Prolixin, uma injeção que transformava qualquer homem em um zumbi rastejante por uma semana. Do que a sociedade esperava se livrar? Acreditava poder plantar cicuta e colher trigo? Ficava furioso sempre que pensava naquela completa estupidez.

La Mesa, no passado, situava-se fora de Tijuana, mas a cidade havia se espalhado até que a prisão foi envolvida por bairros pobres. As ruas eram de terra ou macadame esburacado. O estacionamento era sem pavimentação. Os poucos veículos tendiam a ser *pickups* e velhos Fords e Chevys. Uma dúzia de meninos estava engajada em um jogo de futebol. A bola quicou até Troy. Tinha a estampa do Departamento de Recreação do Condado de Los Angeles. Ia lançando de volta. — Dê isso aqui — falou Alex. Quando Troy entregou a bola a ele, Alex acenou para o menino maior, que se aproximou cautelosamente, até ver que Alex estava segurando uma verdinha americana. Então ficou bastante interessado. — Cuide do carro — falou Alex em inglês e pantomima. A mensagem foi clara. Então ele rasgou a nota de vinte dólares em duas e deu uma das metades para o garoto, que riu, balançou a cabeça e voltou até seus amigos para explicar.

Enquanto Alex destrancava o porta-malas para tirar a pia, Troy voltou-se e olhou para a prisão. Estavam próximos de um de seus cantos. Um longo muro construído com blocos de concreto estendia-se por várias centenas de metros. Comparados com os de outras prisões, os muros não eram muito altos — mas a cada cinqüenta metros eram encimados por uma torre de vigilância. Perto deles havia um grande portão. O portão duplo era feito de alambrado com rolos de arame farpado por cima, com uma torre de vigilância voltada para ele. Comparada com a dispendiosa perfeição das prisões americanas, a construção era descuidada. Era eficiente, mas tinha um aspecto tênue, como se tivesse sido construída apenas para o presente, e não para permanecer ao longo de eras. As fachadas de algumas prisões americanas aparentavam desejar durar tanto quanto o Partenon.

Uma fila de visitantes, talvez três dúzias, esperava do lado de fora do portão principal. A maioria era de mulheres, muitas eram crianças. Várias delas carregavam grandes sacolas com mantimentos. Troy achou que eles iriam entrar na fila, mas Alex continuou andando, a pia sobre seu ombro.

No muro, além do portão, havia uma sólida porta de aço com uma abertura. Também tinha uma campainha. Com um som estridente.

Um olho apareceu na espia. Alex disse: — *Los camaradas del Chepe.*

O olho desapareceu. — Ele vai verificar — falou Alex. — Se vocês tiverem algumas notas de um dólar, juntem aí.

— O quê?

— Propina. Deixa para lá, eu tenho.

Uma chave pesada girou na porta de aço e ela se abriu. Eles entraram em um corredor estreito com uma lâmpada nua pendendo do teto. Um guarda acenava para eles da porta aberta de um escritório. Alex e sua pia os conduziram através da porta e pelo lado de dentro.

Um tenente estava sentado atrás de uma escrivaninha, com seus cotovelos pousados sobre ela. Ainda com a pia sobre o ombro, Alex estendeu displicentemente um par de notas de vinte dólares. — Alguém pode receber isto, *por favor, jefe?*

— Claro... claro — então estalou os dedos para o guarda que estava à porta. — *Venga aqui* — o guarda se aproximou, Greco deu-lhe a pia e o guarda se incumbiu de levá-la para dentro.

— Obrigado, *pues* — falou Alex. — Nós estamos com um pouco de pressa. Falou isso com outros quarenta dólares estendidos.

O tenente contornou a mesa, pegou o dinheiro e continuou através da porta, gesticulando para que o seguissem. A sala seguinte tinha um trio de guardas encarregados de realizar os procedimentos de entrada, registrá-los e revistá-los. Alex segurou quatro notas de um dólar, pinçadas entre o indicador e o dedo médio. Elas foram arrancadas e alguém escreveu A, B e C nos registros para mantê-los em ordem, e o tenente bateu em outra porta de aço até que ela se abrisse.

Essa era a última sala, onde as costas de suas mãos foram carimbadas com alguma coisa invisível a olho nu. Não era um carimbo mágico para levá-los para fora novamente, mas algo que as sentinelas iriam olhar. Alex deu ao guarda um punhado de moedas. Ele acenou em sinal de gratidão enquanto se apressava para destrancar a última porta.

Enquanto ela descrevia sua curva, Troy encarou uma abundante massa de detentos mexicanos no pátio do lado de fora. Eles ficavam atrás de uma linha vermelha a três metros do corredor, e a maioria deles estava olhando para o portão e para o que estava acontecendo do lado de fora. Era possível se aproximar do portão principal externo e gritar através dos seis metros que o separavam do portão interno.

Enquanto caminhavam apressadamente em meio ao redemoinho humano, Mad Dog inclinou-se para perto do ouvido de Troy. — Não posso acreditar nesta cadeia — disse. — Dois dólares e você pode trazer uma metralhadora para cá.

Poucos metros à frente deles, às margens da multidão, Alex estava falando com um jovem mexicano que exibia um grande bigode estilo Zapata. Tinha nariz achatado e cicatrizes em volta dos olhos, o que indicava tratar-se de um lutador. Atrás dele havia outro detento mexicano com a pia balançando em seu ombro. Esses dois estavam na parte mais afastada do grupo enviado para recebê-los. Alex espiou para trás, por cima de seu ombro e acenou para que eles o seguissem enquanto abria caminho através da aglomeração de corpos. O homem com a pia era o ponto de referência. Enquanto Troy procurava se manter imediatamente atrás de Alex e Zé Bigode, deu-se conta de que um terceiro homem, um jovem, caminhava atrás dele.

A massa de detentos deu passagem, afastando-se para o lado, para o cortejo. Mesmo então, mãos se estendiam e vozes pediam *"cambio... cambio..."*. Trocado, trocado. Era especialmente comovedor porque Troy nunca vira um mexicano mendigando para ele nas ruas de Los Angeles. Ignorou as mãos estendidas e seguiu em frente.

176   EDWARD BUNKER

Separaram-se da multidão em um pátio que lembrou a Troy uma imensa praça de apoteoses — um vasto retângulo, cento e oitenta por duzentos e setenta metros — cercada por edifícios de dois andares amontoados como se fossem casas enfileiradas. Ao final dos edifícios, havia ruas que levavam a outras partes da prisão. Em um dos lados, ele viu o que lhe pareceram bancas de cachorro quente ou de tacos, com mesas de piquenique para os clientes. Olhou para trás. A área em torno do portão das armas parecia Times Square em véspera de Ano Novo.

Alex instigou-os a prosseguir e fez as apresentações. O Bigode era Oscar, o *segundo* de Chepe. Ele apresentou Wevo, que carregava a pia. Os outros dois eram subalternos cujos nomes foram esquecidos imediatamente.

— Prestem atenção — falou Oscar. — A mãe de Chepe está visitando ele. Ela vai partir em dez ou quinze minutos. Ele quer que vocês esperem até lá.

— Claro. Não estamos com pressa, estamos?

Mad Dog levantou os ombros e sacudiu a cabeça.

— Querem fazer um *tour*? — Oscar perguntou.

— Claro — disse Troy.

— Sabe o que eu quero? — disse Mad Dog. — Eu gostaria de um tapa.

— O que vai?

— *Speedball*?

Oscar voltou-se para um dos subalternos e falou em espanhol; então disse para Mad Dog: — Vá com ele.

Mad Dog e o subalterno saíram, cruzando o pátio em uma diagonal.

Oscar conduziu Troy através de uma passagem entre edifícios. Atrás do quadrilátero interno havia um bloco de celas de dois andares, as portas de aço dotadas de barras de ferro como trancas gigantescas; mas as portas estavam abertas. Uma mulher estendia um tapete sobre uma balaustrada; um homem estava parado no corredor segurando um bebê. A família ocupava a cela de um e meio por dois.

— Essa custa setecentos — falou Oscar. — A cela mais barata da cadeia.

— E se você não puder comprar uma cela?

— Te mostro.

Oscar virou uma esquina. Ao longo de trinta metros havia um gradeamento de barras enferrujadas, com portões abertos a cada seis metros. As barras compunham a parte frontal de um edifício de blocos de concreto. Havia um imenso espaço coberto por beliches com cinco níveis. Ao invés de molas, os beliches tinham chapas de aço. Alguns tinham colchões, a maioria não. Era impossível ver a parede do fundo. Era uma caverna escura. Troy aproximou-se das barras para olhar. Teve de recuar; a catinga de suor fermentado e mijo seco lhe revoltou o estômago. — Santo Deus! — disse.

Oscar e Alex riram dele; depois explicaram que os que não tinham cela deviam ir até ali no final da tarde. Como todas as prisões, La Mesa passava por uma contagem. Quando a contagem se encerrava, os portões do Curral eram abertos. Cerca de um terço dos que eram contados ali tinham um beliche; os outros tinham de se virar como podiam. Um amigo podia acolhê-los para passar a noite, ou podiam desabar no corredor ou em qualquer outro lugar para isso. — Aqui parece a região central de Los Angeles à noite — observou Alex.

Do Curral, Oscar levou-os por outro caminho. Pululava de corpos como uma viela de Hong Kong. Oscar obviamente exercia poder ali. Prisioneiros se afastavam para os visitantes. Por diversas vezes, Oscar trocou acenos e palavras de respeito. O enxame humano era predominantemente masculino e mexicano, mas misturado a ele havia poucos americanos e algumas mulheres.

Através de portas abertas, Troy viu oficinas onde prisioneiros trabalhavam couro ou madeira. Muitos dos suvenires baratos de Tijuana, vendidos na cidade, eram feitos ali. Oscar explicou que a prisão já tivera uma oficina de automóveis, cuja principal atividade era mudar os números e o aspecto de carros roubados nos Estados Unidos. Depois eles eram entregues por toda a América Latina.

Troy farejou o ar. Podia sentir cheiro de cebolas fritas. Pouco depois, Oscar dobrou outra esquina com eles. Chegaram até as barracas de tacos pelos fundos. Também havia um café com mesas sob um toldo. — Que tal? — perguntou Alex.

— Com toda a certeza não é San Quentin.

Um dos subalternos de Chepe os encontrou. Ele estava pronto. Apressaram-se em sentido contrário através do pátio. Sob uma escada havia uma mesa de piquenique onde uma partida de pôquer estava em curso. Troy teve certeza de que ao menos alguns dos jogadores estavam vigiando a escada.

Oscar foi na frente, escalando os quatro metros que o separavam do telhado. Troy foi o próximo. Quando chegou ao topo, ficou surpreso. Havia um terraço com mobília de ferro batido, vasos de plantas, incluindo um par de arvorezinhas, e uma jovem com um belo corpo vestindo uma Levi's justíssima. Ela regava as plantas com uma lata. Um rapaz musculoso estendeu a mão. Enquanto fazia isso, sua camisa desabotoada abriu, expondo o cabo de uma .45 presa ao seu cinto. Prisões mexicanas certamente eram diferentes do frio calvinismo encontrado nos Estados Unidos.

Um toldo chamativo de lona vermelha e verde tinha sido esticado para proteger as portas de vidro da luz solar direta. Chepe esperava por eles na soleira da porta aberta. Um homem compacto com um rosto quase querubínico, seu cabelo havia encanecido desde que Troy o vira pela última vez. Vestia pantufas caras, jeans sob medida e uma camiseta com o nome *Harvard* cruzando o peito. Estendeu a mão. — Ei, garoto, entre. Está quente aí fora.

Entraram na sala de estar de uma pequena suíte. Uma tela de TV gigantesca dominava uma das paredes. Uma pequena cozinha abria-se ao lado. — Pensei que havia outro *vato* — Chepe falou para Alex.

— Ele está aqui. Saiu para um *tour*.

— Não é como Quentin, é? — disse Chepe.

Troy olhou em torno da sala. — Nem um pouco. Como você consegue isto? Sei que custa muito dinheiro, mas como funciona?

— Eu a comprei. Esta custa oitenta mil. Há quatro ou cinco como esta. Há um *vato* que acabou de chegar e pagou cento e dez.

— Você não paga aluguel?

— Não, não, eu sou proprietário. Posso vendê-la, também

— desde que *el Comandante* receba sua parte. Eles têm outras que custam algo acima de dez mil. Nós possuímos umas poucas, não, Oscar?

— Sim, caralho! Nós somos investidores imobiliários no presídio.

— Venham aqui — falou Chepe, conduzindo-os para uma pequena sala. Um quarto havia sido convertido em uma combinação de escritório e biblioteca. Uma estante embutida cobria toda uma parede, do chão ao teto. Os títulos revelavam um gosto eclético: Dos Passos e Dostoiévski, Conrad e Kafka, Steinbeck e Styron, mais uma boa dose de história e biografias. Em San Quentin, Troy nunca tinha visto qualquer evidência de que Chepe tivesse um pendor livresco. Naquela época, também, essa era uma característica parcamente valorizada entre assaltantes, assassinos e traficantes.

Mad Dog voltou e juntou-se a eles, então Chepe chamou — Stella! — A bela garota com jeans apertados esticou a cabeça porta adentro e Chepe mandou que ela fizesse café.

— Você ainda não a tinha da última vez — falou Alex.

— Eu a salvei do Curral.

— Oh, cara, ela não estava indo para o Curral, estava?

— Claro que não — falou Oscar. — Se o chefe aqui não a tivesse resgatado, há outros caras com dinheiro por aqui. Uma gatinha não tem com que se preocupar... mas uma puta feia e gorda está encrencada. Há, há, há...

E todos os homens sorriram compreensivamente.

Enquanto esperavam pelo café, Chepe pediu notícias de amigos comuns nas prisões da Califórnia e em outros lugares do submundo californiano. Todo mundo perguntava primeiro sobre Big Joe; depois sobre Harry Buckley, Bulldog, Paul Allen, Joe Cocko, Huero Flores, Shotgun, Charlie Jackass e o Pastor.

— Você poderia sair daqui se quisesse, não? — perguntou Mad Dog.

— Oh, sim! — respondeu Chepe. — O diretor do presídio seguraria a escada para mim. Eu pago dez mil por mês para ele alimentar seus filhos. Isso é cerca de quinze vezes o salário dele.

A garota lhes trouxe canecas de café sobre uma bandeja.

Quando ela saiu, começaram a falar de negócios. — Você lembra de Mike Brennan? — perguntou Chepe.

— Sei quem é — disse Troy. — Nunca o encontrei.

— Quem é ele? — perguntou Mad Dog.

Alex respondeu: — É um contrabandista importante. Tem um papai irlandês e uma mamãe mexicana.

— Ele me deve um monte de dinheiro — falou Chepe — e acha que não tem que me pagar porque eu estou aqui.

— Nós matamos ele — disse Mad Dog em sua estupidez drogada. — Você o quer morto?

— Não, ele não o quer morto — falou Troy. — Se quisesse que o cara fosse morto, teria uma porção de *pistoleros* para fazer isso.

— Esperto, *ese*, esperto — disse Chepe, balançando a cabeça em aprovação. — Se ele estiver morto não pode me pagar. Aliás, ele é um sujeito legal. Eu só quero o meu dinheiro.

— Você se importa se eu perguntar quanto? — falou Troy.

Chepe ergueu quatro dedos. — Milhões — disse.

— Quatro milhas não é o que costumava ser — disse Troy — mas ainda assim é um monte de dinheiro. Ele tem a grana?

— Oh, sim, ele poderia pagar se quisesse. Ele acha que eu não posso atingi-lo daqui. Quero ensinar-lhe uma lição.

— O que você tem em mente?

— Ele tem um garoto de um ano de idade em L.A. Quero que vocês agarrem ele.

— Seqüestro?

Chepe confirmou. O estômago de Troy afundou. Não gostava da idéia — e lembrou que nenhum grande seqüestro em troca de resgate ficou sem solução nos EUA desde os anos trinta. Claro, este seria um pouco diferente. Ninguém ia dar queixa dele. — Você disse que o menino está em L.A.?

Chepe balançou a cabeça. — Com a mãe. Eles não são casados.

Troy pensou sobre aquilo, olhou para Mad Dog, que ergueu os ombros e deixou a decisão em suas mãos.

— Eu lhes ofereço meio milhão como garantia, mais metade de quanto ele pagar. Se ele pagar tudo...

— Dois milhões de dólares — disse Mad Dog; então assobiou em uma doce apreciação. — Não é migalha. A decisão é sua — falou para Troy.

As sobrancelhas sulcadas e os olhos apertados de Troy refletiam o conflito em sua mente. Raptar uma criança, mesmo que sem machucá-la, era uma coisa terrível. Mas isso lhe daria o dinheiro que precisava para partir, e ele sabia que se não partisse estaria perdido. Se ficasse, seria uma questão de tempo para que o pegassem. Já era um fugitivo por violar a condicional. Isso o impediria de conseguir fiança, além de que tinha duas incidências de acordo com a nova lei (ainda que uma fosse juvenil), de modo que qualquer prisão seria perpétua. Por que não jogar os dados? Tudo o que desejava na vida se caísse um sete, o fim de sua vida se caísse dois...

— Nós não vamos ferir o garoto, certo?

— Claro que não! Eu não iria sequer pedir para você fazer isso se o garoto tivesse quatro ou cinco, mas do modo como as coisas são, ele não vai nem entender o que está acontecendo.

— Ele é jovem demais para dedar você — falou Alex.

— Isso é algo a se considerar.

— Olhem aqui — disse Chepe — eu garanto um milhão a vocês, *mais* metade do que ele pagar.

— Faça ele se interessar — disse Mad Dog. — Ofereça mais um milhão.

— Ei, homem — falou Alex. — Você fica jogando um milhão aqui, mais um milhão ali, logo nós estaremos falando sobre dinheiro de verdade.

Todos sorriram ao ouvir isso, incluindo Troy. Mas parte dele ainda insistia em olhar a cena a partir de fora. Era bizarro. As probabilidades de que Mike Brennan pagasse o que devia eram boas. Como poderia continuar se olhando no espelho se abandonasse seu filho? A falha em seqüestros era sempre o resgate; era como as autoridades agarravam os perpetradores. Desta vez, no entanto, a polícia não ia ter idéia de que um crime estaria ocorrendo. Teria a mesma vantagem que o assalto ao Moon Man: ninguém ia correr até os tiras. Mike Brennan não podia nem cruzar a fronteira pára os Estados Unidos. Também tinha um mandado federal pendente.

— Temos um acordo, Chepe — falou Troy. — Eu vou conversar com meu outro parceiro, mas ele vai me acompanhar... provavelmente.

— Ótimo, cara — disse Chepe. — Estou realmente feliz que seja você. Tenho um monte de idiotas que fariam qualquer coisa que eu dissesse. Mas desta vez eu preciso de alguém com bom-senso, sabe o que eu quero dizer, *ese*?

— Compreendo. Você quer lisura.

— Eu quero meu dinheiro... mas acima de tudo, não quero que esse cara pense que pode me desrespeitar. Espere um segundo — Chepe foi até uma parede com um painel e muitos pedacinhos de papel fixados nele. Achou o que procurava e trouxe com ele. — Aqui — Era um endereço na rua Virginia, em San Marino, Califórnia. Troy gravou na memória; depois colocou o papel no bolso da camisa — apenas para o caso de sua memória o trair.

— Olhe aqui — falou Chepe — qualquer mensagem que você tenha para mim deve ser dita a Greco. Certo? — Olhou para Alex e este concordou.

— Ei, Chepe — disse Alex — você conhece o outro parceiro de Troy, o grandalhão Diesel, de Frisco.

— Claro! — Chepe falou com um sorriso — Um garoto grande e durão. Apostei nele quando lutou com aquele *miate*, qual era o nome dele? Tinha uma cabeça que parecia uma fatia de pão.

Todos riram; sabiam de quem ele estava falando. — Dolomite Lawson — disse Mad Dog.

— Diesel devia ter derrubado ele.

— Ele perdeu o controle e ficou sem gás.

A garota esticou a cabeça porta adentro. — *La cuenta* — falou. Chepe olhou para o relógio.

— É melhor vocês irem, rapazes, se não quiserem passar a noite.

— A noite! — falou Mad Dog.

— Sim — disse Alex. — Você pode ficar a noite toda. Porra, você pode ficar uma semana se quiser.

— Pára com isso — insistiu Mad Dog.

— É verdade — falou Troy. Sabia disso havia anos. — É melhor sairmos daqui.

Chepe olhou para eles do terraço. Raramente descia para o pátio e, quando o fazia, tinha diversos guarda-costas em torno dele. Um traficante de drogas internacional conquistava inimigos em regiões imprevistas.

CAPÍTULO **DOZE**

Diesel estava em casa havia duas noites e três dias e implorava a Deus por uma ligação de Troy já a partir da primeira noite. Tão logo viu seu filho e deu uma trepada, as lamúrias de Glória começaram a penetrar em sua carne. Tinha de rir lembrando daquilo: estava deitado de costas, ainda suado e tomando fôlego, e ela começou a criar caso a respeito do dinheiro: — De onde veio? Ninguém vai rastreá-lo? O que você fez? — Tentou dizer a ela: — Glória, por Deus, você não quer realmente saber... e eu não posso contar para você... então largue do meu pé...

Dez minutos depois, ela recomeçou. — Você vai voltar para a prisão. Você tem um filho. Não ache que eu vou esperar por você. — Ele notou que as recriminações não incluíam a sugestão de devolver o dinheiro. No entardecer do segundo dia, ela o obrigou a sair noite adentro, bebendo drinques aguados a US$4,50 a dose, sentado ao lado de uma passarela à altura dos olhos, sobre a qual mulheres jovens dançavam inteiramente nuas, a não ser pelos saltos altos, usando um cano de bombeiro como apoio. Conhecia uma das garotas; o irmão dela esti-

CÃO COME CÃO   185

vera na cadeia com ele e estava novamente lá, por assaltar o banco do Fairmont Hotel. Ele era um sujeito com colhões e ela era ótima, mas só para olhar, então. Estava envolvido com negócio sério e pensar com o pau podia foder tudo. Costumava fazer esse tipo de coisa, mas três anos fora da prisão tornaram-no mais cauteloso. De qualquer forma, olharia aquele corpo jovem e imaginaria aquelas pernas se abrindo para ele. Guardou-a na memória; iria conhecê-la melhor depois daquela série de crimes. Então estaria rico ou morto. Para a cadeia não iria de jeito nenhum, não com uma terceira infração condenando-o à prisão perpétua. Isso estava totalmente estabelecido em sua mente.

Quando foi para casa na segunda noite, estava bêbado e excitado e quando Glória veio censurá-lo por fazê-la ficar preocupada, ele riu e seus olhos brilharam. Estava pensando na dançarina. — Ah, não — disse Glória, mas ele a empurrou contra a parede e alojou a mão entre suas pernas enquanto soprava e mordiscava seu pescoço e suas orelhas. Ela tentou lutar sem fazer nenhum barulho que pudesse acordar a criança. Essa foi sua ruína. Em menos de um minuto, seu corpo assumiu o controle e ela se apoiou em um dos pés enquanto abria suas pernas e se comprimia contra ele; queria que as mãos dele a tocassem mais intimamente.

Ele a carregou para o quarto, ambas as pernas em torno dele. Comeu-a durante um longo tempo, e depois ela adormeceu sem terminar suas recriminações.

Pela manhã, acordou com o telefone tocando e a consciência de que Glória estava se levantando para atender. Ouviu-a voltar e manteve os olhos fechados para evitá-la. Ao invés de voltar para a cama, ela o sacudiu. — É Jimmy.

— ... The Face?

— Sim. Ele ligou na noite passada, também. — Ela segurava o telefone sem fio.

Diesel deduziu que era para acertar algum negócio entre eles. — Sim, chefe, o que é que há?

— Por que você não vem para cá hoje?

— Estou esperando um telefonema.

— Diga para Glória mandá-los ligar para cá.

Diesel estava de mãos atadas. Ela estava olhando para ele. Não podia dizer a The Face que não confiava nela para entregar a mensagem. — Sim, Ok. — disse. Teria que explicar que Glória às vezes era uma vaca. O velho mafioso era um bronco quanto a mulheres, esposas e toda essa merda. Uma víbora nos negócios, ele era um careta quanto a valores familiares. Diesel preferia a atitude de Troy: — Se você é um criminoso, seja criminoso vinte e quatro horas por dia.

— Estarei lá até as sete — falou Jimmy.

— Chegarei lá antes disso.

Quando desligou o telefone, Glória apareceu na soleira. — O que ele disse?

— Ele quer me ver.

— Você vai?

— Nem fodendo! Foda-se aquele velho carcamano babaovo.

— Charles!

Ele caiu na risada. — Putinha, você sabe que esteve falando com ele. Buá, chorando a meu respeito.

— Não, não estive.

— Pare de mentir.

— Não estou.

— Ok, deixa para lá. Mas deixe-me dizer isto: quando Troy ligar, você vai ser gentil. Anote o número. Diga a ele onde eu estou e dê o número daquele telefone a ele. Se você fizer qualquer tipo de jogo eu vou virar bicho, está entendendo? Eu não machuco você, a menos que você me machuque primeiro, mas se você me ferrar nisto, entregue a Deus seu coração, porque o seu rabo é meu.

Glória ia começar a vociferar uma resposta, mas sentiu a corrente elétrica percorrer o ar e balançou a cabeça em aceitação. — Se ele chamar, eu digo a ele.

— Anote o número dele.

— Vou perguntar.

— Só não faça nenhum jogo.

— Você não precisa me ameaçar, Charles.

— Se não preciso, me desculpe.

Decidiu pegar tudo que precisasse para voltar a L.A. Podia

ir diretamente de Sacramento. Ela podia gerenciar os cem mil. Sabia cuidar bem do dinheiro. Tinha que lhe dar esse crédito.

Dez minutos depois, estava na estrada.

O sol poente enviava seus raios através da velha barreira de eucaliptos. Isso lembrou a Diesel o pôr-do-sol atrás das grades. Ele estava em uma rodovia secundária, duas pistas construídas pelo W.P.A. como parte do N.R.A.[14] Viu a cerca de alambrado com arame farpado por cima que estava procurando. Atrás do cercado havia outra cerca, como em uma prisão. Atrás desta, estavam os armazéns, cobrindo um par de acres. Quase todos os armazéns estavam alugados e Jimmy planejava construir mais.

Viu a placa: ARROYO CARRETOS E ARMAZENAGEM.

Diminuiu a velocidade para entrar e fez a curva. A via de asfalto estava desgastada, de modo que a poeira formava nuvens e era rapidamente soprada pela forte brisa que havia se erguido. O único carro estacionado para fora do escritório era o novo El Dorado de Jimmy. Diesel estacionou ao lado dele. Enquanto desembarcava, Jimmy saiu do escritório. Como de costume, tinha um grande charuto entre os dentes. Parecia apressado, e um pouco surpreso à vista de Diesel. Recuperou-se com um sorriso.

— Ei, grande companheiro, como vai você?

— Estou bem. O que há?

— Quero falar com você... Pode esperar uns dez minutos? Eu tenho que apanhar uma coisa antes que o correio feche.

— Sim... claro. — Que mais podia dizer para Jimmy the Face, o *capo*, que tomava conta dele?

— Ótimo. — Então partiu.

Diesel entrou no escritório vazio. Um balcão, um par de escrivaninhas vazias, um escritório separado por divisórias de vidro ao fundo. Lembrou-se da primeira vez que viu Jimmy Fasenella, caminhando pelo pátio, em San Quentin. Sabia

---

14 *W.P.A.* = *Work Projects Administration* (Administração de Projetos para o Trabalho), agência governamental criada na década de 1930, durante o governo de Franklin D. Roosevelt, com o propósito de abrir frentes de trabalho em projetos de interesse público; *N.R.A.* = *National Recovery Administration* (Administração para a Recuperação Nacional), bureau administrativo, criado também sob a administração Roosevelt, destinado a adotar medidas para incentivar a indústria e combater o desemprego. (N. do T.)

sobre Jimmy the Face, assim como sabia sobre Lucky Luciano e Bugsy Siegel. Diesel ficou surpreso com a baixa estatura do mafioso. Ele era supostamente quem fazia o trabalho sujo para o crime organizado na Costa Oeste, supostamente "fabricado" para detonar Bugsy Siegel — nove tiros através de uma janela em Beverly Hills. Os boatos do submundo também diziam que The Face havia assassinado um homem que acreditou que ele fosse seu amigo. Diesel jamais cometeria um erro desses. Podia rir e brincar com Jimmy the Face, mas nunca confiaria realmente naquela pequena serpente, e se algum dia tivessem alguma disputa mais séria, certamente daria o primeiro golpe, e sem atirar na cabeça de alguém que pensasse que ele era um amigo. Aquilo era o que havia de mais fodido sobre mafiosos carcamanos, mesmo considerando que seus assassinos mais doidos eram irlandeses e não "fabricados". Jimmy havia lhe dito isso, e Jimmy entendia dessas coisas.

Diesel foi até o escritório dos fundos. Não estava trancado. Sentou atrás da escrivaninha de Jimmy e considerou a possibilidade de fazer uma chamada telefônica. Não. As chances de que os federais tivessem grampeado o telefone eram muito grandes. Era rotineiro.

Pôs seus pés sobre a escrivaninha e se reclinou para trás. Sim, ele poderia fazer isso se tivesse dinheiro na jogada: sentar com os pés sobre uma escrivaninha. Viu um jornal dobrado na cesta de lixo. Apanhou-o. Era o *Sacramento Bee*. SÉRVIOS BOMBARDEIAM SARAJEVO.

Que era aquilo? Estava totalmente alheio às notícias da última semana ou até mais. Nunca dera muita importância a elas, de qualquer modo. Às vezes passava os olhos sobre um jornal ou assistia às notícias da tarde, mas geralmente só se interessava pelos esportes, especialmente o boxe. A palavra *guerra* chamara-lhe a atenção e ele leu o trecho do artigo que estava impresso na primeira página. Bufou depreciativamente. Achava que a América tinha perdido os colhões. Estava ficando mole, como, antes dela, o Egito, Roma, China, Espanha e Inglaterra. Nenhum daqueles impérios achou que acabaria escoando pelo ralo. Uma vez Troy lhe dera um artigo para ler, "O Fim do Homem Branco", que traçava paralelos entre os impérios poderosos da antiguidade e os Estados Unidos de hoje. O Congresso comprava todas as armas do mundo, até as inúteis, mas não lutava com ninguém. Oh, meu Deus, poderia haver baixas. Para que porra servem os soldados? Blaaaah!

Virou as páginas, leu sobre o estouro de uma plantação de maconha em Grass Valley. Dois homens, duas mulheres e um adolescente. Os nomes dos adultos foram citados. Ninguém que ele reconhecesse.

Virou outra página e havia um retrato de Jinx, a garota que estava com Mad Dog em Sacramento, ocupando um quarto da página. A fotografia de uma segunda garota também estava ali. Era uma amiga de Jinx. As duas estavam desaparecidas. Sob ambas as fotos estava a pergunta: "Você as viu?" Uma recompensa de US$20.000.

Sim, era Jinx, sem dúvida. Elas tinham desaparecido havia uma semana. O automóvel da segunda garota tinha sido encontrado no Aeroporto Municipal. Sem dúvida, Mad Dog havia matado as duas e as enterrado em algum ermo.

Uma fraqueza se espalhou pelo estômago de Diesel. Achava que Mad Dog matara Jinx porque Troy o havia repreendido por ter dado seus nomes para a garota. Oh, meu Deus... Perdoe-me, Pai, porque eu pequei... O conhecimento daquilo era um fardo aterrador que ele tinha de compartilhar com Troy.

Rasgou a página e dobrou-a. Então ouviu o ronco de um motor e o rangido de pneus sobre o cascalho. Saiu. Jimmy the Face estava apressado. — Vamos, eu tenho alguma grana para você.

De volta ao interior do escritório, Jimmy abriu um arquivo e tirou um gordo envelope que largou nas mãos de Diesel. — Um pequeno agradecimento. Eu peguei aquele contrato.

Contrato? Ah, claro, os caminhões que ele queimou não deixaram nenhum concorrente competitivo.

— Cinco milhas — falou Jimmy.

— Obrigado, chefe. — Cinco mil era um bom dinheiro para acender um foguinho.

Jimmy olhou para o relógio. — Tenho que ir... mas quero falar com você sobre aquele maníaco com quem você tem andado.

Diesel franziu a testa. Como Jimmy ficou sabendo sobre Mad Dog?

— ... um cara esperto — estava dizendo Jimmy — mas tem uma porção de pirados espertos, entende o que eu digo?

— Ã-hã — Diesel compreendeu que Jimmy estava falando sobre Troy, não Mad Dog. Ficou indignado, mas ocultou sua revolta com um aceno aquiescente de cabeça.

— Afaste-se daquele rapaz — falou Jimmy Fasenella. — Você não precisa dele. Nós temos as coisas encaminhadas. Venha, ande comigo até o carro.

Do lado de fora, Jimmy continuou: — ... não tem senso de propriedade. Ele é muito indisciplinado. Corre riscos. O crime é um jogo em que você não deve assumir riscos desnecessários. Um movimento errado e você sabe: bang, você passa uma década na lata de lixo. Eles não têm idéia do tipo de psicopata que pode ser criado em dez anos. Aquele rapaz está fodido. Você não precisa dele. Você tem amigos. Tem uma esposa e um filho. Aquele rapaz... não tem nada a perder.

— Obrigado, Jimmy. Você tem razão.

— Ótimo. — Ele piscou e deu um tapinha no braço de Diesel com a palma da mão. — Cuide-se. Mantenha contato.

— Eu vou, Sr. J.

Diesel observou o El Dorado engatar a ré e espalhar cascalho enquanto se dirigia para o portão aberto. Quando o carro tomou a estrada, disse em voz alta: — Glória... você é uma puta. Eu não vou voltar para casa agora porque estou furioso o suficiente para arrebentar você por se meter nos meus negócios.

Quando entrou em seu carro, teve um surto de ira. Bateu sua mão violentamente contra o painel. O porta-luvas se abriu. Quando bateu nele para fechá-lo, ele abriu novamente. Isso o fez rir de si mesmo.

Girou a chave. O motor deu a partida; o rádio também. Seguiu para a Interestadual 5. A rodovia tinha um tráfego pouco intenso. Uma placa dizia que era patrulhada por aviões. Eles iam trabalhar pesado para aplicar-lhe uma multa. Pisou fundo no acelerador e viu o velocímetro escalar rapidamente para além de cento e quarenta.

Quando parou para abastecer em Bakersfield, foi até um telefone público para ligar para casa. Telefonou a cobrar.

— Sim, eu aceito os custos — disse Glória. — Charles, o que você está fazendo em Bakersfield? — O tom dela era queixoso e atiçou sua ira.

— Ligo para você quando chegar a L.A. Veja se aprende a dizer olá. Bateu o fone no gancho e foi pagar o frentista do posto. De volta à rodovia, começando a subir a Ridge Route, lembrou que tinha o número do telefone de Alex. Greco o poria em contato com Troy e Mad Dog, assim não precisaria telefonar para Glória. Isso o fez rir. Foda-se ela. — A vaca pode cozinhar em fogo lento que eu não estou nem aí.

O noticiário da KFWB ("dê-nos vinte e dois minutos e nós lhe daremos o mundo") disse que a chuva caía sobre L.A. O que diria Troy quando lhe contasse sobre as garotas desaparecidas? Desaparecidas uma ova, as garotas *assassinadas*... Eram quatro assassinatos de que ele tinha conhecimento. Quantas pessoas mais Mad Dog matou? Todas as quatro eram mulheres ou crianças, mas isso não significava que ele não matasse homens. Todos mortos com uma bala nos miolos ou uma faca no coração. Era assustador ter um maníaco homicida por perto. Algumas vezes a vida do crime exigia que se apagasse alguém, mas que porra, não todo o mundo, ou qualquer pessoa, sem uma boa razão. Mad Dog era mesmo um cachorro louco. Jesus.

Troy ouvia o mesmo noticiário, mas já sabia que estava chovendo em L.A. Os limpadores do pára-brisa expulsavam facilmente a tênue garoa. Procurava ser cauteloso. Durante outra leve chuva, muito tempo atrás, ele derrapou e bateu na traseira de um automóvel parado no semáforo. A caminhonete que ele dirigia recendia a garrafas quebradas. Se ainda estivesse lá quando a polícia chegou, teria ido para a cadeia, por isso ele disse ao outro motorista que tinha de urinar, entrou em um beco... e continuou andando. Conseguiu escapar, mas pegou pneumonia. Agora era muito cuidadoso atrás do volante, exceto quando as sirenes e as luzes piscantes da polícia estavam na sua cola. Então ele dirigia como se estivesse em Le Mans. Um carro cortou sua frente e ele teve que pisar nos freios. Ele riu, mas Mad Dog reagiu: — Aquele babaca não sabe com quem está mexendo. Emparelhe com ele — Mad Dog começou a sacar a pistola.

— Ei, ei — disse Troy. — O que você está pensando... atirar no imbecil por ter cortado sua frente? Posso até ver você contando para os caras no pátio da prisão, "o filho-da-puta me deu uma fechada, então eu atirei nele..."

— Esses caras não iriam me deixar esquecer isso nunca mais.

— É isso aí.

— Mas o vagabundo...

— Você não pode matar todos os babacas do mundo.

À frente, a sinalização da rodovia anunciava: SOTO STREET, PRÓXIMA SAÍDA.

Troy diminuiu a velocidade e saiu. Ali era City Terrace e Hazard, à sombra do Hospital Geral. Conhecia a área. Tinha amigos chicanos naquela vizinhança, Sonny Ballesteros, Gordo e Cuervo, entre outros.

Continuou na Soto enquanto ela contornava o sopé de umas colinas baixas. No topo de uma delas havia uma torre de rádio com luzes vermelhas piscantes em cima. As luzes quase não apareciam na chuva. Quando passavam pela torre, Troy falou: — Eu escalei esta uma vez. Bêbado, é claro.

Mad Dog olhou para ela. Estava um tanto impressionado. Era um ato temerário, se é que já tinha visto algum. Não havia escada, só a estrutura metálica.

A Soto se converteu na Huntington Drive, uma avenida de seis pistas com um largo canteiro central, que um dia conduziu os grandes bondes vermelhos para a zona leste, atravessando o município em direção a Azusa, Claremont e Cucamonga. Troy lembrou como os gigantes da indústria automobilística e de pneus destruíram o maior sistema de transporte público do mundo, um sistema que só apresentou lucros a cada ano de sua existência. O dinheiro roubado do público nunca foi devolvido; passou a fazer parte do império. — Bem, esses imbecis mereceram — murmurou. Eles dão vinte anos para um drogado idiota se ele entrar em um banco com um bilhete e tomar US$800 do funcionário do caixa, mas qualquer executivo financeiro pode brincar com um bilhão de dólares dos contribuintes, com aprovação do Congresso, e quando o povo termina de pagar os juros já são quatro bilhões de dólares. O executivo assina um acordo e compra uma casa de cinco milhões de dólares na Flórida antes de decretar a própria falência. — Então alguém me dê uma razão para não limpar um filho-da-puta como aquele — falou, e olhou jocosamente para Mad Dog enquanto dizia isso.

— O que foi?

— Nada.

Pequenos barracos deram lugar a lojas, e depois novamente a casas, conquanto mais agradáveis, quando cruzaram pela Alhambra, e ainda mais agradáveis em South Pasadena. Agora o meio da avenida tinha canteiros e arbustos cultivados. A sinalização indicava San Marino e as casas eram ainda mais aprazíveis. Troy procurou a rua Virginia no *Thomas Street Guide*. Estavam chegando perto. Encontrou-a. — Virar à esquerda.

De repente, as casas tornaram-se grandes e lindas, o sonho concretizado. Erguiam-se sobre amplos jardins; suas instalações eram as mais modernas da América, o último tipo de encanamento, o último tipo de instalação elétrica, o último tipo de ar condicionado central. Tinham paredes de estuque, mas seus estilos eram cópias variadas de Tudor inglês, provençal francês, Monterey colonial, tijolos de Williamsburg e rústico. Seus terrenos eram manicurados e ainda brotavam flores, embora fosse dezembro. Umas poucas já tinham árvores de Natal decoradas ante as grandes janelas frontais emolduradas por luzes.

Mad Dog assobiou. — Este é *definitivamente* um bairro de aluguéis elevados.

À medida que o Jaguar avançava, a estrada se estreitava, mas as casas ficavam maiores, agora acomodadas por trás de altas cercas de alambrado, ocultas por espessa folhagem. Os números nas fachadas indicavam que eles estavam chegando perto.

Era uma residência de dois andares em estilo Mediterrâneo, atrás de um muro de tijolos encimado por espetos de ferro. O jardim era do tamanho de um campo de futebol. — Tem certeza que o lugar é este? — perguntou Mad Dog.

— Vamos seguir em frente. Deixe-me ver. — Acendeu a luz sobre o mapa e examinou a tira de papel. A não ser que Chepe houvesse cometido um erro, o lugar era aquele. — É esse mesmo. Vamos contornar novamente... dar outra olhada.

Passaram mais duas vezes em frente à casa. O pilar do canto do muro não tinha espetos. Levaria dez segundos para saltá-lo e eles cairiam entre os arbustos. Do modo como a rua estava disposta, poderiam ver qualquer carro que se aproximasse a alguma distância. A única residência com vista para o pilar do canto ficava diretamente no lado oposto da rua, meio escondida por trás de um grupo de árvores.

— Voltaremos de dia — falou Troy. — Vamos embora.

Estavam na Monterey Road, em South Pasadena, quando o telefone celular tocou. Era Greco. — Seu grandalhão está na Hollywood Freeway. Eu disse para ele sair na Highland e se registrar no Holiday Inn. Estaremos esperando você.

— Obrigado.

— Chepe vai me ligar em breve.

— Legal. Tem uns pontos que eu preciso discutir com você.

O Jaguar agora estava em South Pasadena. De repente, havia uma fila inteira de casas decoradas com brilhantes luzes natalinas sobre árvores e janelas. Uma delas tinha um presépio erigido no jardim. Essa era uma época do ano que tocava muitas pessoas, incluindo Mad Dog McCain. — Sabe de uma coisa, Troy — disse ele — você é o único amigo de verdade que eu tenho em toda esta merda de mundo.

— Que é isso, mano, pega leve. — Falou, com um sorriso.

— Não, cara, sério. Mesmo.

— Você é meu parceiro — disse Troy, e sentiu desagrado pela mentira. Na verdade, ficava nervoso perto de Mad Dog. Volátil demais, imprevisível demais. Ainda assim, havia uma força embriagante em saber que poderia dizer: — Mate fulano — e isso seria feito. Como poderia saber que assassinar se tornaria um hábito para Mad Dog? Imaginou o Ancião das Montanhas, Hasan ibn-al-Sabbah, de quem a palavra *assassino* é derivada. Ele contratava seus assassinos no mundo inteiro,

CÃO COME CÃO   195

dava-lhes haxixe para fumar e eles cortavam gargantas, todas as que lhes mandavam cortar. Jesus, o mundo podia fazer bom uso de alguns deles nestes dias, ao invés daqueles idiotas controlando o mercado com suas automáticas.

Após mais meia quadra, Mad Dog falou novamente. — Tenho que te dizer, irmão, não gosto daquele filho-da-puta do Diesel.

Troy mentiu novamente. — Pensei que vocês se davam bem. Ele gosta de você. Acha você um pouco arisco, às vezes, mas ele me disse: "esse é um sujeito de fibra".

— Diesel falou isso?

— Sim. No duro.

— Talvez eu esteja errado, mas às vezes ele age como um valentão só porque pesa cento e quinze quilos e porque foi lutador. Lutadores filhos-da-puta também sangram.

— Ele não pensa assim. Ele sabe que todos os valentões acabam na sepultura. — Era um axioma dos presídios que todo durão acaba no cemitério. — Mas se ele realmente foder com você, me conte e nós vamos cuidar disso.

— Tá legal. Obrigado, Troy. Você é um grande sujeito... — Sua voz ficou embargada.

Troy sentiu-se desconfortável com o engodo. Quando criança, ouvia palavras de especial desprezo pelos mentirosos, o que tinha relação com sua preferência pelo crime de assalto à mão armada. O que era mais direto e menos enganoso que isso?

A Monterey Road deixou as colinas de South Pasadena e cruzou o viaduto sobre a Pasadena Freeway e o Arroyo Seco. Estavam novamente nos limites da cidade de Los Angeles. Dez anos atrás, a área pertencera à classe trabalhadora italiana e irlandesa, com poucos chicanos de segunda geração, mas agora era totalmente mexicana. Todas as placas de lojas estavam em espanhol. Ele sabia da existência de uma passarela de acesso para dentro da Pasadena. Era a mais velha das *freeways* e, ao invés de seguir por uma pista que se misturasse ao tráfego sem interromper o fluxo, teria de saltar para o meio da estrada a partir de um cruzamento abrupto. Pisou no acelerador e o Jaguar acelerou como um foguete. Velho e bom Chevy V8.

— Estou com fome — disse Mad Dog.

— Eu também. Vamos pegar Diesel e Alex no hotel. É perto de um dos meus restaurantes favoritos.

— Ah, é? Qual?

— Musso Franks, no Hollywood Boulevard. Costumavam chamá-lo de o Algonquin do Oeste.

— Nunca ouvi falar de nenhum deles.

— Uma hora dessas eu te explico.

No Holiday Inn havia uma mensagem na recepção dizendo que seus amigos estavam esperando no bar. Alex estava saboreando um *cocktail* e Diesel bebia cerveja. — Vamos comer — falou Troy. — Podemos ir andando. Fica a apenas umas duas quadras.

Enquanto caminhavam, Diesel e Mad Dog seguiam o exemplo dos muitos turistas e olhavam para os nomes famosos do palco, da tela, da TV, da música e do rádio, emoldurados por estrelas na calçada.

No reservado do restaurante, Troy contou a Diesel sobre o seqüestro. A primeira reação do homenzarrão foi uma expressão compungida e um sacudir de cabeça. — Ah, rapaz, não sei. Não me agrada a idéia de seqüestrar um bebê. Quero dizer... pense bem... é um crime fodido.

— Ei, nós não vamos machucar o garoto. Ele não vai sequer saber que foi capturado.

— E quanto à lei Little Lindbergh? É prisão perpétua.

— *Qualquer coisa* é prisão pèrpétua com três infrações — falou Alex. — Até roubo de loja ou dar calote em hotel.

— Talvez até delito putativo[15], nos dias de hoje — falou Troy.

— Delito putativo. Que merda é delito putativo?

Troy e Alex responderam em uníssono: — Expor o próprio corpo para uma pessoa cega.

— O quê? Cara, deixe de brincadeira.

— Olhe — disse Troy — nós vamos descolar muita grana. Talvez dois milhões. E tem noventa e nove por cento de chance de o crime não ser notificado.

---

15 *Mopery* no original. Trata-se de uma gíria que designa um crime imaginário, ou seja, quando o praticante acredita estar praticando um ato criminoso, e na verdade não está. (N. do T.)

— Então pra você tá Ok?

Troy balançou lentamente a cabeça.

— Ok, estou dentro.

O garçom chegou com a comida. Enquanto comia, Diesel começou a pensar no que faria com a sua parte. Ia investir em algo realmente seguro, talvez imóveis para aluguel. Isso traria alguma segurança para Charles Jr. Ia consultar Jimmy the Face sobre o negócio. Jimmy tinha umas pensõezinhas para solteiros que eram verdadeiros hotéis em Sacramento e Stockton. Quanto ao seqüestro, e daí que o pai do bebê fosse um chefão do tráfico, quem iria querer matá-los? Ele não teria idéia de quem eles eram. Tinha gente querendo matar Diesel havia tanto tempo quanto lhe era possível lembrar. Seu próprio parceiro de crimes, Mad Dog McCain, era mais assustador que qualquer traficante. Esse pensamento fez com que lembrasse que devia mostrar a Troy o recorte de jornal sobre as garotas desaparecidas assim que estivessem a sós.

CAPÍTULO **TREZE**

Mike Brennan, sem nenhum disfarce além de óculos sem aros e um corte de cabelo diferente, fundiu-se perfeitamente à torrente de cidadãos dos Estados Unidos que atravessava a pé a fronteira internacional de Tijuana a San Ysidro todas as tardes de domingo. Os visitantes do dia fluíam para o norte à medida que o sol descia. As catracas giravam com a velocidade necessária para que a Guarda da Fronteira pudesse olhar para os rostos e talvez perguntar onde nasceram ou onde moram. Uma resposta de San Diego ou L.A. era menos suspeita que as de alguma cidade distante. Mike tinha uma maleta cheia de documentos com pseudônimos. Como nunca havia sido preso nem se alistado nas forças armadas, não tinha suas impressões digitais arquivadas. Conseqüentemente, não tinha medo de ser preso sob o mandado expedido pela Corte Distrital dos Estados Unidos, do Distrito Central da Califórnia. Nunca contava a ninguém que estava chegando, assim ninguém podia denunciá-lo. Não tinha intenção de ir para a cadeia; só idiotas iam para a prisão. Para ele era muito mais arriscado dirigir em uma rodovia. Mas ainda que houvesse risco, iria corrê-lo. O Natal estava próximo e ele estava indo ver seu primeiro filho. O bebê morava com a mãe. Enquanto ainda mamasse no seio e cagasse nas fraldas, um bebê precisaria da mãe, mas quando o menino estivesse mais velho, algo entre oito e dez anos, Mike iria levá-lo. A mãe recebia quatrocentos mil por ano para colaborar. Ela também sabia que coisas ruins poderiam acontecer se parasse de cooperar.

Enquanto dirigia o Hertz alugado que cortava os trezentos e vinte quilômetros de megalópole que se espalhavam densamente a partir da fronteira de Santa Bárbara, e que partiam do mar para se aprofundarem no deserto (a cidade ia até onde a água pudesse ser bombeada através de aquedutos), Mike Brennan decidiu não telefonar com antecedência. Ela foi avisada para não levar nenhum homem para a casa. Se encontrasse algum, a merda ia correr. Mike Brennan via o mundo com uma arrogância similar à dos conquistadores espanhóis, cinco séculos antes, o que significava que ele não era governado por lei alguma, exceto a dos seus próprios caprichos. Matar alguém era uma coisa trivial na corte das transações importantes. Quando pensava na mãe do seu filho, era sempre como "a vaca" ou "aquela mulher". Esquecido estava o interlúdio de afeição e intimidade que havia produzido o menino. Vivia sob impulsos momentâneos; tinha as emoções de uma criança e o poder de um lorde de gangue. Sim, ele devia a Chepe, mas não tinha intenção de pagar o velho, que agora estava trancafiado e sem poder. Se o velho quisesse criar problemas, Mike Brennan estava preparado para isso, também. Mas Chepe era a coisa mais remota em sua mente no momento em que passou pelo entroncamento central e seguiu para oeste pela Interestadual 10: estava pensando em seu filho, a quem ele não via desde pouco tempo depois do nascimento. O Natal estava próximo. Júnior, pensou, era novo demais para saber sobre presentes de Natal, mas em breve... Visível a partir da rodovia havia um alto edifício decorado com luzes, como uma gigantesca árvore de Natal. Deveria se registrar no hotel de Pasadena antes ou depois de ir para a casa?

Decidiu ir antes para o hotel. Quando saiu da rodovia e parou no semáforo, grandes pontos escuros apareceram no concreto. A chuva começava a cair sobre L.A.

A tempestade continuou a cair intermitentemente ao longo da noite e do dia seguinte. Troy foi para a casa em Highland Park que eles alugaram para acolher o bebê e a babá. Mad Dog não queria pegar a babá. — Cara, ela pode nos identificar.

— Ninguém vai chamar a polícia.

— Eu não gosto disso.

— Então você sabe trocar fraldas, hein?

— Eu não... mas Diesel sabe.

— Ele não quer.

— Foda-se. Faça como quiser.

Troy segurou alegremente o homenzinho magro pela nuca e deu-lhe uma sacudidela amigável, mas no momento em que tocou Mad Dog, lembrou-se do recorte de jornal com as fotos das adolescentes desaparecidas e quase retirou sua mão. Mad Dog havia matado quatro, e provavelmente mais. Podia haver um tempo de matar, mas não o tempo todo.

Troy foi para a adega. A casa era antiga para os padrões de L.A., pois fora construída nos anos vinte, durante a Proibição, e a adega servia para esconder outras bebidas tanto quanto para armazenar vinho. Ela fora escavada na encosta de uma colina e só podia ser atingida por um alçapão no corredor. Um colchão e um cobertor estavam no chão e Diesel tinha comprado um pacote de Pamper's. Troy certificou-se de que a água da tempestade não estava se infiltrando na adega e subiu de volta. Seu estômago apresentava sinais de nervosismo. A hora do crime estava se aproximando.

Do lado de fora, a chuva ainda caía. Pegou o telefone celular e discou para o Roosevelt Hotel, onde Diesel e Mad Dog estavam esperando. Eles trocavam de hotel a cada dois ou três dias. — Estarei aí em vinte minutos.

— Certo. Estamos entrando em ação?

— Não adianta esperar, certo?

— Ã-hã.

— Até mais tarde.

O Jaguar era silencioso, exceto pelo ritmo dos limpadores de pára-brisa; eles ficaram audíveis quando o carro parou no semáforo. Cada um dos homens estava absorto em seus pensamentos e na luta contra o medo. Mad Dog era o mais excitado. Quando a ligação de Troy chegou e Diesel falou que eles estavam de saída, escondeu-se no banheiro para uma rápida e encorajadora carreira de cocaína. Por ser a última que ele teria até depois do golpe, cheirou mais do que o habitual, e agora tinha o cérebro efervescente. Sentiu-se poderoso, onipotente. A escopeta .12 a seus pés fazia com que ele se imaginasse o senhor do mundo. Podia matar, e isso, para Mad Dog, era o poder que Deus havia dado ao homem.

No banco de trás, Diesel também estava totalmente atento ao homem à sua frente. Tinha visto traços de pó branco no nariz de Mad Dog. Mesmo sem aquilo, seu comportamento agitado era manifesto. Pensou na reação de Troy ao ver a fotografia no jornal, um grunhido de repulsa, um momento de reflexão, e então: — Decidiremos o que fazer depois do seqüestro. Mantenha a calma até lá, Ok?— Diesel concordou e manteve a fachada de camaradagem com Mad Dog. Era difícil conseguir isso quando Troy não estava por perto. A seu desprezo hostil misturava-se um vestígio de medo. Uma escopeta .12 era apavorante nas mãos de um louco. Diesel ficaria de olho nele.

Passaram vagarosamente em frente à casa. Uma luz estava acesa nos fundos.

— Tem alguém acordado.

— Não tem ninguém lá além da babá e do garoto — falou Troy. — A mulher caiu na noite. Ela sai toda sexta-feira. Olhe, o carro não está aí.

Enquanto falava, a luz se apagou, comprovando sua declaração.

Dentro da casa, Mike Brennan apagou a luz enquanto levava uma cerveja da cozinha para a sala de estar, onde a ESPN transmitia um jogo de algum campeonato menor. Estava esperando que a vaca viesse para casa com seu namorado. Era delicioso imaginar sua reação. Ela ia borrar o jeans. Sorriu imaginando isso. Era melhor que o namorado não abrisse a boca. Mike pegou a Browning 9mm de sua cintura e a pôs na mesinha de café em frente a ele. Isso significava que ele daria as ordens.

Enquanto isso, fora da casa, Diesel entrecruzava seus dedos para erguer Mad Dog para o alto do pilar de tijolos no canto do muro. Mad Dog pulou para o meio dos arbustos. Troy era o próximo. Quando já estava no alto, inclinou-se para ajudar Diesel. O grandalhão teve de bufar e se esticar, mas conseguiu alçar uma das pernas e erguer o próprio corpo pelo resto do caminho. Nesse momento, Troy já havia pulado, seus pés afundaram na grama úmida. Um momento depois, Diesel estava ao lado dele. — Vamos — disse Troy, abrindo o caminho.

Os três estavam encharcados. Pelo menos a chuva abafava os ruídos, Troy pensou. Quando chegaram a um dos cantos da casa, Troy apontou para Mad Dog um nicho por trás dos arbustos, embaixo de uma saliência. Ali estava seco. Ele deveria ficar vigiando com um *walkie-talkie*. Troy tinha um receptor que parecia um aparelho auditivo.

Troy e Diesel caminharam ao longo da parede lateral da casa, passando pelas janelas francesas da sala de estar. O aparelho de TV estava ligado, lançando sua luz cinzenta espasmódica. Ambos olharam para dentro enquanto passavam. Porque não esperavam por isso e porque a natureza humana freqüentemente só vê o que já é esperado, nenhum dos dois notou que havia alguém na grande cadeira estofada em frente à tela da TV.

Mike Brennan, porém, viu as duas sombras passarem. Pensou que fosse a vaca e seu namorado voltando de onde quer que tenham estado. Não havia ninguém lá além da babá quando ele chegou. Agora ele lhes daria uns poucos minutos e então os pegaria em flagrante delito, o que quer que isso signifique. Ouviu a expressão em um filme e parecia querer dizer o que ele achava que queria dizer. Esperava surpreendê-los trepando... Certamente iria chutar o rabo de alguém, então. A vaca era mãe do seu filho; ele lhe dava *beaucoup* dinheiro. Era melhor que ela mantivesse as pernas fechadas.

Do lado de fora, a chuva aumentou. Diesel e Troy estavam ensopados. A sujeira de uma enxurrada atrás da casa corria pelos degraus e sobre seus sapatos. Estavam usando luvas de borracha e chapéus puxados para baixo. Aquilo jamais iria resultar em uma confrontação numa sala de tribunal, mas tais precauções faziam parte da rotina.

Na porta dos fundos, Diesel pegou o pé-de-cabra. A ferramenta arrebentaria a porta com um tranco. Isso mostrou-se desnecessário. A maçaneta girou quando Troy a experimentou. Ele sempre tentava abrir a porta antes de forçá-la.

— Bingo — disse, abrindo gentilmente a porta e acenando para que Diesel o acompanhasse para dentro. Como não esperavam encontrar problemas, nenhum deles tinha uma arma preparada. Estava tão fácil que Troy não sentiu nem um pouco do medo habitual no início de um serviço. Aquilo era simples, roubar ovos de um ninho construído no chão.

A porta entre a varanda dos fundos e a cozinha estava entreaberta, assim como as portas pantográficas que davam para a sala de jantar. Além desta, estava a sala de estar com a TV ainda ligada.

Troy abriu outra porta. Era um corredor ao lado das escadas. À frente estava o hall de entrada e a porta da frente. A babá e a criança estavam no andar de cima. Acenou para que Diesel o acompanhasse, contornou o corrimão e começou a subir a escada acarpetada pé ante pé. Não gosto de fazer isso, disse claramente para si mesmo, mas instantaneamente bloqueou o pensamento com um *quem hesita está perdido*.

A luz difusa de um abajur vinha da porta parcialmente aberta. A babá, uma mulher atarracada em seus quarenta anos, falava espanhol. Diesel teria de segurá-la enquanto Troy pegasse a criança.

Troy empurrou a porta e Diesel entrou. A babá estava removendo a fralda do bebê sobre uma mesa. Ela se virou para jogar a fralda suja em uma cesta, viu os intrusos no espelho e engasgou.

Diesel esgueirava-se como um gato. Tinha um punho fechado para atingi-la nas costelas, mas ao invés disso agarrou seu braço. — Calaboca! — disse.

— Olhe o garoto — falou Troy. Temia que Diesel empurrasse a babá e que o bebê caísse da mesa.

— Certo! — falou Diesel, segurando a babá com uma das mãos e pondo a outra sobre o estômago despido do bebê. Alarmado com a presença súbita de intrusos e pela tensão no ar, o bebê começou a chorar.

— Você fala inglês? — Troy perguntou.

Ela tentou falar; então confirmou com a cabeça.

— Cuide dele. Vista-o.

No momento em que proferiu essas palavras, viu um homem inesperado na porta. Parecia um índio yaqui, e Troy presumiu que tivesse ligação com a babá.

Brennan franziu a testa em surpresa, pois o que ele encontrou era imprevisto. Qual desses palhaços era o namorado e onde estava a puta?

Diesel ergueu o paletó para pegar sua pistola — mas Mike Brennan estava preparado para o confronto: sua Browning 9mm estava em sua mão, escondida pela perna. Levantou-a e deu um passo à frente antes que Diesel pudesse pegar a sua. — Quem diabos são... — Não terminou a frase, ao invés disso engatilhou a arma com o polegar. O cano com o orifício mortal estava a um metro do olho de Diesel. Ele ergueu as mãos vazias, palmas à vista. — Calma.

Os adultos ficaram paralisados durante inúmeros batimentos cardíacos; enquanto isso, o bebê chorava seu lamento.

— Calma?! Calma?! *Usted es loco...*

— Sim, calma! Eu tenho o menino — Quando Diesel falou isso, ergueu o bebê à sua frente e abaixou a cabeça. Ainda que Mike tivesse previsto o movimento, ele aconteceu muito rápido. A mão não é mais veloz que os olhos, mas é mais veloz que a mente em situações como aquela.

Mad Dog, de seu nicho no lado de fora, viu os faróis de um carro através dos arbustos agitados pelo vento. Estariam vindo para o portão? O vento fazia barulho demais para que se pudesse ouvir um automóvel. Nada. Quando se voltou, através da janela da sala de estar, viu uma silhueta erguer-se de uma cadeira e sair do seu campo de visão. Quem seria?

Deslocou-se rapidamente para a porta dos fundos e atravessou a cozinha até o hall de entrada. Seus sapatos molhados rangiam; apoiando-se na parede, ele os tirou e os pôs de lado. Subiu silenciosamente os degraus, dois a cada passo, e no alto viu o estranho na soleira, olhando para o outro lado. Mad Dog ergueu sua escopeta e puxou a trava de segurança até que o ponto vermelho ficasse exposto. Era um tiro de três metros com uma doze. Troy estava além do homem, na linha de fogo. Mad Dog moveu-se para a frente e para a direita sobre seus pés cobertos apenas com as meias. Isso o colocou em um ângulo mais favorável.

— Ninguém precisa se machucar — Troy estava dizendo.

O alvo estava a cerca de dois metros e meio quando Mad Dog apertou o gatilho. A escopeta soou como um obus e a cabeça de Mike Brennan explodiu quase inteira para longe do torso. Ela se espalhou por um metro e meio de parede. O resto da carcaça ruiu inerte.

A babá começou a gritar até que Diesel batesse sua cabeça contra uma parede. Então ela gemeu e desabou.

O bebê urrava.

— Apague aquela luz — falou Troy. A babá teria visto seus rostos suficientemente bem para identificá-los? Muito pouco provável. Ela estava assustada demais para ver qualquer coisa com clareza.

Mad Dog bateu no interruptor. O quarto ficou às escuras. Troy pegou a criança e a carregou até a babá. — Aqui está. Faça ele ficar quieto.

A babá sacudiu a cabeça. — Eu não posso.

A raiva cresceu; Troy não tinha tempo para frescuras desse tipo. Esticou uma das mãos, entrelaçou seus dedos nos cabelos dela e a sacudiu. — Pegue esse filhinho-da-puta — disse.

Ela o tomou. Anos de condicionamento fizeram com que ela agisse da maneira certa para consolá-lo.

Mad Dog estava olhando pela janela. Começou a rir de maneira histérica.

Diesel examinava suas roupas. Estava respingado de sangue? Não conseguiu achar nada, a não ser em seus sapatos. Ele estava parado sobre uma poça espessa. O cheiro de sangue no quarto era intenso.

— Quem era aquele cara? — Troy perguntou à babá.

Ela ergueu os ombros e sacudiu a cabeça.

— Um policial? — perguntou Diesel.

— Pegue a carteira dele — disse Mad Dog.

— Pegue *você*! — Diesel retrucou.

Troy virou-se para ele. — O que há com você?

— Eu não gosto que esse babaca me diga o que fazer.

Troy olhou para o teto com a exasperação escrita em sua face. — Homem, pegue a porra da carteira. Vamos descobrir quem ele é.

Diesel obedeceu. Enquanto isso, a babá estava balançando a criança e tentando acalmá-la. — Tire ele daqui — falou Troy; depois, para Mad Dog — Vigie ela.

Diesel abriu a carteira e tirou um punhado de cartões. — Joe Vasquez — disse, entregando a licença de motorista para Troy. Ele foi para a outra sala e perguntou à babá. Ela não tinha idéia de quem fosse. Troy estava em dúvida. Devia pressioná-la? Não. Ela precisava cuidar do bebê. Quem era Joe Vasquez? Nem por um momento considerou a hipótese de que fosse Mike Brennan, embora tenha se perguntado se o homem morto trabalhava para Mike.

Haveria mais alguém? Um momento de temor; então decidiu que era improvável. Quanto tempo tinha? E quanto ao sangue no chão e na parede? Os buracos de bala? Pensaria nisso mais tarde.

Mad Dog acenou para que ele se aproximasse. — Nós temos que matar essa mulher — disse ele. — Ela pode nos identificar.

— Me deixe pensar sobre isso — falou Troy. A afirmação tinha lógica, mas era repugnante demais. Não era hora de dizer isso a Mad Dog, mas ele sabia que jamais conseguiria matar uma pessoa tão indefesa. A mãe voltaria para casa a qualquer momento entre quinze minutos e duas horas. Tinha de tomar decisões. Iam remover o corpo. Precisariam de cobertores, ou algo parecido, para terem certeza de que ele não iria sangrar por todo o carro. — Precisamos de alguma coisa para envolvê-lo — falou a Diesel.

— O bebê?

— Não. O corpo.

— Que tal uns sacos de lixo?

— Ótimo.

Diesel foi até a cozinha e voltou com um pacote de sacos de jardim. Perfeito. Foram até os despojos da cabeça; depois estenderam cobertores e uma colcha no chão e rolaram a carcaça para cima deles; então enrolaram o cobertor e carregaram o cadáver para a varanda em frente à casa. Troy correu através da longa trilha até o portão, abrindo-o ainda no caminho, e trouxe o Jaguar. Acondicionaram o corpo no porta-malas e o fecharam. Aquilo estava feito.

CÃO COME CÃO 207

O plano era pegar a criança e a babá, mas isso seria impossível. A mãe ficaria transtornada se encontrasse apenas sangue e coágulos ao invés de seu bebê. A adrenalina de Troy ainda fluía, revolvendo seu medo e sua fúria, as emoções da sobrevivência, mas no fundo ele podia sentir o lamento angustiado do desespero. Teria que jogar com as cartas que estavam na mesa, mas na profundidade de suas vísceras sentia um pavor desalentado. As coisas tinham saído errado, o homem inesperado, o assassinato, ter de decidir sobre a criança, a babá e a mãe.

— Vá buscar o garoto e a babá — falou para Diesel.

— Mad Dog também?

— Sim... claro. Leve-os para o ponto de encontro. Eu vou esperar a mulher aqui.

— Você não tem carro. Vai ficar na mão.

— Vá logo, homem.

Diesel deu de ombros e foi para dentro. Logo a babá saiu, carregando o agora quieto bebê e seguida por Mad Dog e Diesel. Este deu um passo à frente, abriu a porta de trás e acenou para que a babá entrasse. Ela hesitou. — Não tem assento para bebê — ela disse.

— Não se preocupe. Entre — disse ele. Mad Dog dirigiu-se a Troy.

— Você vai ficar mesmo aqui, cara? — perguntou. — Nós podemos telefonar e dizer o que está acontecendo.

— Não, não. Ela poderia chamar os tiras. Aqui... — Troy entregou-lhe o telefone celular. — Ligue para cá assim que chegar. Mantenha a babá de prontidão.

— E quanto ao... ao porta-malas.

— Vamos desová-lo mais tarde.

Mad Dog concordou. Voltou-se para Diesel, que estava ao lado do carro. — Quem vai dirigir?

— Vá em frente. Você sabe o caminho?

— Bem... mais ou menos. Quero dizer, era Troy quem estava dirigindo.

Olharam para Troy, que lhes disse: — Por esta rua até Monterey, virem à esquerda e sigam em frente. Vocês vão passar uma ponte sobre a rodovia. Continuem em frente. Virem à esquerda na Figueroa. Você conhece a rua onde fica o ponto de encontro, não?

Mad Dog confirmou.

— Dobrem à direita, sigam reto. Vocês vão ver aquele museu no alto da colina. Procurem a casa.

— Pode ficar tranqüilo.

— Conservem a cabeça dela abaixada para que ela não possa ver onde vocês estão indo... e mantenham o bebê escondido. Vocês não querem ser parados por ele não estar em um assento de segurança.

— Certo.

O Jaguar desceu pela saída da garagem, a luz vermelha dos freios brilhou momentaneamente antes que eles dobrassem para a rua. Troy voltou para o interior da casa e olhou para a cena do assassinato. Que bagunça faz uma escopeta. O sangue tinha corrido em filetes; depois ficou empoçado. Havia pedacinhos de carne e osso e cabelos aderidos ao reboco. Devia incendiar a casa? *Poderia* incendiar a casa? Não tinha nada inflamável, como gasolina ou querosene.

Os faróis brilharam sobre as janelas, anunciando a chegada da mulher. O carro estacionou em um abrigo ao lado da residência. Troy estava observando por trás de uma das cortinas da sala de jantar enquanto a mulher desembarcava e procurava sua bolsa, antes de fechar a porta. Ela veio dirigindo e estava sozinha. Graças a Deus por esses pequenos favores.

Ela entrou pela porta lateral que dava para o abrigo. Estava atravessando a casa em direção à escada. — Carmen! — chamou. — Voltei.

Troy saiu das sombras. — Tenha calma, baby!

Ela se assustou e engasgou. O pavor a deixou sem ar, de modo que ela sufocou ao invés de gritar.

Ele se precipitou sobre ela e segurou seu braço. Os olhos dela se dilataram de terror em meio à penumbra. — Fique quieta. Seu bebê está bem.

— Meu bebê! Onde...

— Ele está Ok.

— Ai!... meu Deus...

— Ei! — Ele apertou e sacudiu a mulher. Teve náuseas; não sentia a menor alegria em fazer aquilo; era terrível. — Controle-se, garota.

Podia senti-la tremer. Oh, Deus, porque tinha feito isso?

Por dinheiro, babaca, replicou o Mr. Hyde em sua mente.

— Onde ele está? — Enquanto ela falava, sentiu seu impulso em direção à escada.

— Ele não está lá em cima. Nós o levamos.

— Por favor... não o machuquem. Eu farei qualquer coisa que você quiser. Ele é só um garotinho.

— Eu sei... eu sei. Shhh. Escute.

— Leve a mim.

— Cale a boca! Escute, porra!

Ela parou de falar e sacudiu a cabeça, embora ainda tremesse.

— Não vai acontecer nada com o seu bebê... mas a melhor maneira de ter ele de volta rapidamente é cooperar. Você quer cooperar?

— Sim.

— Qual o nome dele?

— Michael.

— Como o pai?

— Sim.

— Isto tem a ver com Mike, o pai. Você sabe como entrar em contato com ele?

— Eu... eu tenho um número em Ensenada. Às vezes eu o encontro lá, às vezes deixo recado. Ele liga de volta ou pede para alguém ligar para mim.

— Bom. Ele se preocupa com o filho?

— Ele pode me matar por causa disto.

— Não, ele não vai.

— Você não o conhece. Ele é um pervertido.

Troy se surpreendeu pensando que ela não era apenas atraente, mas tinha uma qualidade que a distinguia. Ela parecia pertencer a um clube de moças ou algo assim, não a um barão das drogas. Quis perguntar como ela havia se envolvido com Mike Brennan, mas conteve-se. Tinha que se manter concentrado nos assuntos sérios que estavam em suas mãos.

— Ele mantém você sob vigilância?

— Hein?

— Ele pôs alguém vigiando você?

— Não sei. Talvez. Por quê?

210 EDWARD BUNKER

Deveria contar-lhe já sobre a carnificina no andar de cima? Teria de dizer algo cedo ou tarde.

O telefone começou a tocar. — Atenda — ordenou Troy.

Ela obedeceu. — Alô! — Ouviu por um momento, então passou o fone a Troy.

— Sim.

— Está tudo bem — disse a voz de Diesel. — Eles estão na adega. Precisamos de comida para bebês.

— Vá comprar... Não, mande o Dog.

— Ok. Como está indo? Vejo que a mulher voltou para casa.

— Sim. Estou no controle agora.

— Quer que alguém vá pegá-lo?

— Não. Está tudo bem.

— Como você vai sair daí?

— Não se preocupe — evitou dizer que ia pegar o carro da mãe. Iria estacioná-lo a um quilômetro do esconderijo e fazer o resto do caminho a pé. — Apenas aguarde notícias minhas.

— Está bem. Talvez tudo fique bem.

— Talvez. Mais tarde. — Desligou e olhou para a garota. — Bem, Mike Brennan tinha um dos seus *pistoleros*...

— Seus o quê?

— *Pistolero*... jagunço... matador... De qualquer modo, ele estava vigiando você. Ele foi morto.

— Você... você o matou?

— Lá em cima.

— Oh, Deus. Ele ainda está lá?

— Não... mas está bem bagunçado lá em cima.

— Merda!

Talvez ela não fosse tão delicada quanto ele havia pensado a princípio. — Esqueça isso. Mais tarde você limpa. Agora, eu quero que você telefone para aquele número. Se encontrar Mike, dê-me o fone. Se tiver que deixar recado, diga para ele ligar para você. Quando ele falar com você, diga-lhe que a devolução do garoto vai depender do dinheiro que ele deve a um velho que está na prisão. Quando ele pagar, terá o bebê de volta. Entendeu?

— E se ele não pagar?

CÃO COME CÃO 211

— Ele vai pagar.

— Mas, e se não pagar?

— Se não pagar eu devolvo o bebê para você. Mas se você disser isso a ele, eu vou estourar os *seus* malditos miolos. — Reforçou as últimas palavras para dar-lhes ênfase. Interiormente, ele detestava a cena cada vez mais. Mas tempos duros fazem pessoas duras, e Troy sentia-se extremamente desesperado. Ele também lutava pela vida; era assim que ele via as coisas. — Aqui — disse ele, entregando-lhe o telefone.

Ela fez a ligação. Mike Brennan, obviamente, não estava disponível. Era esperado na manhã seguinte. — Certifique-se de que ele telefone para mim. É urgente. — Ela olhava para Troy enquanto falava. Quando ela desligou, ele lhe disse: — Vou precisar usar o seu carro.

— Ok. Apenas... meu bebê — De seus olhos começaram a manar lágrimas, e também dos dele. Que merda ele estava fazendo? Mas que porra podia fazer a esta altura do jogo? — Ele estará bem. Carmen está com ele. Você confia nela, não?

— Sim.

— As chaves do carro?

Ela as tirou da bolsa.

— Se você chamar a polícia...

— Eu não vou. Eu não sou idiota.

— Espero que não seja mesmo.

Ele a fez caminhar até o automóvel. Quando embarcou, ela perguntou: — Você vai deixar Carmen telefonar para mim e me contar se ele está bem?

— Vou fazer isso. Mas eu saberei se a ligação estiver grampeada.

— Não se preocupe. Eu juro que não vou chamar a polícia.

Troy a observou pelo espelho até passar pelo portão, a figura esguia parada sob a chuva. Chegava a sentir dores de amargura pelo que tinha feito, mas não podia apagar uma linha sequer.

Passou por casas enormes, vistosamente iluminadas para o Natal. Aquilo também aumentava sua angústia.

CAPÍTULO **QUATORZE**

As primeiras doze horas foram tão sossegadas quanto a situação poderia permitir. A babá manteve o bebê tranqüilo. Troy falou com Alex ao telefone, e então eles esperaram. Na noite seguinte, o bebê parecia estar chorando pela mãe e as conversas telefônicas foram tensas. Troy chegou a pensar que alguém estava fazendo algum jogo. Talvez devesse telefonar para a garota e descobrir se ela sabia de algo. Decidiu não fazer isso.

Na terceira noite, Alex ligou. — Aquele cara que apareceu do nada...

— O que tem ele?

— Ele ainda está com você?

— Está começando a cheirar realmente mal.

— Sabe de uma coisa, mano, ele pode ser Mike Brennan.

— Você está brincando.

— Queria estar.

— Esse cara parece cem por cento índio. Ele não parece nem com um mexicano, quanto mais com um meio-irlandês.

— É exatamente assim que Mike Brennan parece.

CÃO COME CÃO   213

— Porra, cara, não me diga isso.

— Ninguém tem visto ele por lá. O velho tem uma pessoa infiltrada no bando de Brennan, e ninguém teve notícias dele desde o último domingo.

— Não! Eu não acredito. — Mas de fato acreditava. Na verdade, no momento em que Alex descreveu Brennan, Troy soube que o corpo pertencera ao barão da droga.

— Nunca vi Chepe tão puto. Ele está furioso.

— Comigo.

— Com Mad Dog. Ele disse para você dar um jeito nele ou ele vai contratar alguém para matar você.

Um fluxo de raiva foi a primeira reação de Troy. — Ele que vá tomar no cu... velho filho-da-puta.

— Acalme-se. Fique frio. Pense a respeito.

— Eu não deixo as pessoas me dizerem o que fazer. Por isso eu estive encrencado toda minha vida.

— Sei. Bem, eu posso entender... mas se você pensar sobre isso, aquele cara merece um bom tiro na cabeça. Isso seria um favor para todo o mundo.

— Ah, é?

— Você sabe disso, mano. Ele é uma ameaça a todos.

— Talvez eu dê um tiro na minha própria cabeça — Troy riu ao dizer isso. — Pelo menos isso resolveria os *meus* problemas.

— E quanto à criança e a babá?

— O que têm eles? Eu não vou apagá-los.

— Pelo menos você não está no noticiário das seis.

— Sim, isso não vai ser incluído nas estatísticas sobre a criminalidade. Porra, companheiro, isso não vai ser fácil. Aquele cara quase chega a me idolatrar.

— Ele atacaria você num momento de raiva. Ele atacaria qualquer um. Ele é louco.

— Não está parecendo que Chepe vá nos pagar, hein?

Greco riu ao telefone. — Não, acho que não. Se você deixar as coisas correrem, vai se arrepender mais tarde.

— Vou pensar sobre isso.

— Deixe-me dizer uma coisa, mano. O velho parece sossegado, mas ele tem uns mexicanos putos da cara que matam quem ele mandar por dez centavos ou até menos. Eu pus toda a culpa no maníaco. Mas se você não cuidar disso...

— Posso ver o quadro. — De fato, Chepe tinha centenas de milhões, talvez um bilhão, e acesso a incontáveis assassinos em ambos os lados da fronteira. Alguns eram idiotas prontos a matar por dois milhares de dólares, e se alguns eram estúpidos demais para cometer o crime, outros eram eficientes, frios e mortais. Troy não tinha medo de nada que andasse sobre a face da terra, incluindo Chepe, mas preferia conservar a amizade do velho, se pudesse.

* * *

Assim que Troy e Diesel abriram a porta lateral da garagem, o bafio de carne apodrecida os agrediu, provocando-lhes náuseas.

— Deus, isso cheira mal — falou Diesel, cobrindo a boca e o nariz com uma das mãos. Troy recuou e puxou um lenço. Quase vomitou. Acionou o controle da garagem e a porta se ergueu. Lá fora, a noite era fresca e agradável. A poluição havia sido lavada pela chuva recente. A tempestade fora soprada pelo vento leste, através dos desertos a sudoeste. O céu cintilava estrelas. Ele respirou profundamente e pensou: — Por que a vida não pode ser mais fácil que isto?

Diesel arrastou o saco de cal até o carro e fez com que ele escorregasse para dentro, sobre o assoalho traseiro. — Ok — disse ele.

— Vá dizer a eles que nós já vamos.

Diesel atravessou a porta lateral. Mad Dog esperava, segurando a manga da babá. Ela estava com uma fronha sobre a cabeça e segurava o bebê adormecido em seus braços. Diesel fez um sinal e Mad Dog falou a ela: — Vamos embora. Tenha cuidado. Você vai dar três passos. — Ele a guiou pelo cotovelo. Diesel esperava em frente a ela, andando de costas e com suas mãos preparadas para o caso de ela tropeçar.

Troy abaixou os vidros do carro, tentando ventilar o mau cheiro do porta-malas. Quando a babá e a criança entraram no carro, Diesel bateu a porta e embarcou na frente. Mad Dog atravessou a rua correndo e entrou em seu carro. Quando seus faróis se acenderam, Troy engatou a ré e saiu.

— Não o perca — falou Diesel.

— De jeito nenhum.

Troy pegou ruas secundárias através de Highland Park, cruzou a ponte sobre a Pasadena Freeway para El Sereno. Com as janelas abaixadas, o automóvel em movimento perdeu o odor nauseabundo, mas a noite estava fria e o bebê começou a chorar. A babá o abraçava e acalentava em espanhol. O trânsito estava tranqüilo, sem pedestres. Bom.

Saiu das colinas pouco elevadas, virou para Huntington Drive e manteve-se à direita, sabendo o que procurava, uma parada de ônibus deserta, sem automóveis passando por ela e sem ninguém que pudesse ver a babá saindo do Jaguar.

A cada poucas quadras havia uma parada de ônibus, mas as primeiras por que passaram tinham automóveis ou pessoas por perto, por isso seguiram em frente. Em Fremont havia uma série de lojas: confeitaria, posto de gasolina, café. Teve de parar no semáforo e aguardar até que a luz ficasse verde.

Um carro de polícia branco e preto atravessou o cruzamento da esquerda para a direita. Nenhum dos policiais olhou para eles enquanto passavam.

A próxima parada de ônibus não tinha ninguém. Troy diminuiu e examinou o terreno, tendo apenas Mad Dog atrás dele. O tráfego que vinha pela outra pista estava a um quilômetro e meio de distância. Encostou no meio-fio.

Diesel desceu rapidamente, abrindo a porta de trás. — Venha — disse ele, curvando-se para segurar o braço da babá, a fim de guiá-la e dar-lhe apoio. — Vá com calma. — Eles haviam posto bandagens cor da pele em seus olhos, com óculos escuros. Era impossível perceber que ela estava vendada a não ser que se estivesse muito perto. Ele pôs uma das mãos sobre o braço dela e a outra sobre o antebraço que segurava o bebê. Isso lhe garantiu a ótima sensação de que não iria cair.

Guiou-a até o banco. — Sente-se. *Sienta.* — Ela apalpou o banco com uma das mãos e sentou.

Assim que seus quartos tocaram o assento, Diesel pulou de volta para o carro exatamente no momento em que Mad Dog passava. Fechou a porta e Troy pisou no acelerador. Olhou a babá e a criança pelo retrovisor até que a noite os apagou.

Troy ergueu o aparelho de telefone móvel e teclou *"send"*. O primeiro toque mal havia começado a soar quando ela atendeu.

— Alô.

— Sou eu. Seu filho e a babá estão bem e esperam em uma parada de ônibus em Huntington Drive, perto da Pasadena Freeway.

— Obrigada, Deus, obrigada.

— Você vai chamar a polícia?

— Não... não... eu jurei que não iria.

— Mike nunca telefonou, certo?

— Não. Ainda estou esperando aqui.

— Desista. Cá entre nós... ele entrou para a história.

— O quê?

— Ele está morto. Portanto, pense bem no que vai fazer agora.

Troy desligou sem aguardar uma resposta, na esperança de ter feito um favor ao contar para ela; talvez ela pudesse arranjar alguma grana por ficar sabendo rapidamente.

Continuou descendo a Huntington Drive. A rua era dividida por um largo canteiro central e suas três pistas tinham trânsito leve em todas as direções. Podia seguir para leste, conforme pretendia, sem ter de manter a concentração como na *freeway*. O seqüestro tinha ficado para trás, a não ser pelo fato de que tinham que limpar a sujeira. Era nisso que estava pensando.

— Como você está — perguntou a Diesel, após uns dois minutos de silêncio.

— Estou bem, considerando que não vou ficar rico como pensei.

— Talvez tenhamos mais sorte da próxima vez.

— Sim... talvez. — Após uma pausa, acrescentou: — Quando nos livrarmos do cadáver no porta-malas, acho que vou para casa por uns tempos.

— Sim. Mas nós temos mais uma coisa para fazer.

— O quê?

— Matar Mad Dog.

— Essa é a melhor idéia que você teve há muito tempo.

— Muito tempo?

— Não, eu não quis dizer isso. Mas é uma boa idéia. Quer que eu faça?

— Não... ele é meu cão. Sou eu quem tem de pô-lo para dormir.

— Sinta-se à vontade.

Dirigiram por algum tempo. Quando se aproximaram de Rosemead Boulevard, ele sinalizou com o pisca-pisca e viu Mad Dog fazer o mesmo. A rampa para a San Bernardino Freeway, Interestadual 10, estava um quilômetro e meio à frente.

— Quando é que você vai abotoar o paletó dele?

— Por que não pôr os dois no mesmo buraco?

— *Depois* que ele ajudar no enterro, entende o que eu digo?

— Você é um preguiçoso filho-da-puta, não é?

— Porra, cara, eu não gosto de cavar trincheiras. Eles nos obrigavam a fazer isso em Preston, lembra?

— Claro que sim. — Era verdade. No reformatório eles trabalhavam feito escravos como forma de punição. Lembrava das bolhas que se formavam em suas mãos por utilizar uma picareta para quebrar o asfalto de uma quadra atlética. Seu ódio pelo trabalho pesado foi plantado simultaneamente a elas.

— Você tem pás?

— Tem uma aí atrás... no assoalho.

Diesel inclinou-se para trás e olhou. — Só uma?

— Nós podemos nos revezar.

— Nós precisamos de mais uma... e de uma enxada ou picareta.

— Não tem nada aberto. Talvez a gente possa roubar uma.

— Certo. E nós provavelmente seríamos presos fazendo isso e eles achariam o Sr. Fedorento no porta-malas.

— O que vamos fazer?

— Deixe-me pensar. Eu não quero esperar até amanhã à noite.

— Já ouvi isso. Porra, cara, até lá você jamais vai conseguir se livrar do cheiro.

— Sim... é como mijo de gato.

À frente deles, a autopista elevada era visível, caminhões e automóveis relampejavam através dela. Troy diminuiu a velocidade para entrar na rampa. Mad Dog o seguiu.

O olho da tempestade que antes havia encharcado L.A. agora estacara em algum lugar sobre o Arizona, mas seus rastros ainda causavam chuvas ocasionais entre Riverside e a divisa estadual.

Os dois automóveis eram pequenos pedaços de naufrágio carregados pelo longo rio da Interestadual 10. Carros, caminhões, ônibus, todos rodavam em alta velocidade sobre a extensa pista de múltiplas faixas. Qualquer um que permanecesse dentro do limite de velocidade de 90 quilômetros por hora seria expelido para o acostamento pelo ar deslocado pelos Kenilworths que passavam. Quando começaram a rodar pelas cidadezinhas a leste do condado de L.A., Cucamonga, Covina e Pomona, o tráfego ficou mais pesado. Grandes veículos formavam caravanas, como elefantes agarrando as caudas uns dos outros com suas trombas, enquanto automóveis passavam coruscantes como galgos. Troy dirigia cuidadosamente, certificando-se de que nada chamasse a atenção da Patrulha Rodoviária. Se estacionasse, a catinga da sujeira no porta-malas definitivamente seria sentida. O fartum da carne em decomposição certamente constituiria a "causa provável". Mantinha as janelas abaixadas o suficiente para soprar o mau odor para fora sem congelá-los. A noite do deserto era fria.

A conversa era quebrada por longas pausas. Diesel falou: — Depois que nós o apagarmos... você sabe que ele tem aqueles cem mil.

Troy grunhiu e comprimiu os lábios, e respondeu um minuto depois. — Nós não podemos deixar cem mil dólares para trás... mas por algum motivo eu sinto uma espécie de desconforto quando penso em pegá-los.

— Sim... como se nós o estivéssemos matando para roubá-lo.

— Ã-hã... Nós sabemos que não é por isso.

— Não, eu queimaria ele de graça. Há, há, há, há...

A gargalhada aberta de Diesel fez Troy sorrir. Deus, que assunto para se fazer piada! E que confusão. Quantos ele havia matado além das três jovens mulheres e da criança? Os

CÃO COME CÃO 219

homens na prisão contavam histórias de trapaças no jogo, de arrombamento e assalto, mas muito raramente falavam sobre os assassinatos cometidos. Queriam esquecer aqueles pelos quais haviam sido condenados e ocultar quaisquer outros.

— Mad Dog me lembra Nash — falou Diesel. — Lembra dele?

— Claro, quem poderia esquecer aquele monstro desdentado? Fiquei feliz quando encheram o rabo dele de gás. Ele costumava dormir o dia inteiro e gritar a noite toda. Eu o teria matado, ele me manteve acordado por um ano.

— Lembra quando ele disse que destripou aquele garotinho sob o píer Venice porque não queria que ele crescesse e tivesse a vida que Nash nunca teve? Mad Dog é um pouco assim.

— Ele é mesmo — Troy ponderava se Mad Dog era atormentado por sua consciência, como Raskolnikov em *Crime e Castigo*. Nada provável. Matar parecia fortalecer os demônios de Mad Dog, quaisquer que eles fossem. Troy achava que aquilo lhe dava uma sensação de poder. Ia matar Mad Dog, mas isso seria duro. Mad Dog o via como um ídolo. É difícil matar alguém que idolatra você, mesmo que seja um psicopata homicida. Tinha sido uma péssima idéia, pensou, referindo-se ao seqüestro. Coisas demais podiam dar errado. Coisas inesperadas como, especialmente, matar a gansa com os ovos de ouro. Jesus Cristo, quem poderia prever que um barão da droga, com uma condenação federal e um mandado de prisão como foragido, arriscaria cruzar a fronteira naquela noite em particular? Uma coisa era certa: seqüestros, nunca mais. Devia ter pensado melhor quando ouviu a proposta pela primeira vez mas, porra, o dinheiro era tanto, talvez dois milhões de dólares.

— Estou com fome — falou Diesel. — Na verdade, estou com uma puta fome.

Quase imediatamente eles avistaram um sinal luminoso vermelho: CAFÉ. Estava sobre um poste alto o suficiente para ser visto da *freeway*.

— Fumantes ou não-fumantes? — perguntou uma garçonete que se aproximou deles assim que entraram. Diesel apontou para um reservado com uma janela embaçada pelo vapor, que dava para o estacionamento. Queriam manter os olhos nos automóveis.

Diesel foi o único que comeu uma refeição completa, presunto e ovos com cereais, ao invés de batatas fritas. Mad Dog, cheio de metanfetaminas, não tinha apetite e bebeu café. Troy pediu leite e um pedaço de torta. O leite desceu bem e aliviou o ardor em seu estômago; a torta estava seca e ele apenas a beliscou.

Mad Dog perguntou: — Você tem certeza que esse lugar para onde nós estamos indo é legal? Faz um longo tempo que você não vai lá.

— Que porra poderia mudar no meio do deserto? É um leito seco na Reserva Cabazon. Ninguém vai lá além dos índios. Nós sairemos da estrada e não encontraremos ninguém por quilômetros.

— É melhor nós irmos. O sol vai se levantar em breve.

Troy deixou o resto da torta e pagou no caixa. Os outros dois já estavam fora. Quando passou pela porta de saída, as costas de Mad Dog estavam voltadas para ele. Troy olhou para a carne atrás dos seus ouvidos. Era ali que ele ia pôr a bala. Afugentou o pensamento. Não era algo por que ele pudesse ansiar. Manteria aquilo fora de sua mente até que o momento chegasse. A decisão tinha sido tomada e qualquer hesitação devia ser repelida. Sem dó e sem piedade.

Diesel parou e esperou por ele.

— É melhor nós abastecermos — disse. Depois baixou a voz. — Ele está me observando muito de perto.

— Já te disse que sou eu quem vai fazer. Acho que vou com ele. Você dirige meu carro.

Agora era Mad Dog quem abria o caminho, com Troy ao lado dele e o Jaguar os seguindo. Passava muito da meia-noite e havia poucos carros. Só os caminhões que carregavam mercadorias rodavam através da escuridão. Mad Dog piscava suas luzes sempre que passava por um deles. Aos lados da rodovia, uma porção de edifícios estava enfeitada de luzes para as festas de final de ano. Do rádio vinha uma canção de Natal.

— Então, qual vai ser o próximo golpe? — perguntou Mad Dog. — Greco vai nos apontar outro assalto?

— Ahhh, sim, mas não até o Ano Novo. Diesel quer passar o Natal em casa. Você sabe, ele tem um filho.

— Ele podia ficar lá, pelo que me diz respeito.

— Não seja tão duro, Dog. O grandão é legal.

— Ele é legal com você... mas eu não gosto mesmo do cara. Eu aturo ele por sua causa. O filho-da-puta se acha durão. Ninguém é durão. Todos os durões filhos-da-puta estão na sepultura.

— É o que dizem — Troy ergueu a mão e deu um tapinha de Judas no ombro de Mad Dog. — Relaxe. Vai sair tudo Ok, mano. — Desprezou a própria falsidade, mas sabia o que teria de fazer.

Cruzando o deserto, encontravam comunidades onde antes não havia ninguém. Troy lembrava de algumas coisas, mas outras não lhe pareciam familiares. Onde estava a estrada secundária? Um sinal indicava PALM SPRINGS PRÓXIMO CONTORNO. De repente, outra placa brilhou sob os faróis: RESERVA INDÍGENA CABAZON.

— Vire aqui — disse.

Mad Dog pisou nos freios e fez a curva com um rangido de pneus. As luzes que vinham atrás fizeram uma curva mais suave. No final da rampa havia uma estrada estreita. Antes não era uma estrada de terra? Troy não estava certo disso. Ela cortava um terreno acidentado, arroios e baixas colinas com grandes campos de cactos, enquanto saguaros cresciam contra o horizonte, como sentinelas. Se sua memória estivesse certa, se fosse aquele o lugar, a reserva estaria oito quilômetros à frente, embora seu destino fosse mais próximo que isso. Estava um pouco preocupado, até que uma pick-up veio em direção contrária. Índios no rumo da cidade. Dariam a volta para verificar os dois carros? Viu as luzes vermelhas da traseira desaparecerem. Bom.

Os faróis iluminaram o desvio, um duplo sulco dos pneus de um veículo penetrando escuridão adentro.

— Dobre ali.

Agora o carro balançava e sacolejava, e os faróis dançavam ao longo da paisagem agreste. O automóvel era invadido pelo clarão de Diesel atrás deles. Além do raso alcance dos seus faróis, o mundo era completa escuridão, sem estrelas nem luar; era uma noite sem luzes. Troy sabia que não tinha nada em volta deles por quilômetros.

Atravessaram cerca de um quilômetro e meio quando, subitamente, a trilha de pneus foi cortada por um arroio transformado em rápida corredeira pela tempestade recente. Ali era o mais longe que podiam ir. Parecia um lugar tão bom quanto qualquer outro. O coração de Troy galopava. Forçou-se a respirar lenta e regularmente por sua boca. Fique calmo, não deixe sua imaginação disparar à sua frente. Isso é uma coisa fácil, basta comprimir a mão e os dedos com umas duas libras de pressão.

Diesel estacionou atrás deles e desligou o motor do Jaguar. O som de água corrente abafou o barulho de seus passos até que estivesse bem atrás deles. — É este o lugar?

— A não ser que você queira nadar.

— Faz alguma diferença?

— Ã-ã. Venha. Você trouxe a pá?

— Sim. Estou pronto a cavar com vontade.

— Por que nós simplesmente não largamos o filho-da-puta? — disse Mad Dog. — Os coiotes e os urubus não vão devorá-lo?

— Claro que vão... mas alguém pode avistar os urubus e vir olhar se não é uma de suas vacas.

— Não são vacas — corrigiu Mad Dog — são novilhos.

— Dá no mesmo.

Guiados pela luz da lanterna e carregando a pá, subiram uma pequena elevação, onde passariam despercebidos se acontecesse de alguém aparecer. Talvez um índio quisesse privacidade com sua garota ou alguém viesse examinar a água do arroio. Eles veriam os carros, claro, mas o melhor seria que não vissem também um par de homens cavando um buraco.

Diesel começou a cavar. Na verdade, ele tentou iniciar a escavação; o melhor que conseguiu foi fazer alguns fragmentos voarem, como britas de concreto. Tentou em outro ponto. Mesmo resultado.

— Que bosta! — falou ele, jogando a pá. — Nós vamos passar três dias aqui tentando cavar um buraco. O idiota aqui precisa de dinamite.

CÃO COME CÃO 223

— Olhem — disse Mad Dog — vamos achar um monte, alguma saliência projetada para fora. Nós colocamos o corpo em baixo e derrubamos em cima dele. Uma espécie de deslizamento de terra, entende o que eu quero dizer?

— É uma idéia tão boa quanto qualquer outra — falou Diesel. — O que você acha? — perguntou a Troy.

O pensamento de Troy estava distante, concentrado apenas pela metade no buraco. Estava lutando interiormente quanto ao que *ele* teria de fazer.

— Sim — disse — parece tão bom quanto qualquer outra coisa.

Caminharam arroio abaixo. A cem metros de distância da corredeira, encontraram uma saliência que formava um ângulo para fora. Era o melhor que poderiam encontrar. Voltaram para o carro e abriram o porta-malas. Todos eles tiveram que virar os rostos devido ao mau cheiro. Diesel engasgou e quase vomitou.

— Diabo, como ele cheira mal.

— Você também vai cheirar assim depois de três dias — disse Mad Dog.

— Eu posso feder, mas não vou sentir meu cheiro — replicou Diesel.

— Prenda sua respiração até nós o tirarmos — falou Troy, cobrindo a boca e o nariz com um lenço enquanto tateava dentro do porta-malas com a outra mão. Por cima do cobertor, pegou um tornozelo. Ele estava inchado, por isso seus dedos imergiram profundamente. Que nojo, caralho!, pensou, e puxou o corpo para cima e para fora. Ele se chocou contra o pára-choques traseiro e caiu no chão.

— Me dê uma ajuda — disse a Mad Dog. — Você o matou. Pelo menos me ajude a carregar.

— Não seja tão sensível, T — disse ele com humor, e isso fez com que o dissabor atravessasse Troy, que sabia que dentro de poucos minutos iria matar o pobre e atormentado homem. Do modo como Troy via o mundo, Mad Dog McCain era menos responsável por sua maldade que os homens da Cruz Vermelha e dos bancos de sangue, que deixavam que o sangue contaminado por HIV fosse distribuído sem testes, pois isso custaria cem milhões de dólares. Por causa dessa decisão razoável, sete mil hemofílicos estavam morrendo. *Isso* era verdadeira maldade. Mad Dog morreria porque era uma ameaça muito grande, mas o que quer que fosse, tinha-se tornado assim em conseqüência das tragédias torturantes de sua vida.

— Aqui, me deixe fazer isso — falou Diesel. — Você nos guia com a lanterna.

O corpo estava em posição fetal e ainda apresentava alguma rigidez, à medida que o rigor mortis evoluía para a decomposição. Mad Dog e Diesel o carregavam. Nenhum deles queria tocar a carne. Diesel segurava pelo tornozelo através do cobertor, mas Mad Dog agarrava apenas o tecido. Era uma caminhada mais longa e difícil do que esperavam. Troy seguia na frente, usando a lanterna para procurar a pá. Atrás dele, Mad Dog tropeçou e derrubou sua ponta. Diesel continuou a arrastar a carcaça sobre o chão duro, o torso sem cabeça batendo e deslizando ao longo do caminho.

— Ele não sente nada — falou Diesel.

Troy usou a lanterna para achar o que parecia ser o local mais favorável para fazer a saliência desabar.

— Ponha ele ali — disse, indicando o local com a lanterna. Quando o cadáver já estava depositado contra o barranco, começou a cavoucar de baixo para cima com a pá.

Ele parou. — Nós esquecemos a porra do cal — disse.

— Deixe para lá — falou Mad Dog.

— Não, não. Em poucos meses ele vai fazer este babaca sumir. Vou pegá-lo.

— Não, eu pego — falou Diesel. — Sou maior que você. Me dê a lanterna.

Troy entregou-a; depois observou a luz se distanciar, indo para um lado e para outro à medida que Diesel a dirigia aqui e ali para orientar-se. A luz desapareceu e restou uma silenciosa escuridão. Então ele ouviu um tênue sussurro... ou seria um bater de asas? Criaturas do deserto moviam-se pela noite depois que a luz abrasadora do dia já havia partido; morcegos, coiotes e corujas — e todas as coisas que eles devoravam. Troy podia ouvir a respiração de Mad Dog em algum lugar perto dele. Mais distante dali, algo deslocou uns pedregulhos; talvez alguma coisa atraída pelo cheiro de decomposição física. Os únicos pensamentos de Troy eram sobre matar Mad Dog. O momento estava próximo e a ansiedade o fazia fraquejar. O que quer que o maluco tivesse feito, ia morrer pelas mãos de alguém que ele amava.

— Droga, estou com frio — disse Mad Dog. — Você não?

— Tenho mais roupas que você.

— Onde está aquele cara?

— Logo estará aqui.

De fato, um instante depois, a luz da lanterna pôde ser avistada. Enquanto se aproximava, cuspia imprecações. — Puta-que-pariu, minhas botas Ferragano... setecentos putos dólares... toda esfolada. Vou parecer um filho-da-puta imundo.

— Você pode comprar mais botas — disse Mad Dog.

— Claro... claro... claro. — Ele os alcançou. — Onde quer que eu ponha isto?

— Sobre o corpo.

Diesel usou a lanterna para localizar o corpo e jogou o saco de cal sobre ele. Mad Dog golpeou a parte lateral do saco com a pá e o cal se derramou sobre a carcaça.

— Vou subir até lá em cima — falou Diesel, entregando a lanterna para Troy. — Vocês cavam embaixo enquanto eu pulo para cima e para baixo sobre a saliência. Isso deve ajudar, certo?

— Vá em frente — disse Troy. Desde que Diesel saiu para buscar o cal, estivera segurando o áspero cabo quadriculado da pistola dentro do bolso de sua calça, esperando pelo momento de sacá-la e dispará-la. Queria apontá-la diretamente para a base do crânio. Agora sua palma estava úmida de suor. Olhando para a direção onde Diesel tinha ido, a leste, podia ver formas palidamente sugeridas. Era a falsa aurora que precedia a verdadeira. O nó de fraqueza em suas vísceras se expandia. Estivesse ele sozinho com Mad Dog, iria desistir e mentir para Diesel. Devia ter deixado o trabalho para o grandalhão. Queria estar enraivecido; com o sangue quente é muito mais fácil que com ele frio...

— Ok, comecem a cavoucar — falou Diesel do alto da saliência.

226   EDWARD BUNKER

— Aí vou eu — disse Mad Dog. Carregando a pá, passou perto de Troy e começou a trabalhar embaixo da protuberância. Grunhia enquanto golpeava a ferramenta em ângulo ascendente. A silhueta de Diesel saltava para cima e para baixo. Troy moveu-se para mais perto de Mad Dog, posicionando-se atrás do seu ombro direito. Havia tirado cuidadosamente a pistola do bolso e a mantinha escondida atrás de sua perna.

Mad Dog fez uma pausa e se virou para olhar para trás. — Mais uns minutos e ela vai cair. É melhor você pegar a pá. Acho que estou ficando com bolhas nas mãos. Me dê a lanterna.

Troy a entregou. Mad Dog ligou-a e deixou o facho cair sobre a palma de sua mão. Troy sabia que se hesitasse mais o momento seria perdido; estaria escavando. Deu alguns passos à frente, como se estivesse interessado nas bolhas. Estava atrás do ombro de Mad Dog. Ergueu a arma até que ela estivesse a poucos centímetros de sua cabeça. Apertou simultaneamente o cabo da pistola e o gatilho. A pistola saltou, soou uma explosão e uma língua de fogo desprendeu-se e lambeu Mad Dog exatamente atrás do ouvido direito. A bala penetrou o crânio e arou seu caminho pelo cérebro. O buraco saindo ao lado de seu olho esquerdo tinha o tamanho de uma moeda de cinqüenta cents. Ele tombou, instantaneamente inerte, sobre Mike Brennan. A lanterna caiu no solo e rolou alguns centímetros, o facho dançando sobre o terreno. O saco de cal aberto ficou ensanduichado entre os corpos. Em poucos meses eles estariam fundidos.

Troy encostou a pistola na base do crânio e atirou novamente. O corpo estremeceu. Os tiros ecoaram pelo deserto e um burro selvagem zurrou em algum lugar entre os arbustos.

Enquanto Troy pegava a lanterna e a apontava para sua obra, Diesel aproximou-se deslizando sobre o barranco.

— Atravessei o Rubicon —Troy murmurou.

— O que é isso? — Diesel perguntou. Também estava olhando para os mortos.

— Eu disse que é melhor nós terminarmos de enterrá-los. — Interiormente, perguntava-se: como minha vida chegou a isto?

Deus não mandou resposta alguma.

— A porra do tiro soou como um morteiro — falou Diesel.

— Não tinha ninguém para ouvir, a não ser alguns sapos. Volte para lá.

— É melhor você revistar os bolsos dele. Pegue sua identidade e as chaves do carro. Aqueles cem mil estão no porta-malas.

— Porra, parceiro, você está começando a sacar as coisas. Eu só ia lembrar quando nós voltássemos para o carro.

— É por isso que você precisa de mim por perto. Deus, estou feliz por que aquele filho-da-puta está morto. Ele me dava *medo*.

— Ele não vai assustar mais ninguém.

Bateram as mãos em frívola comemoração. O alívio da tensão os levou às fronteiras da estupidez.

Demoraram vinte minutos para causar a miniavalanche que ocultou ambos os cadáveres. Então o disco solar já espiava sobre o horizonte, anunciando um dia luminoso e sem nuvens. A tempestade tinha se deslocado para o leste.

Troy olhava fixamente para a falsa sepultura. A saliência que se projetava a partir do topo agora formava um declive sobre o caminho. Pelo menos uma tonelada de entulho os cobria. Poderiam ficar ocultos do mundo para sempre — mas depois de poucos meses isso não iria importar. O cal asseguraria que eles estivessem além de qualquer possibilidade de identificação. Talvez pudessem ser confrontados com registros odontológicos, mas isso requeria que houvesse alguma suspeita sobre quem eles eram. Diante de dois corpos encontrados juntos, as autoridades procurariam por duas pessoas que houvessem desaparecido juntas. De qualquer forma, eram apenas conjecturas. Esses eram dois assassinatos que certamente permaneceriam sem solução, e provavelmente nunca seriam sequer cogitados.

Levaram a pá de volta para o carro e destrancaram o porta-malas de Mad Dog. Conforme esperavam, os US$100.000 estavam em uma bolsa esportiva Nike.

— Nós contaremos depois — disse Troy. — Vamos pôr isso no Jaguar.

— Nós não vamos ter de levar o outro, vamos?

— Ã-hã. Nós vamos deixá-lo em algum outro lugar.

— Aonde?

— Qualquer lugar. Talvez no estacionamento daquele cassino por onde nós passamos. Ninguém o notará por um par de dias.

— Ele foi registrado com um nome fajuto.

— Eles vão ter outro carro abandonado para usufruir. Tome — Entregou as chaves do carro para Diesel e carregou a bolsa Nike para o porta-malas do Jaguar. Agora o porta-malas tinha US$200.000; três quartos dos quais eram sua grana. Alex Aris ainda lhes devia dinheiro, também. Isso valia ouro.

Quando saíram das trilhas de terra de volta para o asfalto estreito, Diesel rezou um silencioso Ato de Contrição. Ainda que em voz alta proferisse injúrias contra essas coisas, as marcas do orfanato católico ainda estavam dentro dele. Ao mesmo tempo que rezava, estava secretamente furioso pelo que lhe haviam feito. Feito a ele muito tempo atrás.

Diesel seguiu Troy pela rodovia principal; depois entrou no estacionamento do cassino. Já havia pelo menos uma centena de automóveis. Troy entrou e acenou para que ele estacionasse do outro lado.

Andaram separadamente até a entrada. Ninguém sequer olhou para eles. Caminharam juntos até o Jaguar e embarcaram.

Quando voltaram para a rodovia eram 8:00 da manhã.

— Estaremos em L.A. antes do meio-dia — disse Troy.

— Telefone para Greco e descubra algo sobre nosso dinheiro. Eu gostaria de ir para casa hoje à noite, depois de dormir um pouco.

— Você consegue dormir?

— Eu consigo dormir de verdade depois de uma coisa como esta.

CAPÍTULO **QUINZE**

Los Angeles cintilava depois da chuva. O ar, as calçadas e as folhas verdes tinham sido lavados e as montanhas nevadas de San Gabriel eram visíveis, ao contrário do habitual. A maravilhosa tarde de inverno fez Troy recordar sua infância, quando L.A. era tão próxima do paraíso quanto qualquer cidade da América. A despeito da beleza do dia, uma depressão cinzenta espicaçava Troy, uma dor em sua alma. O assassinato provocara essa reação ou apenas revolvera sedimentos profundos que sempre estiveram dentro dele? Olhou para Diesel. Aquilo também tinha que estar passando pela mente dele, senão ocupando-a completamente. Ainda assim, ele parecia bastante plácido. O que se passava dentro dele? Que efeito o catolicismo exercia sobre ele? Deviam ter-lhe introjetado a crença na danação. Troy não carregava esse fardo. Não era o julgamento de Deus que o perturbava, e nem mesmo o dos homens, pois o primeiro não existia e o segundo jamais aconteceria. O que o deixava estarrecido era que sua vida tinha sido reduzida ao ato de pôr uma bala nos miolos de um maníaco. Não seria maravilhoso se pudesse acordar pela manhã com uma vida inteiramente distinta?

CÃO COME CÃO 231

A auto-piedade durou poucos segundos antes que ele escarnecesse de si próprio. Querer, poder, foda-se o resto, pensou. Dê as cartas e jogue com o que vier.

Eles estavam a leste da área central. À frente erguia-se o aglomerado de torres no horizonte de L.A. A primeira delas tinha sido construída quando ele estava na prisão. Nenhuma cidade espelhava mais as mudanças do século vinte que a cidade de L.A. O sul da Califórnia tinha passado de noventa mil no início do século para nove milhões ao seu final. L.A. foi a primeira grande cidade do mundo a ser construída para os automóveis, mas não para milhões deles. Era apenas ligeiramente exagerado imaginar uma corrida sobre as capotas dos carros por uma centena de quilômetros. Tinha sentido tanta falta dela, mas agora sentia-se feliz por partir. Para onde iria? Não, ele tinha que se recobrar do golpe fracassado antes de planejar seu êxodo de L.A. Tinha cerca de US$170.000, suficiente para festejar durante poucos meses, mas apenas uma fração do que precisaria para emigrar.

No momento, não ia para lugar nenhum. À sua frente, as luzes dos freios piscavam e o tráfego se tornava lento. Quando a *freeway* funcionava, os automóveis eram maravilhosos; quando não, eram um pesadelo. Mais e mais vezes acontecia o último. Agora paravam, e então começavam a avançar centímetro a centímetro. Pelo menos a última pista movia-se mais rápido que as outras. Troy pegou o telefone celular e teclou o número de Alex.

— Sim — foi como Greco respondeu.

— Sou eu, seu grego fascista, filho-da-puta.

— Há, há, há, há, há. Onde você está, idiota?

— Aproximando-me do centro. O que há? Você viu aquele cara?

— Claro. Estou com a grana.

— Onde você tá?

— Também rodando. Que tal o P.D.C.?

— Quinze, vinte minutos?

— Certo. Peça um Delmônico para mim.

— Mal passado.

Troy desligou o telefone. Alex tinha os trinta mil adicionais que faltavam e ia encontrá-los no Pacific Dining Car — se Troy conseguisse chegar lá passando pelo região central.

— Vamos sair da *freeway* — disse Troy. Diesel desceu a janela, fez sinais e encarou os outros motoristas. Eles deram caminho e o Jaguar tomou a rampa para a State Street, à sombra do gigantesco Hospital Geral. Viajando em direção leste, cruzou o rio L.A. e atravessou a região central pela 5th Street, algumas vezes chamada "Rua do Níquel". Quando ele era jovem, a rua era margeada por albergues e bares 24 horas. Havia bêbados e drogados naquela época, negros e brancos. Agora ela era toda negros e toda *crack*, que fazia heroína parecer remedinho para menininhas órfãs. *Junkies* queriam pirar "a prestações". Um *junkie* seria capaz de atitudes desesperadas, mas um viciado em *crack* faria coisas degeneradas demais até mesmo para uma puta texana. Os olhares que os observavam passar eram transtornados pela loucura.

Pararam num sinal vermelho. Um negro com roupas sebosas apareceu com um borrifador de água e um pano. Começou a esfregar o pára-brisa do carro ao lado. A mulher que estava dentro do carro travou a porta, bateu no vidro e sacudiu a cabeça negativamente. Ele mostrou o dedo médio para ela. Diesel riu. Ainda estava sorrindo quando o flanelinha veio em direção a eles. Antes que ele começasse, Diesel pôs a mão sob o banco do passageiro e tirou uma grande pistola. Ainda sorrindo, usou-a para acenar ao mendigo para que se fosse. O negro ergueu as mãos em sinal de rendição, com um riso cheio de falhas.

— Certo, grandão — disse ele. — Você é durão demais pra mim.

O sinal mudou e eles seguiram viagem.

— Não foi muito esperto — disse Troy.

— Eu sei... mas — Diesel ergueu os ombros. — Todo mundo banca o idiota de vez em quando.

No viaduto da Harbor Freeway, a 5th Street confundia-se com a 6th Street, uma via de mão única em direção oeste. O Pacific Dining Car ficava oitocentos metros à frente, à esquerda, na esquina com a Witmer. Troy entrou no estacionamento. O carro de Alex estava em frente ao deles, dirigido por um manobrista. Alex estava indo para a porta da frente. Ele carregava uma pasta.

CÃO COME CÃO 233

Troy parou e buzinou. Greco virou-se; então voltou para entrar com eles. Quando se aproximaram da porta, ele disse:
— Vejo que o outro cara não veio.
— Ele já é história.
— Isso é bom. Chepe vai ficar contente. Onde vocês o puseram?
— Onde nem Deus o acharia — falou Diesel. — Debaixo do chão, no meio do deserto. Acho que eu não consigo mais achar o lugar.
— Está aí? — perguntou Troy, apontando para a pasta.
— Sim. Pegue-a. É tua mesmo.
Do lado de dentro, o *maître* reconheceu Alex e, carregando os menus, conduziu-os para um dos muitos salões do Pacific Dining Car. Tinha três reservados e duas mesas, nenhum dos quais estava ocupado. Isso lhes deu privacidade para falar e para que Alex pudesse fumar, apesar da nova portaria municipal determinando o contrário.
Depois que o garçom trouxe café e anotou seus pedidos, Alex partiu direto para os negócios.
— Eu disse a Chepe que foi tudo culpa daquele sujeito. Ele estava muito puto. Nunca o vi tão furioso. Geralmente ele é um doce.
— Sim, eu sei — disse Troy. — Ele é um cara tranqüilo.
— Eu pus toda a culpa no Mad Dog. O velho vai ficar feliz quando eu lhe contar que aquele pirado filho-da-puta se foi. Mas tem uma coisa que o preocupa, ele não quer que isso se espalhe. Nada de abrir a boca.
— Ahhh, cara — falou Diesel, com um tom de mágoa evidente em sua voz — quem você pensa que eu sou? Eu não sou idiota.
— Sim, eu sei disso... mas a natureza humana é a natureza humana. As pessoas gostam de fazer confidências...
Diesel sacudia enfaticamente a cabeça, então Alex mudou de assunto. — E agora? Vocês estão prontos para outra, rapazes?
Troy olhou para Diesel. O grandalhão fez uma expressão indecisa. — Tenho que ir para casa para o Natal. Eu tenho um filho.
— Eu soube disso — falou Alex. — Um garotinho, certo?

— Sim. Eu o amo como à minha vida. De qualquer modo, quero passar os feriados com ele. Depois do Ano Novo...

— Você estará interessado então?

— Claro. Puta que pariu, eu nunca tinha feito tanto dinheiro. E agora que aquele babaca se foi...

— E quanto a você? — Alex perguntou a Troy.

— Acho que vou a Frisco com o meu chapa aqui. Enquanto ele estiver com a família eu vou tirar umas feriazinhas em Tahoe. Esquiar de dia e jogar à noite.

— Até parece que é verão.

— Vamos lá, homem?

— Talvez eu vá... depois do Natal. Eu também tenho uma família.

— Sim, é verdade. Com quantos anos sua filha está?

— Dezesseis.

— Bom Deus, o tempo voa!

— Eu vou dar um carro para ela no Natal. Vou deixar estacionado no meio-fio com uma grande fita em volta dele.

— Ela vai gostar.

Com um sorriso antecipado, Alex balançou a cabeça afirmativamente e mudou de assunto.

— Ok, vocês têm o resto da grana nessa pasta. Que mais falta? Você tem meu número. E quanto a você, mano? Como eu posso entrar em contato com você?

— Pode telefonar para mim — falou Diesel. — Você tem meu número?

— Não. Passa ele pra mim — Alex pegou uma agenda eletrônica e teclou o número que Diesel lhe ditou.

Depois do jantar, Troy e Diesel despediram-se de Alex no estacionamento. Quando o manobrista trouxe o Jaguar, Troy pôs a pasta no porta-malas. Ali já estavam seus US$100.000 e os de Mad Dog.

— Nós vamos dividir isto no hotel — disse ele.

— Tudo que você disser, T. É você quem dá as ordens no bando.

O hotel era o Holiday Inn na avenida Highland, com vista para a Hollywood Boulevard de um lado e para as colinas de Hollywood do outro. Diesel havia se registrado por três dias e estendeu a reserva por mais dois. O Mustang estava na garagem do hotel. Tinha acumulado uma camada de poeira devido à poluição, mas ninguém mexera nele. Foram para o quarto e dividiram o dinheiro de Mad Dog e o que Alex trouxera.

Enquanto embolsava mais US$66.000, imaginava a reação de sua esposa quando os jogasse sobre a cama. Acrescentando-os aos primeiros US$100.000 que já estavam com ela, a cadela nunca mais abriria a boca para reclamar de nada. Deus sabe que eu a trato bem. Surpreendeu-se ansioso para voltar para casa e para vê-la e, especialmente, para ver Charles Jr.

— Sabe de uma coisa, é maravilhoso ter um filho — disse.

Troy concordou. Um pai ele jamais seria; tinha abandonado a idéia na metade de seu período em San Quentin.

— O que você vai contar a ele? — perguntou a Diesel.

— Sobre o quê?

— Você sabe, sobre tudo. O que você quer para ele... o que quer que ele pense sobre sua história?

— Não sei o que eu vou contar para ele. Eu encho a bunda dele de tapas se ele demonstrar que vai se meter em encrencas. Ele vai ser um puto de um *cidadão*. E um homem. Ele vai ser um homem, com toda a certeza.

— Assim eu espero, mano. Não desejo nosso tipo de vida para ninguém.

— Pode ter certeza disso, cara — Diesel fechou a bolsa com o dinheiro e apanhou a sacola com suas roupas. — Como faremos? Você vai me seguir? Prefere que eu siga você?

— Por que você não segue para o norte? Eu vou ficar em L.A. mais uma noite. Não tive chance de percorrer a cidade e ver as coisas. Talvez eu pegue alguma garota... ou pague por uma. Vejo você lá amanhã à noite.

— Tem certeza?

— Sim. Talvez eu jogue uma partida de pôquer.

— Ok. Vejo você lá. Talvez nós possamos fazer um churrasco se você chegar a tempo. Sou bom de churrasco.

Desceram o elevador e se despediram no saguão. Diesel seguiu pela Avenida Highland até a US 101, a rota litorânea. Em Thousand Oaks ele parou no Denny's para tomar um café e duas cápsulas de Dexamyl. A anfetamina contida nelas manteria seus olhos bem abertos e sua mente ágil enquanto dirigis-se para o norte através da noite, o mar emitindo freqüentes fosforescências à sua esquerda, as colinas escuras rodando à sua direita — Ventura, Santa Bárbara, Santa Maria, Pismo Beach, San Luis Obispo, e assim por diante, em direção ao sul de São Francisco. Era algum momento entre meia-noite e o nascer do dia quando ele estacionou. Uma nova minivan Ford estava parada na entrada da garagem. Ele tinha pensado em comprar um carro novo para ela, mas agora que ela havia comprado um sem consultá-lo ele estava furioso. Irrompeu através do *hall* em direção ao quarto e ascendeu a luz.

— Porra! De onde veio aquela minivan de merda?

— Charles... Charles... espere um pouco! Eu posso levar de volta. Eu juro. Foi esse o acordo que eu fiz. Vou mostrar a você. — Ela saltou da cama, usando uma calcinha e sem sutiã, de modo que seus seios balançavam enquanto ela corria para a penteadeira. Sabia que ela dizia a verdade; não precisava ver o papel. Outros pensamentos vieram-lhe à mente. Foi atrás dela, pôs os braços em torno de seu corpo e agarrou-lhe os seios. Ela estremeceu e os bicos de seus seios enrijeceram quando ele lhe mordiscou a orelha. Ele a estava carregando para a cama quando Charles Jr. começou a chorar com a maneira peculiar das crianças. Diesel olhou para o teto com exasperação e caiu de costas sobre a cama. Esperou que ela terminasse de ninar o bebê. Torcia para não ter a mesma velha sensação depois, quando se achava sujo e detestava o que haviam feito. Era um sentimento sórdido para se ter depois de fazer amor; sabia disso, embora fosse incapaz de fazer qualquer coisa a respeito. Ela queria abraçá-lo, enquanto ele gostaria de se afastar. Prometeu ocultar suas emoções dessa vez.

Depois que Diesel partiu, Troy acondicionou cuidadosamente seus US$170.000 no porta-malas do Jaguar. O cheiro de morte já havia se dissipado, ou pelo menos mascarado pelas bolas de cânfora que ele espalhara. Os tapetes pareciam idênticos a quando vieram da fábrica. Estava tudo limpo. Ninguém jamais suspeitaria que um corpo quase sem cabeça tinha apodrecido ali dentro durante vários dias. Troy queria que aquilo abandonasse sua mente tão facilmente quanto deixou o porta-malas. Continuava vendo a língua de fogo saltar do cano da pistola e lamber o crânio de Mad Dog. Ele simplesmente apagou, como um pavio comprimido entre os dedos.

Antes de fechar o porta-malas, abriu a maleta e retirou um pacote de notas de vinte dólares. Ponderou por um momento antes de pegar também o Smith & Wesson .38 de cano curto e prender o coldre em seu cinto. Não era para enfrentar a polícia ou cometer um crime; era para se proteger em sua cidade natal.

Quando emergiu da garagem subterrânea, Troy telefonou para Alex. — Está com fome, mano?

— Pensei que você ia para o norte, para umas férias.

— Amanhã. Que tal um jantar?

— Estou ocupado com os negócios, homem. Porra!

— Me ligue se conseguir se livrar. Caso contrário, te vejo quando voltar.

Alex disse algo como até breve, mas não foi possível entender porque a transmissão do celular começou a ficar entrecortada. Quando Troy apertou o botão que desliga o aparelho, sentiu uma leve frustração. Contava com a companhia de Alex para aquela noite.

Enquanto comia no balcão do Musso-Frank, Troy refletia sobre o que iria fazer de sua noite. Talvez devesse ter ido com Diesel. Que tal um filme? Não. O que realmente queria era uma mulher, mas não uma puta de rua ou um boquete em alguma casa de massagens. Ele queria a voz e o riso de uma fêmea. Não tinha nada contra pagar mil dólares por uma noitada, desde que valesse a pena. Pobre dele, não tinha a menor idéia de como encontrar uma garota de programa. Então lembrou-se de um *lounge bar*, nas imediações de Sunset Strip. Costumava ser um bar para putas de alta classe.

Quando entrou, soube imediatamente que havia cometido um erro. Ao invés de madeira escura, couro vermelho e Frank Sinatra na *jukebox*, aquele lugar agora era todo espelhos, todo masculino e Judy Garland estava cantando. Bateu numa retirada veloz, com as bochechas vermelhas; então começou a rir pelo absurdo de ter ficado embaraçado.

Em seguida ele se viu rumando para leste na Sunset, longe

do brilho de Strip e da riqueza de Beverly Hills, para a degradação do centro e para além de East L.A. O lugar onde a Sunset Boulevard começava era também onde Los Angeles teve sua origem. Quando se aproximou da Union Station, lembrou de um *lounge* na Huntington Drive, em El Sereno. A dez minutos de distância, ainda era um ponto de ex-presidiários chicanos. Não fazia nem dois meses que Pretty Henry Soto tinha voltado para San Quentin e, entre outros enredos sobre a vida do lado de fora, mencionou que Vidal Aguilar agora era dono do Club Clover, com o nome de outra pessoa no alvará de funcionamento, claro. Troy não via Vidal desde muitos anos atrás, mas durante três anos ele esteve na cela ao lado da sua, e muitas vezes tomaram o café da manhã e almoçaram juntos. Eles eram amigos e Vidal saiu e ficou fora, embora suas histórias tenham voltado. Sempre tinha sido um esbanjador no submundo de L.A. Ele e Alex se conheciam. O problema com mexicanos realmente agindo juntos era que tinha gente demais querendo mandar. Muito macho e pouca cooperação.

Além da ponte sobre o rio L.A., as pichações demarcavam a zona como sendo área dos "1st Flats". Os apelidos evocavam aqueles da juventude de Troy. Quantos caras conheceu pelos nomes de "Japa", "Grumpy", "Alfie", "Cuervo", "Wedo" ou "Veto"?

Passou por assentamentos urbanos baixos e esparsos. Entre os edifícios podia ver as silhuetas aglomeradas das gangues reunidas. Algumas das janelas dos conjuntos tinham luzes natalinas. Na verdade, muitos dos pequenos bangalôs de estuque tinham sido contornados com brilhantes luzes coloridas. Fizeram com que ele se sentisse triste e solitário. Raramente era invejoso, mas quando pensou em Diesel passando a manhã de Natal com um filho, sentiu uma pontada de inveja. Queria que sua vida tivesse lhe permitido ter um filho.

Virou na Soto e seguiu por ela até passar o Hazard Park e as colinas onduladas de El Sereno, a maioria das quais ainda estava desocupada, de onde se erguiam várias altas torres de rádio, encimadas por luzes vermelhas pulsantes. Uma vez, jovem e bêbado, escalara uma delas até o topo. Teria desistido no meio do caminho se não fosse por um mexicano macho chamado Gato, que estava escalando a torre ao lado e se recusou a parar antes do topo. O que era capaz de fazer aos vinte e dois anos jamais faria agora. Então lembrou que contara a história a Mad Dog menos de duas semanas atrás. Sua mente rapidamente apagou a lembrança.

A Soto tornou-se o início da Huntington Drive. O luminoso verde, CLOVER CLUB, estava de pé, ainda que o "L" fosse uma pálida sombra do seu brilho original. Troy estacionou meia quadra abaixo, em uma rua lateral, e caminhou de volta. A tarde estava quente, apesar do mês de dezembro já estar avançado. Podia ouvir as vozes excitadas das crianças brincando nos jardins da vizinhança.

A porta da frente do Clover Club estava aberta e o som da música dos *mariachis* derramou-se gradualmente enquanto Troy entrava. As mesas, os reservados e o bar estavam completamente cheios. Um quarteto tocava em um palco baixo, do outro lado. Uns poucos casais estavam na minúscula pista de dança; comprimiam-se e balançavam muito rápido, acompanhando a banda. Caralho, Troy pensou, o puto do Vidal é um vencedor.

Troy abriu caminho até o bar. Uns poucos olhares se desviaram para observá-lo — um gringo em Aztlan — mas ninguém falou nada nem irradiou hostilidade. No bar, o único espaço livre era o local entre as barras de cobre por onde passava a garçonete. Ela estava saindo com uma bandeja cheia de bebidas. Troy notou que ela tinha uma bunda grande e redonda, do tipo que os mexicanos preferem, embora fosse considerada robusta demais em Beverly Hills. Troy forçou sua passagem até o bar. O *bartender*, que era bem grande para um mexicano, tinha o nariz achatado e as sobrancelhas grossas de um ex-lutador.

— Manda.

— Sou amigo de Vidal. Ele está por aqui?

O *bartender* o examinou. Nesse momento exato, a garçonete retornou e Troy teve de se afastar para que ela descarregasse os copos vazios e passasse um pedido de "dois *screwdrivers*, duas Buds…".

Com a mistura de inglês e espanhol que é a língua franca em

East L.A., o *bartender* pediu à garçonete, cujo nome era Delia, que dissesse a Vidal que alguém queria vê-lo. Voltou-se para Troy.

— Qual é seu nome, *ese*?

— Troy.

Surpreendeu-se olhando dentro dos olhos escuros de Delia e depois observando-a cruzar o salão até o corredor com a placa de TOALETE. Sua atenção foi desviada quando o *bartender* perguntou se ele queria alguma coisa. Troy sacudiu a cabeça.

Um minuto depois, Delia apareceu sob a arcada com um homem. Não era Vidal. Ela apontou Troy. O homem acenou.

Enquanto atravessava o salão, Troy cortou uma camada de fumaça. Pessoas alérgicas a cigarro teriam grandes problemas ali; seus olhos lacrimejariam e se reclamassem acabariam levando um soco no nariz. O homem que esperava por ele sorriu. Troy lembrava seu rosto, mas não conseguia dar-lhe um nome. Delia passou, sorrindo para ele. Havia algo mais naquele sorriso? Ele virou a cabeça para dar uma olhada no balanço de seus quadris. Quando se voltou, o homem na arcada estava rindo para ele.

— Você gosta daquilo, hein?

— Não nego. Quantos filhos ela tem?

O chicano mostrou dois dedos. — Todas elas têm dois filhos.

— Onde está o marido dela?

— Soledad Central. Você não ia querer conhecê-lo. É encrenca.

Apertaram as mãos e o chicano o conduziu através de um corredor estreito com uma câmara de TV em circuito fechado no final. Os toaletes ficavam de um lado. Do outro lado havia uma porta revestida com uma chapa de metal. O acompanhante de Troy bateu. Uma campainha soou, liberando a fechadura. O chicano empurrou a porta. A sala era uma combinação de depósito e escritório, ao longo das paredes havia caixas de cerveja e outras bebidas.

Vidal estava sentado atrás de uma escrivaninha baixa e toda sulcada. Sobre ela havia uma cesta de arame, um telefone e um pequeno monitor de TV mostrando o corredor do lado de fora

CÃO COME CÃO 241

do escritório. Vidal sorriu, seus dentes muito brancos sobressaindo contra a pele escura e os malares salientes. O sangue indígena era evidente nele. Exceto pelo cabelo mais grisalho, não tinha envelhecido nos seis anos desde que recebeu a condicional. Levantou-se e estendeu a mão.

— É bom ver você, T — disse ele, enquanto apertavam as mãos. — Quando saiu?

— No mês passado.

— Onde diabos você estava? Precisa de grana?

— Não. Eu estou bem. Como vai você, mano?

— Frango hoje, penas amanhã. Sente-se, homem. Quer beber? O que prefere?

— Bourbon... Jack Daniel's ou Wild Turkey, com um dedo de Seven-Up.

— Por que você não providencia um, Tootie? — falou Vidal.

— Num instante.

Agora Troy lembrava: Tootie Obregon, de Mateo. Trabalhava na cozinha e era um grande jogador de *handball*.

Tootie saiu.

— Como foi que você arranjou este lugar? — Troy perguntou. Vidal foi criado nas casas populares de Ramona Gardens. Sua carreira criminal iniciou no secundário, quando ele começou a vender erva a granel. Permaneceu no tráfico de maconha porque aqueles com quem ele negociava eram muito menos violentos e a erva estava muito abaixo na lista de prioridades da polícia. A maconha solta começou a ser vendida em gramas, depois em quilos e, finalmente, em carregamentos. Sua única condenação foi por um furgão carregado com mil quilos, embora os agentes anti-drogas os tivessem transformado em oitocentos e guardado duzentos para vender por mil dólares a peça. A pena de Vidal foi interrompida quando os agentes foram indiciados por passar a mão em dinheiro e drogas durante as autuações. Na verdade, metade do esquadrão de narcóticos da Chefatura de Polícia foi indiciada. Vidal mudou de jogo quando saiu. Chegavam notícias de que ele era um atravessador, comprando e vendendo mercadoria roubada. Era um crime ainda menos prioritário que traficar maconha.

— Este ponto estava à venda e alguns *vatos* de Tucson roubaram um caminhão com a carroceria cheia de bebidas, seiscentas caixas de Johnny Walker e Jack Daniel's e tudo o mais. Eles as esconderam em três garagens de East L.A. Eu paguei vinte e oito dólares por caixa a eles e comprei este lugar pelo valor da licença. Ninguém mais queria ele. Eu não faço tanto quanto fiz vendendo mato — mas estou indo muito bem. Eu e Tootie, nós também operamos apostas para o futebol. Tem certeza que não está precisando de uma graninha? Eu posso te emprestar cinco ou dez mil, cara.

— Não, não. Estou ótimo, Vidal. De qualquer forma, obrigado.

— Sim, você sempre se deu bem. Ficaria surpreso em saber quantos caras vêm até mim implorando dinheiro. Alguns deles têm um medo mortal daquela lei das três infrações.

— Aquilo é o bastante para assustar qualquer um. Eles dão prisão perpétua a troco de nada.

— Eu sei. Lembra do Alfie, de White Fence?

— Aquele rapazinho do *eme*?

— Sim. Eles querem dar perpétua a ele por ter roubado um pneu da carroceria de um caminhão. Ele está enfrentando isso como se fosse uma acusação de assassinato. Ele falou que os caras podem pegá-lo, mas vai custar um milhão para eles conseguirem isso. O *Times* disse que vão construir mais vinte prisões nos próximos dez anos. Eles deviam pôr uma cerca com arame farpado em volta de todo este Estado filho-da-puta.

— Você conhece o Sluggo? — continuou Vidal.

— Conheço três com esse nome, dois mexicanos e um branquelo doido de Louisiana.

— O polaco — Sam alguma coisa, é o nome dele. Ele esteve aqui outro dia. É viciado em drogas e rouba para sustentar o vício. Ele tem uma daquelas MAC alguma coisa, aquelas semi-automáticas pequenas. Não são muito precisas, mas disparam um monte de chumbo tão rápido quanto você consegue apertar o gatilho.

— Sei como elas são.

— Ele disse que se vão lhe dar prisão perpétua por roubar lojas, ele pode ser igualmente condenado por assaltar bancos e matar tiras. Mudaram o cara da forma errada. Pegam um

ladrãozinho de loja e fazem dele um psicopata. Eu adoro isso
— disse Vidal. — Adoro um puta caos.

— E quanto a você? Quantas condenações você tem?

Vidal sacudiu a cabeça e ergueu o polegar e o indicador em
círculo sugerindo um zero. — Onde você está morando?

Troy sacudiu a cabeça.

— Você não virou um sem-teto, virou?

— Não tenho endereço, mas não sou sem-teto. Estou indo
para o norte, ver Big Diesel Carson.

— O lutador?

— Sim.

— Cara, eu lembro daquela luta no pátio menor no *Field
Meet Day*... ele e aquele crioulo. Qual era o nome dele? Spo-
tlight Johnson?

Troy confirmou. Vidal balançava para a frente e para trás
com sua gargalhada. Então ouviram uma leve batida na porta.
No monitor de TV eles viram Tootie e a garçonete, Delia. Ela
trazia uma bandeja com seus drinques.

Vidal apertou uma campainha sob a escrivaninha e Tootie
empurrou a porta. Delia entrou e pôs a bandeja sobre a escrivaninha. — Quem pediu o quê? — perguntou.

— O bourbon é aqui — falou Troy.

Ela teve que se inclinar sobre a escrivaninha para colocar a
bebida na frente dele. Vidal estava olhando sua bunda.

— Oh, meu Deus, tão linda. Eu vou ter um ataque cardíaco!
— agarrou o peito fingindo sentir dor. Tootie gargalhou e Troy
sorriu. Ele estava olhando nos olhos dela. Estava ela dizendo
algo sem palavras?

— Delia... Delia... oh, baby — falou Vidal.

Ela se virou, sorriu e balançou a cabeça. — Vidal, pára com
isso. Chita é minha amiga.

Ele lançou suas mãos para o alto. — O que vou fazer? O
que você faria? — perguntou a Troy.

— Não sei... mas posso entender.

— Estou saindo — disse ela, mas quando abriu a porta de
modo a ficar fora do campo de visão de Vidal e Tootie, piscou
para Troy de um jeito que ou era um convite ou ele estava
ficando louco. Então ela fechou a porta e se foi.

— Ei, Troy... ela perguntou sobre você — disse Tootie. — Está interessada.

— Ela tem um belo corpo moreno, sem dúvida — disse Troy.

— Ela tem *tres* — falou Vidal, mostrando três dedos e referindo-se a três crianças.

— Merda, eu esperava que fossem só duas.

— Só achei que devia te contar.

Troy sorriu e piscou. O gesto dizia qualquer coisa que Vidal quisesse entender.

— E quanto a Jimmy Baca? — Troy perguntou. — Você o tem visto desde que ele derrubou aquela acusação de assassinato?

— Sim. Ele está com câncer... no fígado.

A frase fez o coração de Troy dar um salto. Jimmy Baca! Era o cara mais durão que Troy jamais conhecera — e ele conhecia muitos dos homens mais durões da América. Ninguém era como Jimmy. Todos os homens eram mortais, mas era difícil pensar que o corpo de Jimmy iria traí-lo. Sua mente jamais o fizera.

— Ele não é tão velho — foi tudo o que pôde dizer.

— Eu sei — falou Vidal. — É uma merda. Sonny Ballesteros...

— Esse é meu camarada — disse Troy.

— Sim. Eu sei. Ele também tem isso, mas dizem que vai sair dessa.

Morte e câncer em amigos não eram coisas em que Troy queria pensar, embora afastassem sua mente de Mad Dog por um momento, e quando pensasse novamente nele, o horror teria ligeiramente se apagado.

Ficaram em silêncio enquanto sorviam seus copos. Através da parede, vibrava o som da banda.

— O que está acontecendo na cadeia? — Tootie perguntou. — Dê-nos algumas notícias.

— Finalmente mataram Sheik Thompson.

— Queimaram ele, hein? Meu amigo, aquilo era um animal! — disse Tootie.

— Sheik Thompson? — perguntou Vidal. — Eu devia conhecer ele?

— Você devia saber algo sobre ele. Mas acho que ele estava

em Folsom ou em Vacaville quando você estava preso. Era uma espécie de troglodita.

— Um crioulo?

— Sim... a palavra crioulo foi criada para filhos-da-puta como ele.

— Como foi que o pegaram? — perguntou Tootie.

— Ele estava voltando do escritório do diretor. Slim e Motormouth Buford, eles quebraram suas pernas com um taco de beisebol e depois de o derrubarem, cortaram sua garganta.

— Olha só — continuou Troy. — Prenderam eles imediatamente e os levaram ao gabinete do Capitão para interrogá-los. Mais tarde, no horário de voltar para as celas, todos os detentos da cadeia foram postos em fila, e trouxeram Slim e Motormouth do gabinete do Capitão para levá-los ao buraco. Todos os detentos no pátio começaram a aplaudir e ovacionar eles, porque mataram o Sheik.

— Conheço Motormouth — falou Vidal. — Um *vato* negrinho. Era um homem-chave no Bloco Sul.

— É esse mesmo.

— Como é que todo mundo odiava tanto o Sheik?

— Porque o imbecil não era humano — disse Tootie.

— Vou te falar sobre ele — disse Troy. — Ele trabalhava na pedreira, perto daquela estrada que a gente podia ver do pátio inferior. Ela fica a cerca de três quilômetros e tem uma pequena subida. Ele costumava correr para o trabalho com algum veadinho sobre os ombros. No *Field Meet Day*, no tempo em que ainda havia isso, ele corria quatro-por-quatro, oito-por-oito e uma milha... pela manhã. Depois, à tarde, ele lutava pelos títulos de peso médio, meio-pesado e pesado. Às vezes ele tinha algumas lições de boxe, mas *ninguém* jamais levou ele a *knock-out*. Ele tinha as piores atitudes.

— Sim — acrescentou Tootie. — Ele cuspia na cara das pessoas.

— Isso é perigoso na prisão. E esfaquearam ele tantas vezes! Mapa golpeou a cabeça dele com uma barra de halteres. Bateu com tanta força que fez um de seus olhos saltar para fora — ficou pendurado por uma espécie de tendão. Eles o colocaram de volta e três semanas depois ele estava inscrito em uma luta. Death Row Jefferson e dois outros caras saltaram em cima dele com suas facas. Ele moeu todos os três de pancadas e depois testemunhou contra eles. Jeff foi para o corredor da morte por causa daquilo. Foi lá que ele conseguiu o apelido.

"Então houve a briga que ele teve com Johnson, em Folsom. Foi perto dos fundos do bloco número um, e três torres de vigilância abriram fogo sobre eles. Eles iam ser alvejados com projéteis trinta-trinta e trinta-zero-meia... e seriam abatidos pelas balas, mas saltaram um contra o outro. Johnson arrancou a orelha de Sheik a dentadas e a engoliu. Quando finalmente separaram os dois e levaram os caras para o hospital, os alto-falantes pediram doadores de sangue. Nenhuma alma em toda Folsom daria uma gota de sangue a Sheik. Eles se apresentaram e disseram que doariam sangue para Johnson, mas Sheik Thompson que se fodesse. A única exceção foi um cara que era HIV positivo e tentou doar, mas depois de fazerem alguns exames, não quiseram aceitar seu sangue.

— É engraçado eu nunca ter ouvido falar dele — disse Vidal.

— Provavelmente ele estava em Folsom enquanto você estava em San Quentin.

— É, provavelmente foi por isso — Vidal olhou para o relógio. — Eu e Tootie temos de cuidar de negócios daqui a pouco. Você pode ficar aqui e se divertir ou pode vir conosco...

— Não, não, está tudo bem — falou Troy. — Eu também tenho que pegar a estrada.

— Onde você vai passar o Natal? — perguntou Tootie.

— Mais para o norte, Frisco.

— Você vai voltar, não vai? Esta é sua cidade natal, certo?

— Ã-hã. Estarei de volta em algum momento do próximo mês.

— Rapaz, estou feliz por ver você — disse Vidal. — Tome o meu cartão. — Da gaveta da escrivaninha ele puxou um cartão de visitas do meio de um maço preso com elástico. Entregou-o a Troy, que o colocou no bolso da camisa, despediu-se e partiu. Quando saiu do pequeno corredor para o salão principal, parou e olhou em volta. Delia estava em um reservado, anotando pedidos. Troy andou em direção a ela e parou. Ela olhou para ver quem era.

— A que horas você sai? — perguntou ele.

— Por volta de duas e meia — ela respondeu.

— Quer tomar um café?

— Eu vejo você depois.

— Ótimo.

Ele saiu. Pensar nela o deixou excitado. Que horas eram? Achou que deviam ser dez e meia, mas não tinha relógio. De volta ao carro, a News 98 disse que eram nove e vinte. Mais cinco horas. Ia comer alguma coisa e ir ao cinema. Viu num outdoor que estava passando *Pulp Fiction*. Era o único filme que realmente desejava assistir.

Às 2:15 Troy dobrou a Huntington Drive vindo da Eastern Avenue. Imediatamente, avistou as luzes azuis piscando sobre as capotas das viaturas policiais — muitas delas, mais uma ambulância, do lado de fora do clube de Vidal.

Um oficial uniformizado estava parado na rua com uma lanterna. Os luminosos tinham se apagado. Parte da rua estava isolada e dois oficiais procuravam cartuchos vazios no asfalto. — Nem pensar em boceta esta noite — murmurou Troy, dirigindo o automóvel para a pista mais afastada e seguindo o carro da frente. O policial gesticulou para que eles fossem em frente. No momento em que Troy passava, uma lâmpada de *flash* piscou. Um corpo estava caído no pavimento, perto do meio-fio. Uma execução? O que quer que fosse, não ia ver Delia naquela noite. — Adeus, baby — disse, e começou a ponderar sobre qual o caminho mais rápido para a *freeway*. Qualquer um deles o levaria para a Interestadual 5.

CAPÍTULO **DEZESSEIS**

Era o meio da tarde do dia seguinte quando Troy entrou na rua que levava às casinhas do conjunto residencial. O conjunto tinha três anos de existência e a maioria das casas já formava uma paisagem, embora as árvores ainda fossem pequenas. Algumas tinham os jardins amarelados do inverno, enquanto outras expunham o verde da grama sempre-viva. Muitas casas ainda não tinham sido vendidas, seus terrenos permaneciam nus e poeirentos.

No meio da rua, meia dúzia de garotos jogava baseball. Afastaram-se à passagem do carro. Troy viu o Mustang de Diesel na calçada em frente à garagem. Estacionou atrás dele. Diesel tinha plantado grama, mas não cuidara mais dela. Estava toda amarelada, exceto em torno de uma torneira vazando. Ali o gramado estava verde e os dentes-de-leão cresciam em profusão. A porta da garagem estava aberta; Troy podia ver a traseira do carro novo de Glória, sobre o qual Diesel havia lhe falado ao telefone. Antes de sair do carro, Troy tirou o coldre com a pistola e colocou embaixo do assento.

Do interior da casa, Diesel viu o Jaguar estacionando. Saiu para encontrar seu amigo.

— Estou vendo que você me encontrou, mano — disse ele, estendendo a mão. — Estou feliz que você esteja aqui. Você vai passar o Natal conosco.

— O que sua mulher acha disso?

— Foda-se ela. Sou eu que mantenho este barraco, entende o que eu quero dizer? Quando a vaca puder comigo, então ela vai poder dar as cartas.

— Não, não, mano. Não quero ser o pivô de uma discussão familiar. Vou passar o Natal na cidade.

— Faça como quiser. Isso será amanhã. Esta tarde nós vamos assar um filé para você. Não quero saber de frescuras sobre isso.

— Ok, eu vou ficar.

— Vamos ter que ir ao mercado. Espere aqui enquanto eu aviso a patroa.

Diesel entrou. Troy ficou do lado de fora e observou o jogo dos garotos. Um minuto mais tarde, Diesel saiu. Tomaram o carro de Troy, porque era mais fácil sair com ele. Quando deram a partida, os garotos começaram a jogar desordenadamente. O menino que estava com a bola recuou em ziguezague, tentando fazer com que o carro ficasse entre ele e seus perseguidores. Diesel baixou o vidro para dizer alguma coisa, quando os dois meninos que estavam atrás da bola foram cada um para um lado e o garoto que eles perseguiam teve que atravessar a rua.

Wilson Walter Williams, gerente do mercado Safeway no turno da noite, estava no escritório do andar de cima, sobre a seção de carnes. Lá embaixo, o mercado estava cheio de compradores. Seu olhar caiu sobre os dois homens como se eles fossem um ímã. O grandão empurrando o carrinho vestia uma camisa de mangas curtas que expunha incontáveis tatuagens azuis feitas à mão. Para o gerente da noite, o homenzarrão parecia inquieto e suspeito. Recentemente, a loja tinha sofrido um extraordinário volume de perdas por furto de mercadorias, especialmente carne e cigarros. O outro homem correspondia à descrição de alguém que os caixas do turno da manhã perseguiram poucos dias antes, mas que conseguiu escapar.

Wilson Walter Williams pegou o telefone. O número do

posto policial estava sob o vidro de sua escrivaninha.

Lá embaixo, Diesel escolheu uma grande peça de filé e deixou-a cair no carrinho. Tinha uma lista de compras que Glória lhe havia passado.

— Tenho que comprar toda esta merda, também.

— Cumpra sua obrigação, amigo. Eu vou sentar no carro.

— Não vou demorar.

A caminho da saída, Troy pegou um pacote de rosquinhas. Também apanhou um pouco de Pepto-Bismol para sua azia. Enquanto esperava na fila do caixa expresso, pegou um exemplar da revista *People* para olhar durante a espera no carro. Pagou para o caixa e caminhou até o carro.

Atrás do mercado, uma viatura policial com dois oficiais, uma mulher branca e um homem negro, estacionaram na plataforma de descarga de mercadorias. O gerente estava esperando.

— O grandão ainda está lá dentro. O outro está esperando no carro, um Jaguar cor-de-vinho. Eu não anotei a placa.

— Você viu ele pegar alguma coisa? — perguntou o oficial Lincoln.

— Não... mas o que está no carro esteve aqui semana passada. Ele fugiu com metade de um pacote de cigarros.

O oficial negro estava no lado do passageiro. — Eu vou verificar o grandão na loja.

A oficial Melanie Strunk esperou até que os dois homens desaparecessem pela porta de entrada das mercadorias. Então seguiu lentamente pela pista e dobrou para o estacionamento.

Dentro do mercado, Diesel empurrava o carrinho lotado com a lista de Glória e com o que mais lhe chamou a atenção. A pistola em sua cintura começou a abrir caminho sob a camisa. Olhou em torno. Tantas pessoas fazendo compras na véspera do Natal! Entretanto, não podia deixar que a pistola caísse. Empurrou o carrinho para o último corredor e olhou em volta. Ninguém podia vê-lo ali, então ergueu a camisa e ajeitou a Python .357 numa posição melhor.

Lá de cima, o oficial Lincoln e o Sr. Wilson Williams viram o movimento suspeito. Lincoln também observou as tatuagens em nanquim azul sobre a mão do homem. Na Academia de Polícia, ensinaram-no que aquelas tatuagens eram feitas no reformatório ou na prisão. Abriu o fecho do *walkie-talkie* e puxou-o para fora.

— Alô, parceira. Talvez tenhamos dois ladrõezinhos aqui.

— Devo chamar reforços?

— Não. Não para isso. Encontre o Jaguar cor-de-vinho e verifique a placa.

No estacionamento, Troy comia uma rosquinha e folheava a revista, pensando em por que, afinal, a tinha comprado. Ela não oferecia nenhum alimento para o seu intelecto e seu interesse por fofocas leves sobre estrelas de cinema era mínimo, embora certamente ele teria se masturbado pensando em algumas delas durante os anos de prisão.

Sua visão periférica e seu constante estado de alerta de predador chamaram-lhe a atenção para o fato de que havia algo atrás do carro. Olhou pelo espelho retrovisor e viu a viatura branco-e-preto estacionar, bloqueando a traseira do Jaguar. Seu coração disparou. Estava se virando quando viu o uniforme ao lado da janela do motorista.

— Com licença, senhor — disse a oficial Melanie Strunk — poderia sair do carro?

Conteve seu medo. — Claro. O que há?

Levou a mão à porta, mas ela a abriu para ele e deu um passo atrás. Gostaria de ver olhos dela. Eles estavam escondidos atrás dos óculos escuros.

Saiu do carro. — Qual o problema, oficial? — Imaginava o que a teria atraído. Haveria uma causa provável? O dinheiro e a carabina estavam no porta-malas. Sua pistola estava sob o assento.

— Por que sua placa está encoberta?

— Quê?

Caminhou até a traseira do carro (ela o seguiu) e olhou a placa. Um jornal havia sido dobrado sobra ela, cobrindo-a. Traquinagem dos garotos em frente à casa de Diesel. Era a única explicação possível. Ele arrancou o jornal. — Alguns garotos devem ter me pregado uma peça.

— Este carro é seu, senhor? — Suas suspeitas eram menores do que poderiam, porque ele era um homem branco e bem-vestido de trinta e cinco anos. Um jovem negro com roupas folgadas teria disparado seu alarme.

— Sim. Acabei de comprá-lo.

— Posso ver sua licença de motorista?

— Claro — Ele pegou sua maleta e tirou a carteira de motorista em nome de Al Leon Klein.

— Fique aqui — disse ela, levando a carteira para verificação. Estava do outro lado da viatura, observando-o por cima da capota.

O carro de polícia impedia que ele desse marcha à ré e em frente ao Jaguar havia uma mureta de concreto à altura dos joelhos. Devia correr? Não. A licença de motorista e a placa do carro estariam batendo. Olhou à sua volta. Umas poucas pessoas estavam do lado de fora do mercado, olhando a cena. Nada de Diesel.

Melanie Strunk voltou e entregou-lhe a licença. — Tudo certo, Sr. Klein. Houve muitos furtos aqui. Você se importa se eu der uma olhada em seu carro?

Merda! A lei dizia que ele poderia recusar; ela não tinha um motivo plausível. Mas se dissesse não, ela jamais o deixaria ir. Se desse a permissão, perderia seus direitos.

— Eu estou sendo detido? — perguntou.

— Não. Não ainda.

Sobre os ombros dela, Troy viu Diesel passando pelas portas de vidro. O grandão carregava uma sacola de compras em cada braço. Troy lembrou da pistola sob o assento. Poderia pegá-la e voltar-se rápido o suficiente?

— Você se importa se eu der uma olhada? — ela perguntou novamente.

— O que você está procurando?

— Você tem mercadoria roubada?

— Não, claro que não.

— Você tem narcóticos ou uma arma?

— Não.

— Então, o que você tem a esconder?

— Coisa nenhuma.

— Então...?

— Ok... claro. Deixe-me pegar meu suéter. — Ele estava no outro banco dianteiro, sobre a pistola. Ele abriu a porta do carro. Pelo canto dos olhos, ele a viu destravar o coldre.

CÃO COME CÃO **253**

Jamais conseguiria apanhar a pistola a tempo. Girou para trás para encará-la, o desespero tomando conta dele.

— Parada! — disse. — Você está cercada por trás. — Enquanto falava, moveu-se para a frente, de modo que ficaram face a face. Ele pareceu crescer sobre ela.

Por um momento ela ficou paralisada; então deu um passo atrás e procurou a arma.

Troy lançou um soco de direita.

Melanie esquivou-se o suficiente para que seu capacete recebesse o golpe e quebrasse um dos dedos dele. Um relâmpago de dor subiu pelo braço de Troy.

Melanie caiu de encontro ao carro próximo, sua cabeça zunindo enquanto sacava o revólver de serviço. Antes que ela pudesse erguê-lo, Troy o agarrou com a outra mão e tentou arrancá-lo com uma torcida. Ela o segurou com ambas as mãos e entrelaçou suas pernas em torno das dele.

Caíram entre os automóveis, lutando pela arma. Troy teria conseguido arrebatá-la facilmente, não fosse pela mão fraturada.

Diesel viu a luta inesperada. O que devia fazer?

Antes que conseguisse decidir, o oficial Lincoln e o Sr. Williams passaram correndo, esbarrando nele enquanto corriam para socorrer a oficial envolvida na briga.

Troy girava a arma para trás e para a frente. Melanie estava desistindo. Tinha um polegar barrando o cão, de modo que ele não pudesse disparar.

Troy ouviu o ruído dos passos. Então uma dor terrível e um *flash* luminoso atravessarem seu cérebro. Uma pedra?

Novamente o *flash* e a dor. Um cassetete golpeava seu crânio. Sangue corria sobre seus olhos. Um braço envolveu sua garganta em um abraço sufocante, arrastando-o para longe.

Montaram sobre ele, pressionando seu rosto contra o asfalto. Mãos torceram seus braços sobre as costas. Os braceletes de metal tilintaram e fecharam-se sobre seus pulsos. Alguém se ajoelhou sobre suas costas. Ele fraquejou. Onde estava Diesel? Por que não veio ajudar? Troy queria que ele morresse. Então ouviu o gerente falar: — O outro está lá, no meio do ajuntamento.

Diesel não ouviu essas palavras, mas viu as cabeças se voltarem em sua direção. Até então, achou que não suspeitavam dele. Eles o tocaram enquanto passavam. Quando parou para olhar a peleja, sacou a pistola e a manteve escondida sob as compras. Tentou ficar preparado para ir em socorro de Troy. Aquilo aconteceu muito rápido; sua mente não estava preparada. Também não podia se permitir a desaparecer e abandonar seu amigo.

Agora era tudo conjectura. Os dois policiais estavam vindo em sua direção, separando-se para dar cobertura um ao outro. Tudo que havia contra ele era a pistola, uma contravenção menor. Um ano antes, teria se rendido e cumprido a sentença de seis meses a um ano. Agora, porém, enfrentaria uma sentença de prisão perpétua, porque seria seu terceiro crime — não importava quão pouco importante fosse. Sabia o que tinha de fazer. Era melhor matar ou morrer a entregar o resto de sua vida. A policial feminina vinha direto para ele. O tira negro fazia uma espécie de círculo. A multidão dava passagem a ela. Estava a um metro e meio dele.

— Você — disse ela, apontando para ele.

Olhou para trás, fingindo pensar que ela se dirigia a alguém mais. Outras pessoas no ajuntamento também olhavam em torno. Melanie Strunk deu mais um passo.

Diesel voltou-se. Viu a face sardenta da mulher emoldurada pelo capacete da polícia. O colete à prova de balas deformava a parte de cima de seu uniforme, que estava descomposto e sujo por ter rolado no chão com Troy. Ela não viu a arma sob a sacola de compras. Teve uma fração de segundo, que não foi suficiente, no momento em que o cano apareceu e explodiu. A bala acertou-a no baixo abdome, sob o colete. O impacto da bala de calibre pesado jogou seus quadris para trás e fez com que ela desse meia-volta enquanto caía, um breve gemido de dor partindo de sua boca.

A multidão gritou e explodiu para longe dele.

O oficial Lincoln mergulhou para a proteção de um automóvel e agarrou sua arma.

Troy, o rosto comprimido contra o asfalto pelo joelho do gerente, assustou-se com o disparo. Mexeu-se e tentou se erguer. O gerente da loja e um garoto do caixa pularam em suas costas.

Diesel deu um tiro cego em direção ao policial negro e correu para o final do edifício. Meu Deus, meu Deus, meu Deus, recitava sua mente. A tarde se converteu em um súbito apocalipse.

Melanie Strunk rolou sobre o concreto, segurando sua ferida e apertando os dentes para conter um grito. O sangue escorria entre seus dedos.

O oficial Lincoln esperou até que o homem corpulento dobrasse o canto do prédio antes de saltar e correr atrás dele.

Em uma rua atrás do mercado, um delegado aposentado ouviu o tiro e viu uma figura vir do canto do edifício e se dirigir para uma cerca e para a rua que ficava atrás dela. O delegado aposentado pisou no freio, saltou para fora do carro e gritou: — Parado!

Diesel se lançou para a cerca e volteou sobre ela, aterrissando desajeitadamente de frente para a cerca, e se desequilibrou a ponto de cair sobre seus quartos.

O delegado aposentado estava logo atrás do grandalhão. Abriu seus braços como um goleiro se preparando para o pênalti. Diesel tornara a se levantar. Tentou passar correndo pelo homem, mas quando sentiu resistência, atirou em sua perna. O herói caiu e Diesel pulou para dentro do seu carro.

Atrás dele, o oficial Lincoln assumiu posição de disparo e apontou a arma. O alvo estava a trinta metros. No momento em que apertou o gatilho, Diesel se inclinou para trocar a marcha.

A bala atravessou a janela do motorista, errou Diesel por dois ou três centímetros, saiu pela janela do passageiro, cruzou a rua e fez um buraco na vitrine de uma barbearia. Carl Ellroy estava na cadeira do barbeiro, alheio a tudo que não fosse o ato de barbear-se — até que o pesado projétil se chocasse contra seu antebraço, quebrando seu osso e o relógio de pulso que ganhara de presente de Natal.

Diesel pisou com força no acelerador. O carro oscilou durante a arrancada. Enquanto ziguezagueava rua abaixo, balas perfuravam o automóvel — mas ele seguiu em frente. Diesel pôde sentir o impacto delas, mas não teve consciência dos dois grandes buracos no tanque de gasolina, que uma bala havia atravessado de um lado a outro. Gasolina derramava pela rua enquanto ele se afastava em alta velocidade. Olhou para o indicador de combustível: pela metade.

No mercado, vozes histéricas chamavam por uma ambulância. Oficiais de motocicleta e viaturas policiais guinchavam, com sirenes e luzes a toda força. Policiais foram tomar o lugar do gerente. Troy via as pernas em uniformes azuis. Quando um tira parou sobre sua cabeça e comprimiu seu rosto contra o pavimento, ele pôde ver as paredes de granito da prisão de Folsom. Mãos rudes ergueram-no pelas algemas às suas costas e o arrastaram para a viatura com o compartimento traseiro gradeado. Seu crânio se chocou contra a moldura da porta. Alguém empurrou sua cabeça para baixo e o jogou na parte de trás da viatura. Podia ver as luzes azuis piscando do lado de fora. Quando o carro partiu, Troy ouviu o top-top de um helicóptero. Corra, Diesel, corra, pensou em meio ao seu próprio desespero.

O carro roubado percorreu pouco mais de um quilômetro e meio antes de ficar sem combustível. Era um bairro de velhas casas com estrutura em madeira. Densos arvoredos abrigavam a rua, fazendo a noite cair antes que o sol se tivesse posto de todo. Quando Diesel desembarcou, um vento gelado soprou sobre seu corpo suado e ele começou a tremer. Tinha que conseguir outro automóvel. Tinha de fugir. Ia roubar um. Correu em direção ao final da quadra e entrou em um beco que dava para a outra rua. Entrou em uma varanda e tocou a campainha.

Nenhuma resposta.

Atravessou correndo o jardim. Viu luz na janela frontal da casa seguinte. Apertou a campainha e esperou, tremendo e olhando por sobre os ombros. Passos se aproximaram e, quando a porta se abriu, ouviu o som da TV no interior. Um homem de seus sessenta anos olhava para ele.

— Pois não? — Atrás dele havia um sheltie, latindo ruidosamente. — Quieto — disse o homem, empurrando o cão para trás.

A porta de tela estava fechada, mas sem a tranca. Diesel abriu-a e pôs a arma sobre o estômago do homem. — Preciso do seu carro. Onde estão as chaves?

O homem ficou sem fala. Tudo que sua voz produzia era — Uh... uh... uh...

Diesel agarrou sua lapela e comprimiu a pistola contra seu estômago. — Onde está a porra da chave do carro?

— Está... no carro.

O cãozinho gania para as pernas de Diesel. De algum ponto da casa, veio uma voz de mulher: — Quem é, Charlie?

— Não se preocupe, querida — o velho gritou para dentro. — Eu cuido disto.

Diesel fingiu atacar o cão, o que o fez fugir como ele pretendia.

O velho fora *marine* e, depois do primeiro golpe do medo, conseguiu manter o controle. — Fique calmo, senhor. Eu não vou criar nenhum problema.

— Ótimo. Mexa-se.

O velho saiu e fechou a porta. Diesel conservava-se colado a ele, segurando a pistola ao lado da perna, no lado oposto ao homem — do modo como os policiais são treinados para fazer. Ia levar o velho com ele. Dois em um automóvel podiam atenuar a suspeita. Podia imaginar o vespeiro de policiais enfurecidos que se espalhava pelas ruas.

Saíram da varanda em direção à calçada ao lado da casa, e dirigiram-se à garagem. A porta estava destrancada e o velho a ergueu, expondo a traseira de um Cadillac Seville de dez anos, modelo rabo de peixe.

Quando deram um passo para dentro, o holofote caiu sobre eles vindo da rua. Uma voz amplificada berrou: — *Polícia! Não se movam!*

Diesel olhou por cima do seu ombro. O holofote quase o cegou. Mal podia ver o perfil da radiopatrulha.

— Fique frio, velho — murmurou. — Não diga nada.

A descarga de terror e desespero que inicialmente atingiu Diesel deu lugar a uma espécie de indiferença. Se esse era o desfecho do jogo, que fosse. Tinha ido longe demais para desistir agora.

— O que há de errado, oficial? — perguntou, olhando através da claridade para descobrir se havia um ou dois.

— Fique onde está — disse uma voz diferente. Dois deles.

258   EDWARD BUNKER

Ouviu seus passos descendo a calçada. Podia ver as silhuetas contra a luz.

A luz da varanda dos fundos se acendeu e a porta de trás foi aberta. A esposa do velho pôs a cabeça para fora. — O que está acontecendo aqui, Charlie? — perguntou ela.

A luz da varanda iluminou os tiras. Um deles virou-se para ela, dirigindo a espingarda que estava apoiada sobre seu ombro para o outro lado. Levou apenas dois segundos para Diesel pôr sua coragem no lugar e erguer a arma.

— *Ele está armado!* — gritou o outro tira.

A espingarda descreveu uma curva até a posição inicial.

Diesel atirou primeiro. A bala errou o alvo. O policial puxou o gatilho da espingarda. *Clic*. O cão da arma falhou. Tinha esquecido de engatilhá-lo. Seu parceiro atirou com o revólver. Diesel sentiu a pancada no abdome; depois um braseiro em suas vísceras, uma sensação esquisita. A Python saltou novamente em sua mão. Este tiro acertou o primeiro oficial no quadril, quebrou-lhe o osso e o derrubou.

O *marine* aposentado chocou-se contra o piso da garagem, enquanto sua esposa gritava e caía no chão do lado de dentro da casa.

Depois do tiro, o segundo oficial agachou-se atrás da parede da garagem. O facho do holofote que vinha da rua levava a luz do dia para o interior da garagem. Diesel estava meio cego pela claridade em seus olhos quando se esgueirou atrás do pára-lamas dianteiro do carro. O tira o havia pregado no lugar. Cairia como um patinho se tentasse correr para fora. Ainda assim, não podia permanecer ali. Onde estava o velho? Ele seria seu refém.

Como se o pensamento de Diesel fosse um gatilho, o *marine* aposentado saltou para o outro lado e correu para fora: — Não atire! Não atire! — gritou, com as mãos para cima.

O oficial conteve o disparo. Podia ver o parceiro se contorcendo no chão, que estava enegrecido com seu sangue. Viu que o suspeito estava do outro lado do carro. — Renda-se — gritou. — Você não pode passar por mim. Nós temos reforços a caminho. — Tão logo gritou isso, movimentou-se ao longo da parede externa da garagem, usando uma lanterna para se orientar. Se Diesel corresse para fora nesse momento, teria encontrado o caminho limpo até a rua. O oficial contornou os fundos e foi para o outro lado da garagem. Estava junto à parede oposta à que Diesel pensava que ele estivesse.

O corpo de Diesel tremia espasmodicamente. Os reforços iam chegar a qualquer momento. Tinha que tomar uma atitude. Olhou para o canto onde pensava estar o tira, prendeu a respiração e rastejou pelo lado do carro. Girou sobre o próprio corpo e saiu correndo pela direita, empreendendo um ataque contra o canto da garagem, atirando duas vezes enquanto corria. Nada do tira.

— Parado! — gritou o oficial atrás dele.

Diesel girou. A cabeça do tira e o braço com a pistola estavam visíveis — ele estava parado sob a luz do holofote. Diesel correu para ele apertando o gatilho — mas a Python .357 era uma arma de seis tiros, e seis tiros já haviam sido disparados. O cão caiu sobre câmaras vazias. Fodeu, pensou.

Foi seu último pensamento. O oficial o atingiu cuidadosamente, duas vezes no peito e uma na cabeça. Diesel sentiu o impacto enquanto ruía através da dor momentânea e da luz cegante que cintilou e foi embora, levando sua alma com ela. Ele era carne quando se chocou contra o pavimento, a arma ainda quente caindo de sua mão.

CAPÍTULO **DEZESSETE**

Na delegacia de polícia, Troy foi arrastado para fora da viatura. Oficiais aguardavam com luvas justas de couro e cassetetes. Eles bateram, chutaram e arrastaram-no pelo pavimento e para cima da pequena escada. Botas pesadas chutavam sua cabeça. Dentro do prédio, alguém o segurou pelos cabelos e esmagou sua face com o punho. Seu nariz estalava a cada golpe. Sua mandíbula estava fraturada.

Depois de ser fichado e ter suas condições físicas atestadas, algemaram-no a uma porta de grades ao lado do corredor principal e qualquer um que assim o desejasse podia chutá-lo e esmurrá-lo até ficar exausto. A bem da verdade, o homem que atirara em dois policiais e espalhara o medo entre todos eles estava morto, mas ali estava o seu parceiro. Quando chegou a notícia de que Melanie poderia estar parcialmente paralítica, o frenesi aumentou por alguns minutos. Troy gritou ódio e desafio o melhor que podia.

Quando o turno mudou tinha um pulso fraturado, o qual estava tão inchado que a carne azul-escuro ocultava a algema. Cuspia sangue e pedaços de dentes, sua mandíbula estava quebrada e também suas costelas. Seu nariz arrebentado e seus olhos estavam tão inchados que ele mal podia distinguir movimentos indistintos. Um agente bêbado que chegou atrasado subiu nas barras da porta e pulou sobre seu braço algemado. O estalo do osso foi audível. O choque doloroso foi tão grande que ele desmaiou.

Antes do amanhecer, na hora que antecedia a mudança de turno, o comandante em serviço saiu de seu escritório para tomar café e viu Troy ainda pendendo das barras.

— Tire este lixo daqui — disse ele, tocando a figura inerte com o pé. — Levem ele para o hospital municipal antes que um daqueles judeus filhos-da-puta da ACLU[16] veja ele e comece a choramingar sobre brutalidade policial. Se alguém perguntar, ele se machucou no estacionamento e foi espancado por alguns negros dentro da cela.

— Certo, Capitão — disse o sargento. — Aqueles babacas não estão nem aí para um tira paralítico... só se preocupam com pedaços de merda como este. Eu tiraria ele daqui e daria um tiro nele se pudesse.

— Eles fazem a coisa certa no Brasil. Lá a aplicação da justiça é uma bala atrás da orelha.

— Nós vamos ter que fazer isso também, muito em breve. Tire ele daqui. Não quero mais olhar para a cara dele.

Assim, Troy foi posto no banco traseiro de uma viatura com dois oficiais de polícia.

— Remendem ele e tragam de volta. Os detetives vão querer falar com ele antes de ser levado à corte.

Enquanto chacoalhava no banco de trás, Troy desejava que parassem o carro e o matassem. Podiam dizer que estava tentando fugir. Se fosse capaz, ele os teria forçado a fazer isso. Invejava Diesel.

A equipe da sala de emergência atendia o que quer que a polícia arrastasse para lá. Tiros, facadas, drogados fora de si, era tudo a mesma coisa aos olhos de médicos e enfermeiras. Eles cuidavam de danos físicos e não faziam perguntas ou julgamentos morais. Nessa ocasião sabiam de quem se tratava. A

---

16 *ACLU - American Civil Liberties Union*, a União Americana pelas Liberdades Civis. (N. do T.)

história tinha tomado os noticiários locais durante toda a noite, e além disso eles já haviam atendido dois oficiais feridos e o cidadão que estava na barbearia, por isso sabiam porque ele tinha sido espancado, nada mais. O médico insistiu que ele desse entrada. Sua mão, braço e algumas costelas estavam quebrados, seu malar havia afundado e ele tinha uma concussão severa. Quando disseram isso aos oficiais da escolta, eles chamaram o comandante em serviço. Não lhe agradava deixar o suspeito fora das grades, especialmente quando sequer tinham certeza de sua verdadeira identidade, mas o manual de procedimentos era claro: o pessoal médico tinha a última palavra.

— Façam o doutor assinar — disse o comandante em serviço, depois designou um oficial para permanecer no hospital. O suspeito teria as pernas acorrentadas à armação da cama. O hospital não tinha uma ala para presos, mas as janelas do quarto tinham grades estreitas. O comandante em serviço tinha livrado seu rabo. Era isso que importava a ele.

Quando Troy voltou da anestesia, depois da operação, seu pulso engessado, sua mandíbula cheia de pinos, não queria mais morrer. A morfina tinha operado sua mágica. Ela tornava suportável tanto a dor física quando os tormentos mentais. Enfrentaria o que quer que acontecesse sem se queixar. Conseguia mesmo obter breves períodos de sono e fragmentos de sonhos, um dos quais com o filho de Diesel, já crescido, apontando para ele com um dedo acusador, o que o fez sentir-se terrível e gritar uma negação. Outro sonho fez com que acordasse tomado de medo e coberto com lençóis ensopados. Tentou inutilmente lembrar o pesadelo, e então riu, o que fez suas costelas doerem. Que inferno teria a temer? O mundo inteiro já havia caído sobre sua cabeça. Pensava em Diesel com uma mistura de emoções: compaixão por sua esposa e filho, e uma raiva perplexa quando lembrava de tê-lo visto no meio do ajuntamento. Por que diabos ele não o ajudou quando viu o tira? E já que não ia ajudá-lo, por que diabos não fugiu quando teve chance? Troy repetia a cena em sua mente quadro a quadro e teve consciência de que essa era uma pergunta que Diesel jamais lhe responderia.

O som de chaves tilintando fez com que olhasse para a

porta. Ela se abriu e uma enfermeira conduziu três homens para dentro do quarto. Dois eram detetives com caras de pedra; o terceiro, um jovem de bochechas rosadas carregando uma pasta, que se apresentava como um assistente da promotoria. Os detetives encaravam-no com hostilidade; Troy era parceiro do atirador e igualmente responsável por Melanie Strunk ter ficado paralítica. Troy os ignorou e examinou o advogado com cara de bebê. Seus olhos eram de um azul raso, inexpressivos. Troy sentiu que era ele o inimigo mais perigoso.

Apareceu uma carteira com um distintivo. — Sargento Cox — disse o homem que a segurava. — Estes são o Detetive Fowler e o Sr. Harper. O Sr. Harper é do escritório da promotoria pública. Ele quer lhe fazer algumas perguntas.

O Sr. Harper limpou a garganta. — Como se sente?

A mandíbula costurada com arames de Troy impedia-o de falar, mas ele conseguiu grunhir: — Estou Ok. Quando vou para casa?

— Casa! Você acha que vai para casa?

Troy ergueu um ombro. — Não fiz nada.

O Sargento Cox deu um riso de escárnio. — E quanto àquele dinheiro no porta-malas? De onde ele veio?

Troy deu de ombros.

— Sabemos que seu nome não é Al Leon Klein. Quem é você?

Troy conseguiu esboçar um sorriso apesar da mandíbula costurada.

— Nós vamos saber em poucas horas — disse o Sargento Cox. — Aposto meu rabo como você já tem ficha policial.

— Nós estamos indiciando você por suspeita de assassinato.

— Assassinato? Assassinato de quem?

— Charles Carson.

Troy deu um sorriso de desprezo, mas por dentro sentiu-se mal. Pensou na lei sobre assassinato, de acordo com a qual parceiros em um crime seriam legalmente responsáveis se alguém fosse morto enquanto ele estivesse sendo cometido. Se a polícia chegasse durante um assalto, confundisse o proprietário da loja com um dos perpetradores e o matasse, o assaltante seria culpado de assassinato. E se a polícia ou o lojista matassem um assaltante com um parceiro, este seria culpado de assassinato. Mas que crime estava sendo cometido? Além disso, ele já estava sob custódia, algemado e deitado no chão antes que qualquer crime tivesse início. Havia outro crime além do tiroteio?

— Também estamos pensando em acusá-lo de planejar um assalto.

— Registre isso — disse Troy. — Depois prove.

Os detetives reviraram os olhos. O Sr. Harper apresentou um cartão com os direitos de Troy e os leu. — Assine este documento abdicando de seus direitos — disse ele — e nós podemos conversar sobre isso. Se você não fez nada, diga-nos o que aconteceu e nós podemos limpar você.

Troy tentou perguntar com o olhar: — Você está louco? — Então começou a sacudir a cabeça em descrença e escárnio. Se assinasse o documento, nada no mundo poderia impedi-los de arranjar testemunhas para recitar confissões detalhadas, cada uma corroborando a outra. Podia ser que não fizessem isso, mas não havia como ter certeza. Um amigo seu foi a julgamento e um sargento detetive da polícia de Los Angeles afirmou sob juramento que o réu confessara ter roubado um cofre. Se o réu testemunhasse negando a confissão, a acusação apresentaria o documento para impedi-lo. Troy recusava-se a correr o risco assinando um documento como aquele. Regra número um quando estiver lidando com a polícia: não responda nenhuma pergunta sem um advogado por perto.

— Quer saber de uma coisa? — falou por entre os dentes atados com arames. — Eu acho melhor falar com um advogado *agora*!

Os detetives e o promotor olharam uns para os outros e ergueram os ombros. Levantaram-se para sair. A enfermeira abriu a porta. Quando o promotor se dirigiu à porta com um dos tiras, o Sargento Cox inclinou-se para a frente como se fosse dizer algo em voz baixa. Ao invés disso, ele olhou sobre o ombro, certificou-se de que ninguém estava olhando, e deu um forte tapa no rosto de Troy com as costas da mão.

O barulho fez os outros se voltarem para olhar, mas ninguém soube o que estava acontecendo. Cox pôs um braço nas costas de cada um deles e disse — Vamos comer.

Mais tarde, naquela manhã, a porta se abriu. Um agente acompanhava o médico e uma enfermeira com seu prontuário clínico. O médico olhou o prontuário; depois examinou Troy, dirigindo uma luzinha para dentro de seus olhos, apalpando o gesso em seu braço, pressionando um dedo sobre as manchas azul amareladas em seu corpo. — Você vai sobreviver — pronunciou ele, como se estivesse fazendo uma anotação no prontuário. Dirigiu-se para a enfermeira. — Vamos mantê-lo aqui mais um dia. — Eles saíram. O agente trancou a porta.

Dez minutos mais tarde, o agente abriu a porta para a equipe de limpeza, um trio de negros com esfregão, escova e panos. O agente teve de ficar parado para fora da soleira enquanto o balde com os rolos para o esfregão era empurrado para dentro. O negro que estava esfregando a mesinha de cabeceira olhou para trás para se certificar de que o agente não poderia ouvi-lo.

— Chuckie Rich é meu primo, cara. Ele mandou um alô e perguntou o que pode fazer.

Chuckie Rich! Troy conhecia Chuckie desde o abrigo para menores e, embora a hostilidade racial permeasse a prisão, eles tinham sido amigos. Chuckie havia sido jogador de linha média do All-City na Roosevelt High School e recebeu uma bolsa para a U.S.C. , até que foi apanhado com um grama de heroína. Foi quando conheceu Troy. Desde então, aplicou pequenos golpes, trapaceou — e foi repetidamente para a prisão por infrações menores.

— Onde está ele? — Troy perguntou. — Está solto?

— Está. O que ele pode fazer por você?

— Eu preciso de uma chave inglesa, mais ou menos deste tamanho — afastou as mãos por aproximadamente quarenta e cinco centímetros.

— Falo pra ele, cara. Relaxa.

O agente reapareceu na soleira. O primo de Chuckie terminou de esfregar a mesinha de cabeceira e saiu. O agente fechou a porta.

Troy teve de lutar contra a excitação. Aquilo não daria em nada. Ainda que Chuckie quisesse ajudar, qual seria o risco de seu primo ir preso? Uma chave inglesa podia entortar as barras estreitas da janela até que elas quebrassem, mas como iria consegui-la? O agente ficava olhando quando a porta era aberta para as refeições, a limpeza e a medicação. Mesmo que alguém a trouxesse, seria no mínimo no dia seguinte. Nesse dia Troy teria sido transferido para a prisão municipal. Não, ele sabia como adiar isso por pelo menos mais um dia.

Tinha visto uma lâmina Gillette enferrujada na gaveta da mesinha de cabeceira. Abriu a gaveta e a pegou. Quando a porta abriu para o laboratorista, Troy manteve as pernas erguidas o suficiente para impedir que ele o visse fazer um pequeno corte em seu polegar com a extremidade da lâmina — apenas o suficiente para espremer uma pequena gota de sangue.

O laboratorista coletou sangue enquanto media sua temperatura; depois tomou sua pressão arterial e, finalmente, entregou-lhe um frasco de coleta de urina. Enquanto mijava no frasco, deixou a urina tocar a gotinha de sangue em seu polegar. A presença de sangue na urina podia significar muitas coisas, de pedras nos rins a câncer ou traumatismos internos. Isso iria exigir mais testes, talvez até mesmo um raio X. Certamente isso significaria mais um dia no hospital. Não tinha fé alguma no primo de Chuckie, mas não havia nada a perder por jogar com a tênue chance de que talvez algo pudesse acontecer. Uma fuga era sua única possibilidade de estar novamente livre um dia. Fugir do hospital era mais viável que fugir da cadeia, e escapar de Folsom beirava o milagre.

Quando a porta se abriu para a refeição da tarde, a comida em sua bandeja, peru, purê de batatas e calda de amoras, lembrou-lhe que era Natal. Tinha esquecido totalmente e agora fora inundado por uma tristeza inefável, solo fértil para a auto-piedade, que era um sentimento para o qual ele raramente concedia indulgência. Como puderam acusá-lo de assassinato? O que ele tinha feito? Tudo o que fez foi roubar um traficante negro e um contrabandista de drogas e matar um maníaco homicida. O seqüestro, bem, aquilo foi ruim, mas foi para fazer um idiota pagar uma dívida; e não por resgate. E mesmo que tenha sido ruim, não era *tão* ruim; não era justo que passasse o resto de sua vida na prisão. Aquilo era uma sacanagem.

Justiça, era isso que queria. Então tomou consciência do que estava pensando e começou a rir. Ele não queria justiça; ele sequer sabia o que a justiça era. Queria o que queria, como qualquer outra pessoa, o resto era bobagem, palavrório.

Para escapar da angústia, seu corpo demandava sono. Isso o derrubou. Talvez acordasse em outro mundo.

Antes do amanhecer, a porta se abriu. Troy ouviu correntes tilintando. Dois agentes entraram, um empurrando uma cadeira de rodas, o outro trazia suas roupas rasgadas e fedorentas.

— Quer vesti-las? — perguntou o agente.

Troy balançou a cabeça. Sentia-se mal. Achou que eles o estavam transferindo para a cadeia municipal. Empurraram a cadeira de rodas pela porta dos fundos, para o estacionamento; então disseram para ele se levantar e andar. Um dos agentes disse ao outro que eles tinham muito tempo, o juiz nunca aparecia antes das dez e meia. Troy sentiu uma centelha de esperança. Estava indo para a corte, não para a cadeia. Podia passar mais uma noite no hospital. Talvez Chuckie Rich e seu primo tivessem sucesso.

A Corte Municipal ficava em frente ao tribunal principal. Enquanto ainda estavam a várias quadras de distância, receberam um telefonema informando que câmeras e repórteres dos noticiários de televisão estavam esperando na entrada frontal, por isso estacionaram em um beco e levaram-no para a porta dos fundos. Os corredores do tribunal já estavam cheios de advogados e litigantes, policiais e réus sob fiança e agentes de fiança. Um meirinho destrancou a porta para uma sala de tribunal ainda vazia. Conduziram-no pelo corredor e passaram pelo alto banco do juiz. Até um nanico tornava-se um gigante quando vestia a toga negra e sentava no banco do tribunal. O salão da corte tinha painéis de madeira escura e o aspecto de uma mansão. O meirinho abriu a porta que dava para a detenção ao lado da sala do júri, que parecia um alpendre, com paredes de concreto desfiguradas por grafite e com fedor de toalete entupida. Pelo menos estava sozinho. Já estivera em detenções de tribunal em que cinqüenta prisioneiros se espremiam em um recinto de cinco metros.

Quando o meirinho e os agentes tiraram as correntes de suas pernas e as algemas, seus olhares revelavam uma particular hostilidade contra ele. Tentou irradiar uma indiferença arrogante em retorno.

Através da porta podia ouvir as pessoas reunindo-se na sala do júri. Às dez e meia, a corte foi chamada à ordem e um minuto depois a porta se abriu e o meirinho o chamou para fora. A sala do júri estava vazia de espectadores, mas com um farto complemento de promotores, escrivãos, meirinhos armados e um juiz que continuava parecendo pequeno e calvo, mesmo vestindo a toga sobre sua alta cadeira. Todos tomaram seus lugares e o escrivão pronunciou o caso: — O Povo da Califórnia versus John Doe[17] Número Um, Criminoso Número seis, seis, sete, quatro, oito traço noventa e quatro.

Troy abaixou a cabeça e sorriu interiormente. Ainda não sabiam quem ele era. Teriam de acusá-lo de algo em quarenta e oito horas ou liberá-lo.

— Forneço ao réu os termos da queixa — disse o escrivão, entregando diversas páginas grampeadas de documentos legais ao meirinho, que as repassou a Troy.

— Que conste dos autos que o réu recebeu os termos — disse o juiz, olhando suas cópias através das bifocais. Então olhou para Troy. — Qual é seu nome?

— John Doe, eu acho.

O juiz, que era calvo, enrubeceu com a resposta. — Você tem seu próprio advogado? — perguntou.

— Não até o momento, Meritíssimo. Não me foi permitido fazer uma ligação telefônica.

— Isso é verdade, Sr. D'Arcy? — o juiz olhou para o assistente da promotoria.

— Não faço idéia, Meritíssimo. Entendo que é procedimento padrão permitir a todos o direito a uma ligação telefônica.

— Não a mim, Meritíssimo.

— Poderia isso dever-se ao fato de que você não lhes deu seu nome?

— Não sei dizer. Apenas sei que não me foi dada essa oportunidade.

O agente que fazia a escolta levantou-se. — Meritíssimo...

---

17 Nome hipotético usado nas cortes americanas para designar acusados anônimos ou fictícios. (N. do T.)

— Sim?

— Eu estou conduzindo o Sr. ... ãhn... Doe. Se ele não teve acesso a uma ligação telefônica, eu garanto que ele poderá fazer uma quando sairmos daqui.

— Você é o Agente...

— Bartlett, senhor. Agente Sênior Bartlett.

— Muito bem. Deixarei isso aos seus cuidados — Para Troy: — Você terá seu próprio advogado?

— Sim. Assim espero.

— Você tem fundos para contratar algum?

— Bem, eu tinha algum dinheiro no carro.

— Meritíssimo — interveio o promotor. — Creio que o acusado está se referindo aos cento e cinqüenta mil dólares encontrados no porta-malas. Nós acreditamos que eles têm procedência criminosa...

— Qual crime? — falou Troy.

O juiz ergueu sua mão. — Contenha-se, Sr. ... ãhn... Doe.

— Nós estamos investigando a procedência do dinheiro — continuou o promotor. — Ele foi apresentado como evidência.

— Bem... não vamos discutir esse assunto durante este procedimento. Eu vou designar-lhe um defensor público até que você possa contratar seu próprio advogado. Quanto à fiança? Qual a posição do povo?

— Creio que um milhão de dólares seria apropriado. O acusado não revelou sua identidade. As acusações são extremamente sérias e existe uma grande probabilidade de uma fuga para evitar o processo.

— Sr. ... Doe. O que tem a dizer?

— Creio que você está me superestimando.

— Não, não penso assim. Um homem que não revela seu nome. Vou estipular a fiança em um milhão de dólares. Precisaremos determinar uma data para a audiência preliminar.

O escrivão carregou um grande livro até a cadeira do magistrado, colocou-o em frente ao juiz e apontou com um dedo. — Vamos marcar a audiência preliminar para sexta-feira, cinco de janeiro, às dez horas da manhã.

A audiência de citação estava concluída. O juiz ordenou um recesso de dez minutos. O meirinho e os agentes levaram Troy até a porta, colocaram as correntes em suas pernas, mais uma algema ligada a uma larga tira de couro em volta da sua cintura; o outro pulso estava engessado. A citação durou quatro minutos, após seis horas de espera.

De volta à detenção, esperou mais cinco horas para ser transportado ao hospital. Fora, já estava escuro. Olhou, através da tela que cobria a janela da viatura, para as vitrines iluminadas das lojas. Em uma delas um caixeiro estava desmontando uma árvore de Natal. A visão disparou uma pontada de nostalgia incipiente. Tinha abandonado a esperança de que Chuckie Rich lhe mandasse uma chave inglesa por meio de seu primo. Seu turno já havia acabado; teria saído há muito do hospital. Mesmo que ainda estivesse lá e tivesse trazido a chave inglesa, não havia meios de entregá-la através da porta. Ela era grande demais para esconder sob a bandeja da refeição. Poderia estilhaçar a janelinha de vigia na porta e passá-la por ali? Não, dificilmente.

Olhava melancolicamente através da janela gradeada para o mundo livre, enquanto no pano de fundo de sua consciência ouvia os agentes falando sobre hipotecas e casamento.

A van da chefatura estacionou em frente à entrada da sala de emergência. Um dos agentes foi para dentro e retornou com um atendente negro empurrando uma cadeira de rodas. Acorrentaram suas pernas à cadeira de rodas, colocaram um cobertor sobre seu colo e empurraram-no por um corredor que piscava com uma luz fluorescente sobre o esmalte pálido da pintura. No quarto, despiram as roupas com que se apresentou à corte e vestiram-lhe o pijama do hospital.

Mesmo enquanto observava os dentes de aço tilintarem através da fenda da fechadura, tinha consciência do volume sobressaindo sob o colchão. Começou a erguer a borda para apalpar embaixo dele e puxar o que quer que estivesse lá, mas seu instinto fez com que decidisse esperar até o policial e o atendente partirem.

Assim que a porta se fechou, procurou embaixo dele e puxou uma grande sacola plástica. Seu coração estacou e depois disparou quando sentiu o quanto ela era pesada. Quando a colocou sobre seu colo, sentiu através da sacola a empunhadura da

CÃO COME CÃO 271

chave inglesa. Ela se chocou contra alguma outra coisa. Abriu a sacola e apalpou dentro dela; seus dedos sentiram o cão e o tambor de um revólver. Levantando o joelho para obstruir a visão através da janelinha da porta, tirou um velho Smith & Wesson .38 de cano longo, uma arma que já foi chamada de "modelo policial", antes de eles adotarem Magnums .357 e 9mm automáticas de disparo rápido. A coloração azul estava desbotada no cano e a empunhadura estava trincada, mas a arma estava lubrificada e carregada. Pressionou o gatilho; o cão começou a erguer-se e o tambor começou a girar. Parecia pronta para trabalhar.

O outro objeto era a chave inglesa. Ela era maciça. Okie Bob contou-lhe como arrebentou barras daquele mesmo tipo em Soledad, com uma chave inglesa. Pôs a chave sobre as barras e forçou-as para a frente e para trás, até que o metal fatigasse e a barra se quebrasse. Troy esperaria até as coisas se acalmarem durante a noite, provavelmente depois da contagem da meia-noite — então faria sua jogada ou veria se ela poderia ser feita.

O policial e o atendente voltaram com uma bandeja de comida fria. Conservava a arma e a chave sob suas pernas, embaixo dos cobertores. Estava excitado demais para comer. Enquanto as horas passavam com excruciante lentidão, compreendeu como o primo de Chuckie havia feito. A porta do quarto teria ficado aberta por não haver ninguém lá ou teria sido aberta temporariamente para a limpeza, e ficou sem vigilância durante aquele interlúdio, pois o quarto estava vazio. Só podia ter sido assim. Não havia outra maneira. Quem imaginaria que um negro e um branco pudessem ser amigos? Chuckie Rich era um amigo melhor do que muitos dos companheiros brancos de Troy. Era uma pena que a sacola não tivesse endereço nem telefone.

As luzes se apagaram às dez. Durante mais uma hora ele pôde ouvir as vozes de uma TV em uma ala próxima; depois ela também foi desligada. Ouviu passos no corredor. O facho de uma lanterna entrou pela janelinha da porta. Fingiu que dormia, certificando-se de que seu corpo estivesse facilmente visível. Não precisava que entrassem para uma verificação.

Depois da próxima contagem, era hora de começar a trabalhar. A primeira ordem de serviço era sair da cama. A chave inglesa fez um trabalho rápido sobre a oca haste vertical aos pés do leito. Era feito de alumínio e quebrou depois de um par de torções. A algema das pernas foi liberada. Era verdade que ela estava presa ao seu tornozelo e a corrente tilintava, mas ele podia se mover livremente.

Levantou-se da cama e foi até a porta, olhando os dois lados do corredor. Nenhum movimento. O agente de serviço obviamente preferiu sentar no posto de enfermagem, onde podia assistir filmes a noite inteira.

Troy foi até a janela e removeu o aramado. Teve que quebrar um par de vidros para conseguir prender a barra achatada. Quando apertou a chave e forçou-a, seu espírito gelou. A barra parecia inflexível. Puxou com força; depois puxou com toda sua capacidade. Ela se deslocou uma pequena fração de milímetro. Era suficiente. Se realmente se movesse, poderia arrancá-la. Puxou com toda a força que conseguiu aplicar; depois empurrou novamente.

Chaves tilintando, passos. Mergulhou na cama, engatilhando a arma. Se alguém abrisse a porta, ele não fugiria pela janela, sairia andando pela porta da frente. Não queria que fosse assim. Não teria nenhum tempo de vantagem. Virou a cabeça e fechou os olhos. Por trás de suas pálpebras, viu o clarão da lanterna. Então ele desapareceu e os passos retrocederam. Outra inspeção de rotina. Meu Deus, como foi que o cara não viu que a tela estava fora da vidraça?

Uma vez mais, Troy deslizou para fora da cama e olhou para o corredor. Vazio. De volta ao trabalho.

A barra cedeu um pouco mais, e ainda outra vez. De repente, ela se soltou. O som foi alto. Parecia o disparo de uma pequena pistola.

Caralho! Jesus! Alguém tinha que ter ouvido aquilo. Ele repôs a tela e correu para a porta. Se alguém viesse em sua direção, ele pularia na cama e conteria a respiração.

Ninguém se manifestou. Começou a ficar excitado. Estava prestes a escapar. Na verdade, um louco descalço vestindo um pijama folgado, tilintando uma corrente e usando gesso ainda era um alvo visível, mas tudo o que já tinha acontecido era quase miraculoso, o fato de um dos poucos negros que eram seus amigos ter um primo que trabalhava em um hospital e que tinha colhões suficientes para entregar-lhe uma chave inglesa e uma arma. Graças a Deus Chuckie Rich não odiava brancos, como tantos irmãos nas prisões da Califórnia.

Agora era hora de fazer seu movimento. Cortou um lençol em tiras para enrolar em todo o comprimento da corrente e atá-la à sua perna. Tinha meias e pantufas. Pelo menos não estaria descalço, embora certamente fosse doer terrivelmente quando ele saltasse para o beco.

Com o braço engessado, era impossível segurar a arma com uma das mãos enquanto se agarrasse à janela com a outra. Rasgou mais tiras do lençol para passar por dentro da alça do gatilho, amarrar as pontas e fazer uma bandoleira para pendurar em seu pescoço, sob a parte de cima do pijama.

Usando a chave inglesa, curvou as barras o suficiente para que pudesse passar por elas. Era uma passagem bem estreita, mas ele passou primeiro a cabeça, contorceu o tronco para fora e depois puxou o resto do corpo para a liberdade. A extremidade afiada da barra quebrada arrancou uma tira de pele do seu peito. Estava cagando para isso. Seu pé se apoiou em uma pequena saliência, grande o suficiente apenas para conter as pontas dos dedos. Eram dois ou três metros até o beco lá embaixo, alto demais para arriscar um salto sem calçados.

Manejou o corpo janela abaixo até que seus dedos conseguissem se agarrar à pequena saliência. Deixou-se pendurar. Tinha planejado segurar-se e depois soltar o corpo, mas o impulso foi forte demais. Quando seu corpo se esticou, o peso afrouxou os dedos e ele foi para o chão. Caiu sobre as nádegas, com as pernas erguidas, mas não quebrou nada. Por reflexo, jogou os braços para trás para se apoiar. A dor do pulso quebrado pareceu um relâmpago e fez com que o suor escorresse instantaneamente por todo seu corpo. Grandes gêiseres de dor jorraram em seu cérebro.

Tinha que se mover rapidamente e continuar em movimento até sair da cidadezinha. Quando o sol nascesse, cada cidadão local e cada policial em centenas de quilômetros estariam procurando por ele. Qualquer um que visse um homem correndo em pijamas de hospital soaria o alarme. Tinha que sair rápido e para longe antes da madrugada.

Andou até o fim do beco. Que rua era aquela? A cena era surrealista, as lojas fechadas, as ruas desertas com as luzes de trânsito repetindo seu ciclo para ninguém. Na rua não havia nenhum lugar para se esconder se faróis se aproximassem — mas não tinha escolha e teria que arriscar.

Aspirou profundamente e correu, atravessando o bulevar em diagonal até o próximo cruzamento. A escuridão convidava para a rua transversal. Atravessou uma quadra e encontrou-se em uma área residencial arborizada. Havia árvores, arbustos e sombras para escondê-lo. Quando faróis se aproximaram, ele se comprimiu contra uma árvore e contornou-a até que o carro passasse. Outro carro apareceu, e ele se jogou de bruços atrás de uma touceira de fícus, o que provocou o latido histérico de um cão em um jardim. O carro passou e Troy continuou pelo sentido contrário. Luzes se acenderam atrás dele e ele ouviu o dono do cão gritando "cale a boca".

Conhecia muito pouco a cidade, mas o sinal de trânsito informava que devia seguir para oeste. A interestadual estava a um quilômetro e meio — ou dois, ou três — naquela direção. Ela corria para o norte e para o sul, para São Francisco e L.A., mais quatrocentos e oitenta quilômetros à frente. Para Troy não faria diferença que rumo tomar, ele tinha que sair *dali*, embora São Francisco fosse muito mais perto.

Dobrou em um beco que corria entre as casas. Instantaneamente, um tabernáculo de cães começou a uivar, latir e saltar cercas e portões. Seguiu em frente ainda mais rápido. Os cães pareciam acompanhá-lo, saindo de trás de cada casa até a casa seguinte. Era uma rua de terra e pedras. As pantufas não proporcionavam nenhuma proteção quando pisava nas pedras. A cada vez ele retrocedia e mancava por uns poucos passos. Seus pés estavam começando a se escoriar através do calçado; iam longe os dias descalços de sua juventude, quando passava a maior parte do verão sem sapatos. Calculava ter andado cerca de cinco quilômetros. Logo seus pés estariam esfolados e sangrando. Talvez pudesse encontrar um buraco e se esconder no subterrâneo. Não. A caçada seria intensa demais. Eles podiam até mesmo usar cães. A cidade era muito pequena. Teria que percorrer muitos quilômetros mais.

No final da quadra acabaram-se as casas. Além delas havia um parque. Não era capaz de determinar seu tamanho, mas tinha mais de uma quadra, pois não podia ver o outro lado. Entrou nele. Graças a Deus, a grama úmida aliviou seus pés. Por entre as árvores, podia ver uma nesga de lua baixa no horizonte. Os últimos traços de morfina se dissiparam; uma dor de fontes diversas latejava através seu corpo, mas seguiu em frente.

Primeiro veio o som de vush, vush, vush — e trinta metros além, chegou a uma sebe e viu erguer-se a interestadual. Tudo que era possível ver acima da cerca coberta de trepadeiras eram as capotas das grandes carretas a diesel rodando noite adentro. O desespero determinou sua próxima decisão: ia roubar um carro. Era um homem só, no mais primário dos sentidos imagináveis.

Deslocando-se ao longo da borda do parque, evitando os arbustos, observava a rodovia elevada do outro lado da estreita rua paralela. No final do parque, a rua transversal desviava-se para uma rampa de acesso à auto-estrada. Existia uma passagem sob a auto-estrada. Havia uma rampa ali, também, mas ela tomava a direção norte, rumo a São Francisco. Era mais perto, mas era em L.A. que ele conseguiria ajuda. Uma placa indicava a US 101 Sul com uma seta. Perto da interseção entre a rampa e a rodovia ao lado do parque havia um sinal de parada. Bom.

O que não era muito bom eram os trinta e cinco metros de espaço aberto entre a folhagem e o sinal de parada. As fortes luzes da auto-estrada transformavam o descampado no estádio do Dodger. Primeiro, teria de investir através do espaço aberto e torcer para que ninguém o avistasse — e depois torcer para que a porta do automóvel estivesse destrancada.

Enquanto ia para uma posição oculta, lembrou documentários sobre a natureza com leões emboscados na relva, suas caudas balançando.

Faróis. Um caminhão com trabalhadores rurais mexicanos

parou; então prosseguiu rampa acima. Merda, eles iam trabalhar de madrugada. Nem um galo sequer estava acordado àquela hora e eles já estavam a caminho do campo.

Outro automóvel apareceu. Sua silhueta passou contra a luz e Troy viu que ele tinha apenas um ocupante. Diminuiu e parou.

Troy saltou para a frente, o revólver batendo contra seu corpo sob a blusa do pijama, que agora estava encharcada de suor. Precisava da mão boa para abrir a porta do carro.

Estava a vinte e cinco metros de distância quando o brilho das luzes de freio se apagou e o carro começou a se mover. Aproximou-se por poucos segundos mais; então o carro rapidamente se distanciou. Troy parou. Estava ofegando. Por alguma razão lembrou que a presa escapava do ataque do leão na maior parte das vezes.

Será que o motorista o viu? Não, a aceleração foi lenta e contínua.

Caminhou de volta, aspirando ar fresco para dentro de seus pulmões. Sentou sobre a grama úmida atrás dos arbustos. Depois de um minuto de descanso, rearranjou a corrente, enrolando a tira de lençol diversas vezes em sua perna e apertando-a tão justa quanto pôde. Estava suado e febril e o ar gelado da madrugada fez sua pele arrepiar. Tirou a arma que estava em torno do seu pescoço. Ela o deixava mais lento. Ia carregá-la na mão até alcançar o carro; depois iria colocá-la sob seu braço durante o segundo necessário para abrir a porta do automóvel. Praticou o movimento um par de vezes. Por favor, Deus, faça com que ela esteja destravada.

Outro carro, um velho Cadillac Seville com rabo de peixe. Ele passou. Duas pessoas.

Troy arrancou no momento em que o automóvel passava, correndo atrás dele, esperando que nenhum dos ocupantes olhasse sobre o ombro direito.

As luzes de freio do Cadillac se acenderam. Estava parando à sua frente. Correu para alcançá-lo.

O carro parou no momento eu que ele o atingiu. Deu o bote, enfiou a arma sob a axila e alcançou a porta de trás. O trinco baixou, a porta abriu. Troy mergulhou no banco de trás.

Naquele momento, o carro começava a se mover. O motorista pisou no freio. Troy chocou-se contra as costas do banco da frente. A dor disparou de sua mandíbula remendada para o cérebro. O revólver caiu no chão sob ele.

A mulher gritou. O motorista voltou sua cabeça, o movimento fez com que tirasse o pé do freio. O carro rodou por sobre as flores além do acostamento e parou. Era um homem negro com bigode fino e perfume de recém-barbeado.

A mulher continuou gritando enquanto Troy rolava e se contorcia, impulsionando seu corpo para cima; podia sentir a arma sob o joelho.

O carro foi inundado com uma luz intensa. O disparo de uma buzina de ar comprimido. Um caminhão gigantesco passou por eles, o ar deslocado se chocou contra o automóvel.

Os dedos de Troy fecharam-se em torno da arma. — Caluboca! — gritou.

Ela girou o corpo e pressionou suas costas contra a moldura da porta.

— Fale com ela — Troy disse para o homem, erguendo a arma.

— Shhhhh — disse o homem, erguendo a mão para dar um safanão no braço de sua esposa. — Fique quieta.

— Volte para a estrada... mexa esse carro — falou Troy.

— Ok... Ok... só não nos machuque.

— Não vou ferir vocês... desde que você faça o que eu mandar. Agora ponha o filho-da-puta de volta à estrada e vamos rodar.

— Para a *freeway*?

— Sim. Para onde mais você pensou?...

— Você disse para voltar.

— Vamos embora. Qual é?

O Cadillac deu a ré sobre as flores; ainda estava atravessado sobre a faixa que levava para fora da rampa.

Mais luzes de faróis, dois carros, um deles buzinou para adverti-los enquanto passava raspando por eles.

O Cadillac logo ganhou impulso rampa acima e entrou na estrada. Estava a caminho. Teria chance. Era difícil acreditar que tivesse vindo tão longe. Isso era suficiente para acender a chama da esperança.

278   EDWARD BUNKER

— Leve nosso dinheiro e o carro — disse a mulher. — Deixe-nos ir.

— Não... não posso fazer isso.

— Por que não?

O marido respondeu a ela — Porque nós chamaríamos a polícia logo depois.

— Não, nós não faríamos isso...

— Charlene! — advertiu o homem. — Não minta.

— Se nós dermos nossa palavra...

— Ele não iria acreditar em nós.

— Não posso me permitir isso — disse Troy. — Mas eu não vou feri-los se vocês não tentarem nada. Se tentarem, bem...

— O que você quer que nós façamos? — perguntou o homem.

— No momento, quero que você ligue o noticiário.

— Você manda.

Porque o sol estava se aproximando do horizonte oriental, as estações de notícias de L.A. e São Francisco estavam distorcidas pela estática, mas nenhuma dizia nada sobre o suspeito de assassinato foragido na Califórnia central. Pelo menos sua cara não estava nas telas de TV. Estava cansado, também, e tinha diversos pontos latejando de dor. As duas sensações faziam contraponto uma à outra.

Troy lutava para ficar acordado. Tinha começado a cochilar. Foi para o canto direito do carro e pressionou o botão para abaixar a janela. O ar gelado era aspirado de encontro ao seu rosto. Isso o manteria alerta. Havia algo sob suas nádegas. Levantou-se e apalpou.

Uma bolsa com zíper. Papéis e uma Bíblia, o couro macio da capa puído e gasto. Páginas estavam soltas. Era uma Bíblia consultada com freqüência.

Troy podia ver a nuca da mulher e um perfil parcial do homem, que parecia ter em torno de sessenta. Era difícil afirmar com certeza.

— Olhem — disse ele. — Sinto muito sobre isto... e eu não quero machucar vocês... mas estou desesperado... e vou matar vocês se tentarem algo. Entenderam?

— Não vamos tentar nada — disse o homem.

CÃO COME CÃO 279

— Apenas nos deixe ir... — Ela tremia visivelmente.

— Charlene! — O homem a interrompeu. — Ele não vai fazer isso... portanto não se rebaixe.

Depois de uma longa pausa, Troy inclinou-se para a frente.

— Eu não posso... eu não posso correr o risco, entende o que eu digo?

O homem assentiu.

— Eu realmente lamento, mas estou encrencado. — Ia dizer "estou fodido", mas a Bíblia e a retidão de caráter do homem fizeram com que abandonasse a vulgaridade. — Qual seu nome?

— Sou Charles Wilson... e esta é minha esposa Charlene.

— O *Reverendo* Charles Wilson — completou Charlene.

Troy sorriu. Apesar de tudo aquilo, Charlene queria ter certeza que seu homem tivesse o devido reconhecimento. Quanto tempo antes eles teriam partido? Não viu bagagem. Isso significava que não planejavam passar a noite em lugar algum. — Onde vocês estão indo? — perguntou ele.

— Nós estamos voltando — disse Charlene. — Estávamos fazendo uma visita em Berkeley. Vimos nossa neta pela primeira vez.

— Tem alguém esperando vocês?

— Não... mas... — ela parou, como se estivesse recordando.

— Mas o quê?

— Não é nada. Eu... eu esqueci.

— Do que ela estava falando? — Troy perguntou ao reverendo.

— Nós devíamos telefonar para nosso filho quando chegássemos em casa.

— Ligaremos para ele. Você dirá que decidiu demorar mais um dia.

— Outra coisa — disse o reverendo. — Minha esposa é diabética. Ela precisa comer algo muito em breve.

— Saia da estrada no primeiro acesso a um posto.

O alvorecer apenas fez com que o céu negro adotasse uma cor de chumbo e sombras vagas adquirissem substância. Na primeira rampa de acesso, o Cadillac entrou. Era uma parada de caminhões, várias bombas de gasolina, um pequeno motel e uma lanchonete McDonald's que competia com um modesto café. O posto de gasolina tinha banheiros para uso dos clientes e o estacionamento estava deserto, exceto perto do café.

Troy e o religioso entraram no banheiro dos homens com a sacola de roupas do reverendo. Ele manteve a porta entreaberta para que pudesse vigiar o carro enquanto se trocava. As calças eram um pouco folgadas na cintura e tinham a barra alguns centímetros mais curta. Se as deixasse frouxas nos quadris, elas pareceriam longas o suficiente para não ficarem estranhas. Uma camisa solta também ajudaria. A manga era grande o suficiente para deixar passar o gesso. Deixou a barra da camisa desabotoada e enrolou-a. Manteve as fraldas da camisa soltas para esconder a arma em sua cintura.

No McDonald's adotou o mesmo *modus operandi*. Deixou Charlene no carro, que podia ser vigiado pela janela, e levou o reverendo para dentro. Esperou enquanto o pastor telefonava para seu filho e mentia para ele: — Sua mãe está se sentindo um pouco cansada, por isso nós vamos passar uma noite em San Luis Obispo... Sim, claro... Nós ligamos amanhã.

Quando a ligação acabou, entraram na fila para fazer um pedido. Atrás deles, dois caminhoneiros conversavam e Troy ouviu as palavras "bloqueio rodoviário... San Luis...". Não era onde ele esteve, portanto devia estar à frente. Se tinha dúvidas sobre o que ouvira, elas foram dissipadas pela expressão no rosto do reverendo. Ele também ouviu a conversa.

De volta ao velho Cadillac, enquanto Charlene bebia suco de laranja e comia um Egg McMuffin, Troy examinou um mapa do Automóvel Club que havia no porta-luvas. A Califórnia tinha cadeias de montanhas correndo para o norte e para o sul, e grandes rodovias paralelas às montanhas. Pequenas estradas de pista dupla cortavam-nas de leste a oeste. Iria em direção leste até se aproximar da fronteira de Nevada e depois tomaria a última rodovia norte/sul em direção a L.A. As probabilidades contrárias à existência de um bloqueio naquela rodovia eram grandes — e se quisessem pegá-lo *tanto assim*, foda-se, eles o mereciam.

Troy fez o reverendo contornar e seguir para o norte por

CÃO COME CÃO 281

vinte milhas, até uma rodovia estadual que cruzava as montanhas. Ela era estreita, com curvas fechadas, e em alguns lugares as tempestades recentes tinham provocado deslizamentos de pedras das encostas. Era lenta, mas segura. Em uma hora de rodagem, o único veículo que viram foi uma pick-up rebocando um trailer para cavalos. Seguindo na mesma direção, ela era ainda mais lenta que o Cadillac. Tiveram que colar na traseira do cavalo por quase uma hora, antes de poderem ultrapassá-la e seguir em frente. Então o céu cinzento lentamente se abriu e as chuvas começaram a cair. A recepção do rádio era precária entre os montes, mas à tarde eles saíram da primeira cadeia de montanhas para o longo Vale de Salinas. Naquele momento, a caçada humana não apenas já havia sido mencionada nas estações de notícias, mas estava nos boletins horários de quase todas as estações. Da primeira vez que ouviram, o Reverendo Wilson e sua esposa imediatamente trocaram olhares que Troy flagrou do banco de trás. — Aumente o volume — disse ele.

—... além das acusações pendentes pelo tiroteio no estacionamento, o fugitivo é procurado pelo Departamento de Correção por violar a condicional. Ele é conhecido por sua extrema violência e sabe-se que está armado. Os eventos que levaram à presente caçada humana começaram na última terça-feira, no estacionamento do Safeway...

Troy escutou com uma lúgubre indiferença, como se a história aterrorizante que era narrada tratasse de outra pessoa. Caralho, falou consigo mesmo, eles realmente sabem supervalorizar um idiota. Era um humor de cadafalso. Ele sabia que o poder do Estado tinha se voltado contra ele. Sua fotografia estava sendo espalhada por milhares de painéis de viaturas policiais e provavelmente exibida por incontáveis aparelhos de televisão em toda a Califórnia. Conheceu homens que haviam experimentado aquele tipo de sensação: *todo mundo* procurando por eles. Nenhum conseguiu escapar por muito tempo. Arquivos e computadores estavam associados para marcar cada pessoa no mundo industrializado, e também na maior parte do Terceiro Mundo. Longe iam os dias em que um fugitivo podia desaparecer para sempre na América do Sul ou no Extremo Oriente.

Reunindo peças e fragmentos, Troy acabou conhecendo Charles e Charlene Wilson. Estavam casados havia trinta e quatro anos e ainda se amavam. Cada um deles se preocupava mais com o outro que consigo mesmo. E depois que o terror inicial diminuiu, passaram a se preocupar com ele também. Troy desprezava a maior parte da América como um país de hipócritas que professavam um código de virtudes enquanto viviam de acordo com seus próprios expedientes. O rebanho tinha que continuar rebanho, e o que poderia ser considerado errado quando praticado por um indivíduo era aceitável, e até mesmo moral, quando praticado por todos. Charlie (como ela o chamava) e Charlene seguiam suas próprias consciências e o que acreditavam que Jesus queria deles. — Nós não julgamos — disse ela. — Isso compete a Deus. Nós fazemos o melhor de nós para seguir os passos de Jesus.

— E falhamos grande parte do tempo — acrescentou o reverendo. Foi uma leve censura pelo pecado da vaidade cometido por ela. Ela concordou; ela compreendeu. Suas palavras e atitudes em relação um ao outro e em relação a ele, depois que seu medo se aplacou o bastante, fizeram com que Troy sentisse desprezo pela ignorância deles, e uma culpa dolorosa diante de sua bondade simplória. Não havia hipócritas ali. Inocentes como aqueles eram em grande parte responsáveis por sua decisão de roubar traficantes. O remorso misturou-se com a raiva (o que mais ele podia fazer, desistir?) e fez seu estômago incendiar.

Sem que se esperasse, em um curva fechada, o carro começou a derrapar. O reverendo pisou nos freio. A traseira deu uma guinada e girou, de forma que eles estavam patinando para fora da estrada, a montanha de um lado e um precipício do outro.

O carro foi em direção à encosta ao invés de se lançar sobre o abismo.

— Eu não posso... dirigir mais — falou o reverendo. — Simplesmente não posso. — Exibiu as mãos. Elas estavam tremendo.

— Eu dirijo — disse Troy. — Vocês dois vão juntos no banco de trás. Não vão tentar nada, vão?

Eles sacudiram suas cabeças. Ainda assim, ele pôs o revólver entre suas pernas, sobre o assento do motorista.

O mapa rodoviário mostrava outra passagem através das montanhas a leste do Vale de Salinas. Perto do topo, a chuva se converteu em neve, atrasando-os ainda mais. Levou o resto do dia para ziguezaguearem entre as montanhas. Ao cair da noite, estavam perto de Tehachapi e a chuva deu lugar a uma densa neblina que preenchia os cânions entre os picos. Troy não fazia a menor idéia do que havia além do facho dos faróis que ricocheteavam contra a parede de neblina. Agora sentia-se esperançoso de alcançar seu santuário de Los Angeles.

À frente, na neblina, ele viu uma luz vermelha pulsante. Ela se erguia no meio de um cruzamento e emitia fachos vermelhos em todas as direções. Freou, depois conjeturou se devia continuar em frente ou desviar. Ainda indeciso, enquanto seguia para o meio do cruzamento, pisou nos freios e procurou por um sinal rodoviário.

Decidiu desviar. No momento em que deixou as rodas novamente em linha reta, o automóvel foi inundado por uma luz azul piscante. Um carro de polícia aproximou-se por trás deles. Ele estava olhando para a frente e não tomou consciência de sua presença até que a luz se acendeu, lançando medo e desespero através dele.

Deveria pisar no acelerador e correr?

Não. Não tinha idéia de onde estava e para onde estava indo.

— *Encoste*! — berrou um policial pelo alto-falante.

A luz veio diretamente de trás dele, tão brilhante que ele não podia ver mais nada. Se tivessem se aproximado imediatamente, teriam conseguido levá-lo sem resistência. Estava exausto demais; teria de pôr sua mente em estado de excitação para um tiroteio. Não era uma atitude que alguém pudesse manter constantemente.

Segundos tiquetaquearam. Ele entrecerrou os olhos e observou entre as luzes ofuscantes no espelho. Os policiais estavam verificando o número da placa pelo rádio.

— Fiquem onde estão — falou para os reféns; depois tomou o .38 que estava entre suas pernas e abriu a porta com o cotovelo. Eles esperaram demais. Troy já tinha posto a cabeça no lugar. Deslizou para fora, segurando a arma colada à sua coxa.

— O que há de errado? — perguntou, já em pé. Podia ver apenas os faróis e a grade do radiador. Ergueu a mão esquerda para bloquear o brilho. Sua respiração era rápida e superficial; sentia-se tenso e esgotado. Graças a Deus não estava tremendo visivelmente.

— Não se mexa, senhor — disse a voz no alto-falante. Agora Troy via a silhueta do lado de fora da porta do motorista, que estava aberta.

Deu um passo à frente. — Nós estamos perdidos — disse.

— Pare! — gritou outra voz. Estava à sua esquerda. Olhou e viu um segundo oficial sobre um barranco do outro lado da estrada, uma espingarda posicionada contra seu ombro e apontada para Troy.

— O que há com você? Não aponte isso...

— *É ele*! — ecoou o alto-falante.

Por reflexo, Troy se voltou e olhou para a viatura. O outro oficial estava puxando a pistola.

Troy ergueu seu .38 e disparou em um mesmo único movimento. Fazia doze anos que não praticava, mas eram apenas vinte metros e no passado ele fora realmente bom com armas leves — além disso, o oficial fora negligente e não pusera seu colete à prova de balas. O chumbo o atingiu exatamente sob a clavícula e penetrou em ângulo descendente através de um pulmão, saindo pelas costas. Isso fez com que ele derrubasse a arma e caísse sobre os joelhos.

Troy virou-se e se encolheu. Não tinha ouvido o disparo da espingarda, mas ouviu o que lhe pareceu um punhado de cascalho atingindo o porta-malas. O tiro atingiu sua bochecha e seu ombro, jogando-o para o lado, mas não conseguiu derrubá-lo. Não era chumbo grosso. Se fosse, teria-o partido ao meio. Aquilo era... chumbinho.

Endireitou-se e atirou três vezes seguindo um padrão. Seus tiros foram abafados por um segundo disparo da espingarda. Desta vez, foi atingido em cheio: peito, estômago e pescoço. O impacto o fez cair de costas. Foi retalhado pelo chumbinho, mas nenhuma das feridas era realmente séria. Não tinha consciência do fato, mas sua terceira bala fez um corte no queixo do oficial, atravessou sua garganta e saiu pelo outro lado. Ele caiu para trás sobre o barranco.

O cérebro de Troy rodava. Através de sua vertigem, ouviu uma pistola disparando. Os tiros eram muitos e rápidos. Abriu os olhos. O oficial ao lado da viatura estava sentado; tinha sua pistola nove milímetros semi-automática de treze tiros apoiada sobre ambas as mãos. Ele a estava descarregando contra o banco traseiro do Cadillac. As balas cortaram caminho através do porta-malas e do estofamento e sepultaram-se nos corpos do Reverendo Charles Wilson e sua esposa, Charlene.

Troy apalpou à sua volta, mas não foi capaz de encontrar a arma. Rastejou para fora da claridade, para a neblina e as sombras. Perto da margem da estrada, ele perdeu a consciência.

Agora podia sentir, estava em movimento; encontrava-se sobre uma padiola. Manteve os olhos fechados. Se descobrissem que estava acordado, poderiam espancá-lo ou apertar as correias, como se elas já não estivessem apertadas demais.

Pararam. Ouviu portas se abrindo; então foi empurrado para dentro. Em meio ao balbucio, Troy ouvia palavras ocasionais e fragmentos de sentenças: "... sem pulso... afogado na vala de irrigação..." "...dois dentro do carro, parecendo queijo suíço..." "Madigan vai se sentir péssimo quando descobrir que matou dois cidadãos inocentes..." "Ele pensou que eles fossem cúmplices" "Vamos embora".

As portas bateram; a ambulância começou a se mover. Depois parou. Troy abriu os olhos e observou. Podia ver o cruzamento cheio de viaturas policiais, suas luzes piscando de um modo sinistro em meio à neblina.

Passos se aproximaram. Podia ver alguém na janela do motorista. Uma nova voz: — Como está aquela escória? Ele vai morrer pelas nossas mãos?

— Não. Vai sobreviver para ir para a câmara de gás.

Um riso de escárnio. — Grandes chances disso acontecer. Ok... mexa-se...

A ambulância começou a rodar. Ganhou velocidade. A sirene começou seu lamento. Troy fechou os olhos e apagou novamente. Seus sonhos, desta vez, foram terríveis.

Próxima obra de Edward Bunker pela Editora Barracuda:
Nem os mais ferozes

Composição Marcelo Girard
Tipos Sabon e Helvetica Condensed
Papel Pólen Soft 80 g/m²
Impressão Bartira Gráfica
Em Novembro de 2004